夕 琳◎著

魔咒

魔武士传奇

被无法抗拒的"魔咒"附体的武士传奇
一个被封尘千年的魔法符咒再现江湖

当代世界出版社

图书在版编目（CIP）数据

大魔咒：魔武士传奇/夕琳著．－北京：当代世界出版社，2011.6
ISBN 978-7-5090-0746-4

Ⅰ.①大… Ⅱ.①夕… Ⅲ.①长篇小说－中国－当代 Ⅳ.①I247.5

中国版本图书馆CIP数据核字（2011）第109625号

书　　名：	大魔咒：魔武士传奇
出版发行：	当代世界出版社
地　　址：	北京市复兴路4号（100860）
网　　址：	http://www.worldpress.com.cn
编务电话：	(010)83908400
发行电话：	(010)83908410(传真)
	(010)83908408
	(010)83908409
	(010)83908423(邮购)
经　　销：	新华书店
印　　刷：	中煤涿州制图印刷厂北京分厂
开　　本：	710×1000　1/16
印　　张：	14
字　　数：	194千字
版　　次：	2011年8月第1次印刷
印　　次：	2011年8月第1次印刷
书　　号：	ISBN 978-7-5090-0746-4
定　　价：	26.80元

如发现印装质量问题，请与承印厂联系调换。
版权所有，翻印必究；未经许可，不得转载。

前言 PREFACE

在大魔咒的世界里
做自己的奇幻英雄

每个人心目中都有一个英雄梦，但是每个人的身体条件不一样，个人能力也不一样，在现实的世界里，要想当一个英雄——尤其是一个身怀绝技、打遍天下无敌手的英雄，更是难上加难。于是，有许多人便开始在"网游"世界里寻找自己的英雄梦。

其实在传统的英雄梦中，读者更愿意在图书当中寻找一个英雄，因为图书中的文字能够让他们在奇幻的世界里更加畅通无阻，而小说中的一些情节在当前的"网游"中还是无法实现的。

哈利·波特曾经因为拥有了魔法，而成为全球读者的奇幻英雄。其实在中国，从古至今从不缺乏魔法故事，更不缺乏奇幻英雄，比如《西游记》中的孙悟空、《封神演义》中的哪吒等等，都是小说家塑造出来的。但是在今天，尤其是在21世纪的中国，却是一个极度缺乏奇幻英雄的时代——我们宁愿看美国大片，也不愿意在自己的民族文学中塑造起一个自己心目中的奇幻英雄；我们宁愿陶醉在欧美的奇幻文学中，也不愿意正视本土作家的幻想时

空；我们宁愿沉迷于"网游"中，也不愿意购买一部奇幻小说去阅读。这是一种悲哀，也是一种无奈。

我创作这部《大魔咒》的时候，正值《魔戒》和《哈利·波特》在中国大行其道。我当时的想法很简单：中国人并不缺乏幻想，更不缺乏魔法，我们应该拥有自己的奇幻英雄。于是，在这种情况下，我开始了《大魔咒》的创作。

为了塑造属于我们自己的奇幻英雄，以真实的自我境界带领读者走进一个无限幻想的时空，我采取了第一人称的写法，而且从中国本土的宗教——道教中寻找奇幻的法术，让读者在乘坐奇幻列车的同时，看到本民族所特有的文化品质。然后，我又从中国最著名的长篇魔幻小说《西游记》中吸取了哪吒和红孩儿的艺术特征，从而塑造了一个完全自我的奇幻英雄——猫孩儿。

猫孩儿从一出身就带着猫所具有的特征，比如鼻子下面有长长的胡须、尖尖的耳朵、锋利的猫爪等等，这让许多人都认为他是一个"猫妖"。不管是在村子里，还是在课堂上，猫孩儿总是被强者欺凌，被世人所误解，然而猫孩儿总是以自己那份特有的执著在抗争着、挣扎着，这是所有的英雄儿时最初的特质。

后来，猫孩儿拜师学艺，慢慢成为一个会法术、仙术的奇人，而且在背负着英雄所特有的使命之后，开始向着成为一个伟大的奇幻英雄的道路前进……

猫孩儿成为一个奇幻英雄的过程，正是现实生活中我们每一个人都要寻找的通向英雄的道路，尤其是面临困境的时候，我们就想施展自己的法术，冲破一切艰难险阻，打开自己的梦想之门。虽然这仅仅是一个幻想，但是在这个幻想世界里，我们却可以成为自己的奇幻英雄。

正是因为有了幻想，才拥有了我们所梦想的世界，也正是因为有了幻想，才让我们的世界变得五彩缤纷。而作为一个奇幻英难来说，猫孩儿即是中国文化的一种另类积淀，也是我们每一个爱好文字的人心中一种理想的升华。

我是这部小说的作者，也是这部小说的读者，我既想成为小说中的猫孩

[前言]
在大魔咒的世界里做自己的奇幻英雄

儿，又想在现实的世界成为自己的奇幻英雄。这种非理性矛盾正体现在我此时此刻的心境，在人生与理想面前挣扎，在幻想与现实之间游走，在命运与心灵背后呐喊……我在寻找自己的奇幻英雄，也在寻找成为奇幻英雄的道路。这个道路，即是小说赋予我的特权，又是我的读者用自己的双手为我修筑的一条理想之途。

做自己的奇幻英雄吧，哪怕没有哈利·波特那样伟大，但是你却可以成为猫孩儿那样的英雄。

做自己的奇幻英雄吧，虽然仅仅是游走在自己的幻想时空之中，但是你依然是一个顶天立地的大英雄。

做自己的奇幻英雄吧，虽然命运没有给予你一条平坦的道路，但是你却完全可以自信满满地对全世界大喊一声："我是自己的英雄！"

大魔呪

目 录
CONTENTS

第一章	我是猫人	001
第二章	随云真人	009
第三章	拜师学艺	016
第四章	脚下生风	024
第五章	师父外出	031
第六章	独自下山	041
第七章	西牛贺洲	051
第八章	蛟魔界	060
第九章	大战三师兄	076
第十章	魔校	083
第十一章	母子相聚	091
第十二章	牛魔王求婚	102
第十三章	铁血白刃刀	107
第十四章	千年女蛇妖	120
第十五章	火龙兽	129

目 录
CONTENTS

第十六章　五魔相聚　　138

第十七章　落日山下　　149

第十八章　火尖枪　　163

第十九章　大战翠云山　　171

第二十章　惊天之骗　　183

第二十一章　降伏白灵鹤　　193

第二十二章　老君山上　　197

第二十三章　入住火云洞　　206

后　记　我的三十岁前文学　　213

[第一章]

我是猫人

睁开双眼，我看到四五个人围在我的周围，他们都微笑着，并且相互言语着。我不知道他们究竟在做些什么，更不知道他们为什么要围着我，于是就一个劲儿地大声哭泣。我一哭，眼睛里突然流出了两股热乎乎滑溜溜的东西，抱着我的那个妇女，一边抹着那些流动的东西，一边对我说："猫孩儿，不哭了！不哭了，啊！"

我不知道什么是"猫孩儿"，但是听着他们叫多了，我才明白过来，我就叫"猫孩儿"，"猫孩儿"是他们给我起的一个乳名。一个长着一缕胡子的中年男子，把我从那个妇女怀中抱过来，一边哄着一边说："来，外公抱！"

我虽然不知道外公是什么，但是当他那两只粗犷的臂膀把我抱起的时候，我感觉特别的舒服，不再哭泣了。这时外公对那个中年妇女说："你看，他还是喜欢外公吧！看来你这个外婆白疼他啰！"

说完，这两个人便哈哈大笑起来，那笑声就如晴天霹雳一般，震得我的两只耳朵嗡嗡直响，我真想施展一些仙术或是法术，把他们从我的面前赶走，但是我不知道怎么施展，确切地说，我根本就不会什么仙术或是法术，只能用哭声来挣扎着、反抗着……

大魔咒

渐渐地，我长大了，我才知道，我的耳朵像猫一样高高地竖立在脑袋两侧，脸庞和耳朵上又长出波斯猫一样的绒毛，而且三角形的鼻子上呈现出波斯猫特有的粉红色，再加上鲨鱼式的眼睛和三角尺式的嘴巴两侧如钢针似的挺拔着八对胡须，于是村里的人都把我看做是"猫妖"，但是可爱的外公却给我起了一个乳名：猫孩儿。我的耳朵尖尖地高过头顶，肉肉的，就像是两座丘岭一般长在我的头顶两侧。就因为这两个耳朵，邻居都说我是妖精的儿子，而且还说得头头是道。他们都说我不是"狗妖"的儿子就是"猫妖"的儿子，因为狗和猫的耳朵都是竖立起来的。

小时候，我看到耳朵竖立起来的牲畜，也只有狗、猫、牛、驴，想的多了，我竟真的以为我是它们的儿子，因为我从记事的那一天起，就没有见到爹爹和妈妈，而村子里的孩子都是有爹爹和妈妈的。虽然外公和外婆像爹爹和妈妈那样地照顾我，但是我总感觉自己缺少些什么，而这些缺少的对我来说正是最重要的。

外公怕我在村子里受欺负，于是用我长长的头发把两只耳朵缠了起来。

说起来也奇怪，自三岁起，别人的头发都是贴着头皮往下长，我的头发却与之相反，垂直起来向天上长，风一吹，头发呼呼啦啦地向上飘，就像风是从脚下向头顶上吹。村子里的孩子都喜欢用手摸摸我灰灰的头发和硬硬的耳朵。虽然他们每次摸完都会取笑我，但是我还是很乐意让他们摸一摸，因为只有这样，他们才和我说话。

自从我记事以来，一直生活在外公家里。外公靠做扇子为生，因为他做的扇子既结实，又生风，所以方圆几百里地，一到夏季，都买外公的扇子。于是，外公的生意越做越大，到了我四岁那年，外公就积攒起一份殷实的家业。

不管是穿的还是吃的我都比村子里的孩子要好许多，但是村子里的小孩子都有爹爹和妈妈，惟独我没有。我第一次问外公我爹爹和妈妈的时候，外公告诉我说，我爹爹和妈妈外出做生意去了。当时我信了，但是一个月过去了，两个月过去了，三个月过去了，直到年关的时候，爹爹和妈妈也没有回

第一章
我是猫人

家，这时我再询问外公的时候，外公却不回答我，只是让我不要问。每当这时，我发现外公不由自主地叹气。

跟村子里的孩子一起玩耍的时候，我的小伙伴们都能说出我的身世，但是我却不相信。他们说，我是一个妖精的儿子，那个妖精娶了我妈妈，生下了我。

"可是我长着一张和你们一样的面孔，怎么会是妖精的儿子呢？"我反驳道。

"但是你头上长着两只像猫一样的耳朵，而且你的脸上长着长长的绒毛。"

"你胡说，外公对我说，这个世界上，只有最聪明最听话的孩子的头上才有高高的耳朵，你们的耳朵没有高，一定是你们太笨拙太不听话了！"

"你外公凭什么这么说？"

"就凭我说的话你们都能听得懂，我就不是妖精的儿子！"虽然我这么反驳着，其实我心里知道，我和他们一点儿也不一样，但是我没有办法解释我不是一个妖精的儿子，我只能用我的自信和高傲来回答他们。

与村子里的小伙伴玩的时候，我生怕他们提起我是一个妖精的孩子，于是我就很少说话，只是顺从着他们。

我爹爹和妈妈什么也没有留给我，我甚至不知道他们长得什么样，但是他们却留给了我力气。我从两岁的时候，外公就发现我力大无比，三岁就可以举起几百斤重的粮食，而后我还给小伙伴们表演过举石块。村里人都不以为奇，因为他们都说我外公也是一个妖怪。

为了能够让我尽快地长大，五岁半的时候，外公就送我去读私塾。教书的舒先生一看我还是一个半大孩子，就是不收，外公多花了一些银子，那舒先生才收下了我，并且对外公说："就算是给你看孩子吧！"

除此之外，外公还给我请了音乐老师，教我学古筝。那个古筝老师乃是一家大户人家的小姐，姓乔，人们都叫她乔女，也不知道是她的姓名还是她的乳名。开始的时候，乔女并不愿意来教我，因为我是一个男孩子，方圆几

十里地没有男孩学弹古筝。外公好说歹说，才把她请过来。但是我学了几天，就是对弹古筝产生不了兴趣。乔女却有几分耐心，见我对弹古筝没有兴趣，就教我弹琵琶和吹竹笛，后来还教我拉二胡，我都学得一知半解，常常是老师在那里弹，我就在一边睡了。为了此事，外公没少打我。

再大一些儿，外公又给我请了一个武术老师，叫杜武。说起这个杜武，其实也没有什么高深的武功，只是会些基础的武术。每天清晨，他都会把我早早地从床上拉起来，或是让我蹲马步，或是让我打拳。我哪有那精神学这些乱七八糟的东西，但是我一偷懒，杜武就去告诉外公，外公就授权杜武来打我。其实，外公也是很疼我的，如果没有给他打招呼，杜武打了我，外公一定会扣他的工钱。

因此，我童年里的每一天，都被外公请的这些老师围着。后来时间长了，外公就给我规定好了时间：每天清晨练武两个时辰，然后用一整个上午去读书，下午学弹古筝，晚上在外公面前背古诗。

虽然我十分不喜欢外公给我请的这些老师，但是我是一个小孩子，没有一点儿发言的权力，更谈不上选择的权力。一天当中，我最快乐的是在读书的时候，因为读书是在舒先生的书屋里，附近村子里富家子弟都来这里读书，一共11个。

我们坐在舒先生宽敞而明亮的书屋里，每日听他讲经说法似的为我们讲着中庸之道，但是我常常听得能睡起大觉。舒先生见我年龄小，也就不责罚我。

11个书生中，自然就数我最小，他们都大我三四岁。他们见我整日昏睡，不思进取，再加上我年龄小，于是都不与我玩耍。即使是舒先生不在的时候，他们也不与我言语。

舒先生有一个儿子和一个女儿，儿子叫舒举，女儿叫珑儿。舒举和我们一起读书，珑儿因为是一个女孩，舒先生就不让她和我们一起读书。我们也问舒先生，为什么不叫珑儿读书，舒先生意味深长地对我们说："女子无才便是德！"

004

[第一章]
我是猫人

有时，我们上课的时候，珑儿会笑嘻嘻地站在门外看着我们，她喜欢我们摇着头读诗，尤其喜欢她爹爹晃着脑袋教我们读书。舒先生教书一向非常认真，每当他发现珑儿在门外的时候，就冲珑儿一瞪眼睛，珑儿就会笑咯咯地跑去了。

舒先生家虽然有一个院落，但是十几个孩子在这里读书，就显得小了许多。即使珑儿躺在床上，她也能够听到我们在朗读诗经。休息的时候，珑儿是最高兴的，因为我们可以出来和她一起玩。

珑儿好像不太喜欢我，每当我出现的时候，她总是拉着其他书生走开了，而且还会回过头来瞪我一眼，这时我也会瞪她，或是转身就走。一次，珑儿又在瞪我，我已经习以为常了，就突然哈哈大笑起来。

珑儿转过身来问我："猫孩儿，你笑什么？"

如果我没有记错的话，这是珑儿第一次与我说话，我自然受宠若惊，但是却又装作不在意的样子对她说："我笑你们都是一些庸俗的小人，不识得我的才能！"

我说这话却激怒了珑儿旁边的几个书生，尤其是舒举，他自认为是我们当中学识最高的一个。

"你有何才能？就是舒先生上课你睡觉，舒先生下课你读诗吗？"舒举这么一说，引得珑儿咯咯直笑。

"哼——"瞅着他们笑得前俯后仰的样子，气得我走上前去一把抓起了舒举的胸膛，一用力把他举过头顶，并且冲着吓得脸面通红的珑儿说："我一生下来就力大无比，老天一定认为我是一个超凡脱俗的人，于是赐给我这么大的力气！"

这时，舒举吓得哇哇大哭起来，珑儿也抽泣着要我把舒举放下。院子里这么一闹，舒先生从里屋走了出来。当他看到我高高地举着他的儿子，吓得他面色苍白，他一边向这边跑着一边大声喊道："猫孩儿，你在干什么？快放下，还不把舒举放下！"

舒举看到爹爹来了，哭得更厉害了，一边哭着，一边还抽泣着喊道：

"爹爹救我！爹爹救我！"

"还不把他放下来？"舒先生怒气冲天，他生怕我把他的儿子摔死了，落得个断子绝孙的命运。

我看舒先生真的生气了，于是便把高高举起的舒举放了下来。那舒举，吓得站都站不住了，我一松手，他就躺在了地上。舒先生急忙把舒举扶了起来，把儿子抱到了床上。

这时，书生们都嚷嚷起来。珑儿大声冲我喊道："我要爹爹辞了你，不让你再来读书了！"

"就是，让舒先生把你赶走！"书生们也随声附和着。

"哼，书有什么好读的？"说着，我转身就跑了。

那天晚上，外公狠狠地打了我一顿。第二天，我果真没有被送到舒先生家读书，而是被外公关在了房间里，不得出入。

这次外公真的生气了，他整整关了我三天。说是让我改过自新。改过自然是不可能的——我可不认为读书是件好事情，你说一个人在上面讲，台下的人如坐针毡似的在下面听，有什么意思？自新却是有的，因为我感觉自己的力气比过去大了许多。

半个月后，经过外公的一再努力，舒先生才答应我继续跟着他读书。这时我听话了许多，知道与这些书生没有共同语言，于是我就白天睡觉，晚上独自一人在房间里看书。说起来也怪，白天我看不进去的书，晚上却看得很有意思。偶尔，舒先生让我背诵的时候，我也能马马虎虎、吞吞吐吐地背下来，这倒让舒先生和书生们大吃一惊。

从八岁起，外公给我找了一个江湖卖艺的"武把式"，教我武术。可是我跟那个"武把式"学了十天半月，就没有耐性学下去了。因为那个"武把式"除了会舞刀弄枪之外，也不会什么招式，每天只是让我练习他教的那几个动作——即使是这几个动作也连贯不起来。

我想让外公辞掉这个"武把式"，再找一个好一点儿的师父，谁知外公却说："你走还没有学会就想学跑哩？练武功不是一朝一夕的事，没有十年八

第一章
我是猫人

年，不会出功夫的！"

谁知，这件事却让那个"武把式"知道了。这天，他教我使用长枪的时候就显得特别不耐烦，一边教着一边还嘟哝着："我在江湖上行走了多年，虽然没有行侠仗义，堪称英雄，教你一个毛孩子，自认为还绰绰有余！"

我一听这话，气就不打一处来：有本事的老师教训我几下，我也就认了，这个"武把式"有什么本事？我从心里就不服气。

日子一长我发现，他原来是一个江湖卖艺的浪人，大约是靠着自己的花拳绣腿换取几个活命钱。他来到外公家后，不但管吃管住，每个月还要给他工钱。

正在我赌气的时候，那个"武把式"却停下了，转过身来气凶凶地对我说："你这孩子，师父在前面教你武功，你却不瞅一眼，是何道理？"

我回过身来，只见"武把式"站在我的面前，伸出手来就揪住了我的耳朵。我的耳朵一下子被他揪起一圈，我就感觉耳朵已不在我头上似的，一阵大叫："哎哟！快松手！松手！不然老子把你这个混球儿摔死！"

我也不知道，自己竟然说出这样大逆不道的话来。这个"武把式"听后，自然气得目瞪口呆。

"你这孩子，原来这般不听话，竟敢辱骂师父？看我怎样教训你！"说着，他就把我的胳膊一拧，想把我给制服。

我哪里还管他是师父还是什么"武把式"，转过身来，大喊一声，稍微一用力就把他举了起来。这个"武把式"虽然武功平常，但是却长得五大三粗，整整高我三头，我双手再一用力，就高高地把他举过了头顶。

这个"武把式"一下子被我举到半空中，我刚要把他摔下来，外公就从屋里走了出来。

"猫孩儿，住手！"

我看到外公的两只眼睛瞪得如牛眼一般，随即一松手，把"武把式"放在了地上。

"你这孩子，不好好学功夫，为何对你师父这么无礼？"

"他的本领还没有我大,根本就不配当我的师父!"我也不管外公是否会打我,大声反驳着。

这时,"武把式"也从地上爬了起来,一边怒气冲天地瞪着我,一边冲我喝道:"你这个毛孩子,我虽然没有天大的本事,但是教你这个六岁半的小孩,还绰绰有余!"

我一听,这个"武把式"说的话几乎和我的第一个武术师父杜武说出的话如出一辙,于是我转过身来拉着外公的衣服对外公说:"外公,你看,他虽然比我长得高,比我长得壮,但是却没有我力气大,如何教我?再说,他只不过是一个江湖卖艺的,难道你想让我长大以后,也到街市上卖艺吗?我要学,就学一些法术,能飞、能变、能呼风唤雨的才好!"

"武把式"听我这么一说,瞥了我一眼,冷笑一声说:"照你这么说,我的确不会什么歪门邪道的法术,更不会教你魔法和妖术!但是依你的口气,你是找不到一位称职的师父的?除非你找翠云山上的妖精为师,他们倒是会一些法术!"

"你胡说!我才不会拜妖精为师!我要找人世间法力无边的人当我的师父,决不会像你!"

"要不然,观音菩萨或许可以当你的师父?"说着,他冲我鄙视地笑了笑,"可是你也不配当她的徒弟,因为你连她的面都不可能见到,如何谈起拜师学艺?"

"人们都说观音菩萨有大慈大悲的心肠,她如果知道我,一定会教我仙术的!"

"哼!只怕你没有这个福分!"说着,"武把式"就扬长而去了。

[第二章]
随云真人

"**武**把式"走后,外公也感觉让我学一些花拳绣腿是不行的,于是他就托朋友,到处为我寻找会法术的人。后来,他得知在翠云山上有一个道观,里面居住着一个随云真人。听说他会一些法术,于是外公就亲自去了一趟。

外公是和村里的一个年轻力壮的小伙子去的,因为要走一些山路,外公就雇用了两头毛驴,并且带足了干粮和银两。

外公走的时候让我好好跟着舒先生读书,希望我能学得个文武全才。于是,外公走后,外婆就又把我送到了舒先生家。

舒先生自从上次我高高地把他儿子舒举举到半空中之后,他就对我产生了芥蒂。那一日,舒先生让我背《论语》的第四篇《里仁》。我哪里会背,只知道"里仁为美,择不处仁,焉得知"就背不下去了。

舒先生拿起木尺就把我一顿好打。其实,舒先生打我,我并不生气,但是那一日,珑儿和舒举却都在场。那舒举看到他爹爹打我,幸灾乐祸地冲着我嘿嘿直笑,似乎是他在打我一般快活;珑儿虽然没有因为我受罚而暗自高兴,但是单单她站在门外瞅着舒先生打我,已是对我的一种偌大的嘲弄。如果都是一些书生看我受罚也就罢了,因为在舒先生这里读书,没有不被打

的，但是让一个女孩子看我受罚，我却有些愧疚，甚至有一种脸面扫地的感觉。

舒先生每次打完人都气得仰面长叹，并且让书生们各自温习功课，自己到院子里透气去了。

舒先生走后，书屋里乱作一团。舒举首先走到我的面前，对我说："我爹打你，你为什么不用力把我爹举过头顶？听说，你把你的武术老师给气走了，还把人家痛打了一顿，你这个猫妖生的孩子，定然没有人性，不过是一个没有教育好的牲畜罢了。"

说着，他便和其他书生哈哈大笑起来。

我知道，珑儿也在看着我，她一定也很恨我，因为在她的眼里我是整个书屋里最笨的一个。我转过身来瞥了舒举一眼，没有搭理他就坐下了。舒举见我不言不语，又对其他书生说："我听说，猫孩儿要跟一个什么真人学什么法术，也不知道是真是假？如果我们村里再闹鬼，我们就不用请巫婆了，就把猫孩儿请来，自然就能把鬼吓跑。"

我听舒举这么一说，瞅着他那一副瞧不起人的嘴脸，顿时火气就不打一处来。

"老子学艺，不像你们这般，为了升官发财，我为的是去找我的爹娘。"

"你得了吧，猫孩儿！你爹娘早被野猫精吃了，哪里还能活到现在？"

"你胡说，外公和外婆都说，我爹娘都还活着！"

"他们只不过是骗你罢了。我还听说，你爹也不是一个人，而是西牛贺洲来的一头野猫精，要不你的头上能长着两只猫耳朵？"

"你胡说！"我大喊一声，三步并作两步来到舒举的身边，紧紧抓住了他的衣服。我真想把他一下子举起来，狠狠地摔在地上。

但是就在此时，珑儿大叫了一声："猫孩儿！"

她一边叫着，一边跑了过来。"你别生气了，放开我哥哥吧！"

我仔细瞅了舒举一眼，舒举看到妹妹在为他求情，却是不依不饶："珑儿，别求他！如果他把我摔伤了，我一定让爹辞了他！"

[第二章]
随云真人

"哥哥,你别说了!"说着,珑儿伸出了双手,握住了我紧紧抓在舒举身上的手。

当珑儿那纤细的小手接触到我的手背的时候,我突然感觉到一种温暖,就像一股温泉轻轻在我身上流过,那种感觉片刻间融化了我对舒举的愤怒。我慢慢地松开了手,瞅着珑儿的脸颊。那一刻,我似乎感觉到珑儿不再鄙视我的无能和笨拙,虽然这只是我自己的想法。

珑儿看到我那么仔细地瞅着她,脸颊上顿时一片彤红。舒举也推了我一把并责备我说:"你干吗这么看我妹妹?"

我这才意识到,我的目光对珑儿的那种感觉,竟然有一些炽热和信赖。

珑儿转身就跑了,虽然她是为她的哥哥才开口与我说话的,但是她毕竟是在请求我。我似乎感觉到,珑儿并不像她平时表现出来的那样,我甚至认为她的性格和品行与舒举是完全不同的,至少她不应该和舒举一样看不起我。

这是第一次,有一个同龄人如此这般地与我对话,虽然只是简简单单的几句,但是却让我永生不能忘怀。

傍晚,我读书回来,看到外公的毛驴正在院子里吃草,我就知道,外公从翠云山回来了。我一边跑着,一边大声喊着"外公"。

外公看到我,就哈哈大笑起来:"猫孩儿,外公这次可给你找了一个好师父!"

"外公,他会什么法术?"

"听道观里的小道士讲,这个随云真人不但会招神驱鬼,而且还会一些极为高深的法术,比如步步登云、隔墙取物。"

"外公,什么叫步步登云、隔墙取物?"

"听道观里的道士说,步步登云就是登山时就如一步踏上了一块白云,而且越走越快、越走越轻松。隔墙取物,就是他能隔着一堵墙,把东西拿到自己手中。"

"他还会些什么法术?"

大魔咒

"还有什么法术，我就不知道了。不过这个随云真人共收了三个徒弟，个个神通广大。我对他说，我有一个浑身上下长着火红皮肤的外孙，而且力大无比，他一口就答应收你为他的第四个徒弟，并且要你十日之内赶到翠云山。你还是好好收拾一下东西，随我拜师学艺去吧！"

虽然外公一再地说这个随云真人是一个会法术的，但是我却不以为然。我原本以为一个会法术的人，一定会是法力无边、无所不及，但是一听外公说步步登云和隔墙取物，就感觉只不过是小小的法术而已。不过，这个随云真人毕竟不是一般人物。虽然我没有抱很大的希望，但还是跟着外公去了翠云山。

临走的前一天，外公让我到舒先生家辞行，我本不想去的，但是外公说，舒先生教我识字并且让我懂得礼仪，就是我的师父。于是我就拿着一些礼品来到了舒先生家。

我去的时候，舒先生在上课，他大约也知道我要去翠云山学艺，于是就叮嘱了我几句。临走时，他还让书屋里的书生一起把我送到了村外。

虽然我和舒举有过节，但是在我离去的时候，他并没有使性子——他虽然没有送我，但是托珑儿告诉我，其实他挺喜欢和我在一起的。

珑儿是送我最远的一个，当其他书生都各自回家的时候，她还没有回去，而是低着头，仔细地瞅着傍晚的落日。

我不知道说什么才好，珑儿也是不言不语。我们就这么站着，直到外公来找我的时候，我才对珑儿说："其实我挺喜欢和你们在一起的，但是你们一直都看不起我，以为我和你们不一样。"

珑儿转过身来瞅了我一眼，回答说："我哥哥说，你爹爹是一只野猫精，村里的人都这么说！大人们都不让我们让你一起玩儿！"

从前，别人一说我是妖精的儿子，我一定会和他打起来，但是今天珑儿这么说，我却没有生气。

"你也这么认为吗？"

珑儿点了点头。

[第二章]
随云真人

"总有一天我会找到我的爹娘的,到那时你们就会知道,我爹爹不是一个妖精!"

"如果你爹爹不是一个妖精,你的皮肤为什么不是黄色的,而是红色的,而且你的头上还长着两只猫耳朵?"

"外公说过,我这是福分,说我的一生注定要扮演一个重要的角色!"

珑儿没有接着向下说,而是低下头沉默了起来。过了好长一会儿,才抬起头来问我:"你还有话对我说吗?"

"我……"我犹豫了一下,却未说出口。

"你想说什么?"珑儿睁大了眼睛。

"没有什么,说了你会不高兴的。"

"你说吧,我不会生气的!"

"其实,我挺感激你上次劝我放过你哥哥的。"

珑儿惊讶地不能言语。这时,外公走到我的身边,一把拉过我的手,朝家走去。

我一边走着,一边回头来瞅珑儿,我看到她惊讶的眼神和慌恐的面容,我知道我一定把她吓住了。

珑儿一直看着我消失在夜幕当中,才转身离去了……

第二天清晨,外公带着我向翠云山出发。

顺着村子里的羊肠小道一直向西走,走出村子就能看到一片崇山峻岭,那座最高的山就是翠云山。翠云山被前后三座大山包围着,犹如一朵鲜花的花蕊一般,坐落在群山的正中央。在翠云山方圆十里地,又有几十座大大小小的山岗和丘岭,形成了翠云群山。

我和外公清晨出发,虽然一出发就能看到翠云山的主峰,但是它却远在天边一般遥远。我和外公骑着两头毛驴一直走到中午,才翻过了三座丘岭,外公说,照我们这样走下去,要到傍晚时分才能走到翠云山下。

到了下午,我和外公就进入了崇山群岭之中,周围没有一个村落,都是

一眼望不到边的树林和山岗。但是我却可以看到翠云山的主峰高高地矗立在我的面前。

顺着山间的小路一直向前走，崇山峻岭中不时地传来一阵鸟叫，间或传来一阵恐怖的声音。偶然一只山鹰张开翅膀从天空中掠过，只见它的身影犹如海中的蛟龙一般，在天空中来回地盘旋着。

到了傍晚，我们终于来到了翠云山下。远远地看去，山脚下有一缕炊烟慢慢升起，似山间的晨雾一般。外公说，那是翠云山下的一个山寨，大都居住着些猎人。外公上次来的时候，就是在这里休息了一夜。

虽然是崇山峻岭，但是山脚下弯弯曲曲有一条小河，河水清澈见底，甘甜无比，故而打猎的人在河边建起了几座小木屋，以便休息。山上的树木多是松柏，苍翠挺拔。

外公带着我来到一个小木屋里，外公一进去就喊道："老人家，让你等急了。"

那里面住着一个老猎人，花白的胡子，身体却很结实。他一看见我和外公走了进来，急忙站起身来仔细地瞅了我一眼说："这个就是猫孩儿？"

"快让老人家看看。"外公向前推了我一把。

我回头瞅了外公一眼，外公示意让我走上前去。那个猎人，走到我的面前，仔细地瞅了瞅我的头发，并且伸出手来摸了摸我的胳膊，还自言自语道："果然是一个火红皮肤的孩子，我都60多岁了，还没有见过这种皮肤的孩子呢！"

说着，老猎人让我和外公坐下。他从外面抱来一些干柴，把火烧得旺旺的，把几只洗好的野鸟放在上面烘烤。

外公大约与他已经很熟悉了，他们一边聊着翠云山上的山路，一边烘烤着野鸡。走了整整一天，我却没有心思听他们闲聊，独自躺在木屋的一角便睡着了。直到外公叫我起来吃烤肉的时候，我才惺惺松松地从睡梦中醒来。

"孩子，你在山上学艺，一定非常辛苦，空闲的时候，你可以来我这儿，吃点野味。"老猎人一边吃着烤肉，一边对我说，外公也随声附和着。

[第二章]
随云真人

我对野味没有什么兴趣，但是对随云真人却有几分怀疑："老爷爷，我外公让我拜随云真人为师，但是听我外公一说，他也没有什么本领，不知道我这次来到此处，会学到什么法术？"

老猎人一边吃着烤肉，一边拿起一个酒葫芦，张开大嘴喝了几口，才对我说："你可别小看这个随云真人。他来翠云山已经十年了，听人说，他是来看管一个女妖的，不知为什么，一个女妖被贬到翠云山，天上的神仙就委派随云真人来看管她，并把这个女妖捆绑在翠云山山顶的一个石柱上。每日风吹日晒，饱受折磨。随云真人如果没有法术，天上的神仙也不会把这个差事交给他？"

"你知道那个女妖的来历吗？"一听说有一个女妖，我就提起了精神。

但是，老猎人却摇了摇头，说："我也不知道，但是我到山顶上打猎的时候，却是看见过她。那已经是十年前的事情了，我见她也不过二十几岁的样子，长得楚楚动人，似个美人儿一般。她浑身上下都被铁链捆绑在一块高达三十几米的巨石上。那块巨石因为风吹日晒，逐渐风化成一个形似宝剑一般的石柱。"说到这里，老猎人长叹了一口气，又说："也不知道她犯下了什么罪孽，受到这样残酷的惩罚？"

"那她怎么吃饭喝水呢？"我继续问道。

"听说，翠云山里有一只白鹤，每天太阳还未出来之前，就给这个女妖送去食物和水。"

"那随云真人知道吗？"

"随云真人当然知道，但是上天有好生之德，只要太阳没有出来，是允许这个女妖进食的。"

"那这个女妖是随云真人擒住的吗？"

"这个我就不知道了。你上山之后，一定会比我了解得更清楚一些。"

[第三章]
拜师学艺

第二天,东方还在泛着鱼肚白的时候,外公就把我从睡梦中推醒,那时老猎人还在睡着。外公小声对我说:"我们上山吧!"

虽然我很想多睡一会儿,但是一想到外公把我送到道观之后,还要回罗家庄,于是我就强打起精神,随外公向山上走去。

顺着翠云山上的石梯,一直向上爬,只见白鹤在松柏之间展开宽大的翅膀,在半山腰来回飞翔;猿猴在树枝上上下下跳蹿,并不时地尖叫着。石梯的两旁,都是一片片翠绿的藤萝和树林,山间有条条雾霭缠绕,似乎走入了云层一般。清晨的鸟儿也叽叽喳喳地叫个不停,并且站在绕有红花的树枝上,不停地跳动着身子,展示着自己的歌喉。

看到如此的景色,我竟然忘记了登山的辛苦。一直随外公向上爬。不多时,眼前就出现了一座道观,道观前有两扇门,门上面有一块匾,匾上写着"翠云观"三个大字。外公看到此门,就笑逐颜开地对我说:"猫孩儿,到了!这里就是随云真人的道观。"

我和外公来到道观的门前,轻轻地扣了几下门上的铁环,不多时,门就打开了,一个小道士迎面而来。外公随即从包里拿出一个竹签,一边递给小

第三章
拜师学艺

道士一边说:"请给我通报一声——我是猫孩儿的外公,是带猫孩儿来拜随云真人学艺的。"

那个道士接过竹签后又把门关上了,我甚是生气,但是又不敢言语。外公看出了我的心思,一边拉着我,一边把我领到门前的一块大石头上。当我们坐下后,外公就解释给我说:"这道观可不是谁想进就能进的,上次我来的时候,如果不是山下的那个老猎人介绍,恐怕也是白来一趟。待会儿,随云真人也不会让我进去,你随那个小道士进去之后,一定要认真拜师,虚心学艺。"

说到这里,外公的眼角竟然挤出了几滴眼泪。我拉着外公的手,紧紧地依靠在他的身边,并且自信地对外公说:"外公,你放心吧,我一定会好好学艺的。"

正在此时,道观的门打开了,小道士走出来对我和外公说:"师父让你回去,让猫孩儿留下就可以了。"

这时,外公把包袱从背上拿了下来,交到我的手中,抹着眼角的泪水对我说:"猫孩儿,外公走了,你要好好照顾自己。学艺成功之后,一定要回来看外公。"

我用力点了点头。看着外公一步一步地向山下走去,我在心里对自己说:"我一定会努力学艺的,争取早日回家。"

我随那个小道士来到道观,里面偌大一个院落,松柏林立,房子却不是很多。我随小道士来到老君堂,看见一个衣着长袍手持拂尘的长者,心想这人一定就是随云真人。小道士来到长者的身边回答道:"师父,猫孩儿来了!"

我走上前去仔细瞅了师父一眼,向他深深地鞠了一躬。随云真人转过身来,从头到脚仔细地打量着我。

"我——"

还没有等我来得及说话,随云真人就走到我的身边,如老猎人昨天傍晚初次见我一般,惊异地说:"人世间,果然有火红皮肤的人儿,就连头发也

垂直向上长。"

随云真人一边说着,一边拉起了我的一只手,抚摸着我的手背。

我趁随云真人正在瞅我皮肤的时候,说道:"师父,我叫猫孩儿,半个月以前,我外公曾专程来到这里!这次我随外公来翠云山,希望能拜您为师,并教我一些法术。"

听我说完,随云真人这才松开了我的小手,挺起胸膛,一本正经地对我说:"我随云真人来翠云山已经十年了。这十年来,来翠云观拜师者不计其数,但是大都被我拒绝了。因为我收徒弟,要具备三个条件。"

听到这里,我以为他不愿意教我法术,于是就抬起头来,疑惑地问道:"什么条件?"

随云真人笑了笑,瞥了我一眼,说:"第一条是要有与生俱来的本领,第二条是要有学法术的先决条件,第三条是年龄不满十二岁。十年来,我只收了三个徒弟——我的大徒弟叫绝飞,他刚生下来就长有一对翅膀,于是,我就教他像鸟儿一样飞翔。我的二徒弟叫绝目,他生下来只有一只眼睛,于是我就教他火术,只要他一发怒,眼睛所看的地方就会燃起熊熊大火。我的三徒弟叫绝美,她虽然是一个只有九岁的小女孩儿,但是却貌美如仙,而且她生下来的时候,从娘胎里带来一个肉琵琶,于是,我就教她弹奏琵琶。她高兴时,弹出的曲子能够让一棵不足一尺的树苗,片刻间长成参天大树;要是她生气时弹出的曲子,能够让一匹强壮的骏马片刻之间缩小十倍,成为一只麻雀般大小的小马驹。此后,我就再也没有收过徒弟。我听你外公说,你浑身上下都是火红色的,而且力大无比。我就知道你就是我随云真人的第四个徒弟,只要你好好跟我学,不出三年,我就让你学会移山倒海之术。"

我原本以为随云真人只是一个平庸的道士,听他这么一说,我就如鱼得水般欢畅起来。随即,随云真人的面部一沉,脸色变得阴暗无比:"但是拜我为师后,你也必须遵守三条师训,如有违反,我定灭你!"

听到这里,我抬起头来瞅了一眼随云真人,只见他紧闭双目,于是我疑惑地问道:"哪三条?"

[第三章]
拜师学艺

随云真人紧锁眉头，捋着一尺多长黑白相间的胡须对我说："第一条，谨遵师命，如有不遵，不管你身在天涯海角，我定灭你！"

我仔细一想，一日为师，终生为父，谨遵师命，自古以来就天经地义。于是我回答说："这条我能遵守。"

"第二条，师徒一心。不管为师是仙是圣是魔是妖是人是鬼，为徒的必须和我一心，如果师为妖，你为仙，我定让你粉身碎骨。"

"那师父为妖，我为魔，那又如何？"

随云真人冲我微微一笑："你这个孩子，我随云真人虽然不敢说有通天之术，但是我自信徒弟的法术还不会超过我。再说，我已练就了金刚不坏之身，与日月同庚，与天地同寿，你的一生不过短短几十年，如何能够超过我？"

我却不信，但是又不好说出口，于是就站起身来仔细想了一会儿，才回答道："师父能够长生不老，一定是苦读经书，日夜练功，不知道练了多少年月，才有了今天的法术。为徒的，如果和师父下同样的工夫，也一定能和师父一样，练得个长生不老？再说我读书的时候，舒先生就给我们讲过，青出于蓝而胜于蓝？"

"这是什么道理？"随云真人旁边的小道士从我身后站起身来，指责我说："随云真人乃是天上的一位大神，就算你练五百年也不能和师父相提并论！"

我哪里肯信，偷偷瞅了随云真人一眼，只见他并未生气，于是我就反驳那个小道士道："师父能够练10年的法术，我也可练10年；师父能够练100年的法术，我也可以练100年。怎么能够说徒弟超不过师父呢？"

随云真人听到这里，突然哈哈大笑起来。"你这个猫孩儿，不知道天高地厚，我只当你说的是玩笑。如果你能超越师父，也算是你的造化！如果哪一天，你的法术超过了我，你也就不是我的徒弟了。"

"如果是这样，我一定遵守师父的教训。"

"那最后一条，也是最要紧的一条，那就是刻苦学艺，不得半途而废，

如果中途退学，我定灭你！"

"这条，师父请放心。我猫孩儿虽然只有11岁，但是也读了几年书，学了《四书五经》。"

随云真人点了点头，把我安排在老君堂旁边的一间寝室里住下。随后，随云真人把三个徒弟叫来，让我跪在他的面前行了拜师之礼，并且赐给我一个道号：绝力。

我虽然十分不喜欢这个名子，但是一想到师父可以教我移山倒海之术，也就心宽了许多。

拜师后，师父又给我介绍了三位师兄。师父说，大师兄跟他学艺整整8年了，而今他已17岁，学的法术也最多。他刚来翠云山的时候，才9岁，村里的人只当他是一个怪物，背上长了两个翅膀。那时他虽然有翅膀，却不能像鸟儿一样飞起来。经过师父的点拨之后，如今他的翅膀越长越大，而且能够在天空中自由飞翔。

二师兄的长相甚是吓人，他的额头下面只有一只眼睛，而且长在鼻子正上方。他7岁的时候，被父母抛弃在山凹里，随云真人听见他的哭声之后，发现了他并带他上山，给他起道号：绝目。如今绝目也已14岁了，长得像个小老头似的。绝目深受随云真人的喜爱，因为在他的徒弟当中，就数绝目长相独特，所以自从绝目进山开始，就教他"绝目神功"。现在已经练到了"发怒喷火"的程度。

三师兄比我早上山6年，年龄只比我小两岁。虽然她还是一个小女孩儿，但是长得眉清目秀，脸蛋白皙，就如画里的美人儿一般。所以，师父一见到她，就给她取名为绝美，意思言简意赅。绝美最大的特长就是弹琵琶，她出生在一个大户人家，爹爹是附近有名的大财主。绝美一生下来就会说话，并且在娘胎里带来一把肉琵琶。随云真人见到她后，就与她的父母商量，要收她为徒。开始的时候，绝美的父母都不答应，但是随云真人答应他们，绝美学艺成功之后，不但是天下第一美人，而且还能弹出最优美最动听的琵琶曲。更为重要的是，绝美的曲音可以让世间万物都能随意地变大变

第三章
拜师学艺

小。绝美的父亲一想,如果学成变大变小的法术,就把一两金子变成一座金山,那样岂不成了为天下第一富翁,于是就答应了。

随云真人为我介绍了这三位师兄之后,便回屋休息去了。我们四个来到道观的院落里,绝目转过身来上下打量了我一下,很不耐烦地对我说:"听师父身边的道士说,你在拜师之前,曾经口出狂言,学个三年五载,法术就能胜过师父?"

我仔细瞅了瞅三位师兄,心想他们的确对我有些成见,就连他们瞅我的目光中,也带着几分蔑视。于是就回答说:"我读书的时候,先生就教我们,青出于蓝胜于蓝。徒弟当然能够胜过师父!"

谁知我的话刚说完,他们就捧腹大笑起来,绝目一边笑着,一边指着我说:"你这个猫孩儿,你以为这是在读经书,谁背的书多谁的学问就最大?"

这时,绝飞也神气十足地对我说:"学法术,没有人点拨,即使你有天大的本事,也施展不开。比如像我,我虽然天生有一对翅膀,但是却不能飞翔,如果没有师父,我怎么能够飞起来?绝目也是这样,如果没有师父的点拨,他只不过是个独眼龙。"

"别这么称呼我!"绝目一听到"独眼龙"三个字,就愤怒了起来:"我可在这里说死了,如果谁在我面前再提'独眼龙'三个字,我一定将他烧成灰烬!哼——"

说着,绝目就气冲冲地走开了。绝飞看着绝目离去的身影,微笑着对我说:"他也就依仗着师父喜欢他,在我的面前充能耐。绝力,听说你力大无比,可是真的?"

我点了点头,说:"不是我吹牛,这翠云山上的任何一块石头,我都能单手举起来。"

"哟,你真的有这么大的力气?"绝美也问道。

"那是当然。"我心想,他们都有一些超人的法术,我也不能示弱。

"那师父一定会教你移山倒海之术。"绝飞叹了一口气说。

"大师兄,什么是移山倒海?"

"移山倒海就是，能够用法术，把山移到别处，把海翻个底朝天，这就需要你有天生的神力了。"

"绝力如果能够学会移山倒海之术，我们四人之中，就要数绝力的法术最高。"绝美笑嘻嘻地说。

"那也不见得。"绝飞瞪了一眼绝美，展开翅膀就飞到了空中。

绝飞走后，绝美拉起我的手笑嘻嘻地对我说："别理他们！他们两个仗着自己的年龄比我大、上山的时间比我长，就自认为法术比我大，小师弟，你可知道，我一弹琵琶，想让他们变大就变大，想让他们变小就变小，他们就是欺负我年龄小罢了。你来了，这下可好了，可得陪我好好玩儿玩儿。绝飞和绝目，都是各怀鬼胎的家伙，一点儿都不可爱，就像是一个白胡子老头似的，老是一本正经的。不过，这也难怪，在道观里待的时间长了，人也变得少年老成起来。绝力师弟，以后你可要陪我玩儿啊！"

绝美的确还是一个小女孩儿，她只有九岁。我看到她如此热情，也就点头答应了。

我以为当徒弟的，每天只要跟师父学法术就可以了，谁知道，第二天天还没有亮，我就被绝美喊了起来。

我睁开朦胧的睡眼，以为是绝美来找我玩儿的，就又躺下睡了。谁知，绝美弹了一下琵琶，我就感觉如山崩地裂一般，床也开始摇晃起来。我一骨碌儿爬起来，冲绝美嚷道："天还没有亮，你来干什么，害得我觉也睡不成了？"

绝美看我生气了，却哈哈大笑起来。我莫明其妙地瞅着绝美，叹了口气，谁知绝美却责备我说："你这猫孩儿，你以为这是在家里啊？快起来干活儿，师父还等着我们呢！"

"干活儿，干什么活儿？"

"你这个懒虫，师父让你从今往后，每天在这翠云山上拔一棵高两丈的松柏。"

"师父要这么多树有什么用？"

[第三章]
拜师学艺

"你这个懒虫？道观里一天所需的柴禾都依靠这棵松柏，快去吧！回来晚了，小心师父罚你挨鞭子！"

走出屋子，我才发现，整个道观里的人全都起床了。绝美从一个小道士手中接过一袋粮食，自己坐在粮食的旁边，弹了一会儿琵琶，口袋里的粮食就像发了洪水一般，慢慢变多了起来。

而此时，绝飞从山下飞回来，把一桶泉水倒入一个巨盆当中，绝美又弹了一会儿琵琶，那水顿时成倍地增加。小道士把米放入锅里，又加了半锅水，这时绝目从房间里走了出来，眼睛一瞪，就喷出一团火来，把锅底下的干柴点着了。

就在此时，绝目回过头来瞅了我一眼，大声嚷道："绝力，还不快去砍柴，难道要让我的眼睛当干柴使吗？"

我一看，原来就差干柴来煮米了，于是赶紧跑出了道观。

走出道观，看到道路两旁的树木，不管三七二十一，在离道观最近的地方，随便找棵松柏。只见它比我高出几十倍，我想这足够两丈了，于是就双手掐住树杆，用力一拔，那棵松柏就被我连根拔起。这个时候，就连我自己也有些惊讶，以前我举过人举过石头，可从未拔过这么高大的松柏。刚刚弯下身子的时候，我还以为自己拔不出来，但是一用力，那棵树的根就慢慢向上爬了出来。我想：虽然只来到翠云山一天，但是我的力气就大了好多，如果在这里住个一年半载，不用练法术，我的力量也会逐渐增大起来。

这时，东方渐渐亮了起来。我知道道观里的柴禾不多了，也不敢怠慢，急忙扛着那棵松柏向道观里走去。

此后，我每天都要在翠云山上拔一棵松柏，只是师父不让我在道观附近拔了，让我在离道观50丈以外的地方去寻找枯死的老松柏。

[第四章]

脚下生风

我从上山的第十天开始跟师父学习法术。

那一日,师父老早地就把我叫到身边,对我说:"你虽然天生力大,但是也没有移山之力,更不可能有倒海之术。因此,你要从最基本的学起,循序渐进。你的三位师兄拜我为师的时候,我都先教他们脚下生风和步步登云,这是最基本的法术,也是最实用的,你也不例外。"

我早就听外公说过,随云真人的法术里有步步登云之术,我却不以为奇。

"学会脚下生风有什么用?"

师父回答说:"学会脚下生风,你走路时便不费力气。即使你日行千里,也不感觉劳累。"

"那步步登云呢?"

"学会步步登云,你就可以在脚下生风的基础上,在天空中自由行走,就如苍鹰一般。"

听师父这么一说,我感觉也没有什么特别的,但是我又转念一想,如果学会这两种法术,就可以利用闲暇的时间回家看外公。

[第四章]
脚下生风

随云真人把我带到一块平地上,他首先让我围着这块平地走上十圈。我不知道为什么,走第六圈的时候,突然从山顶上吹过来一阵风,把我吹得连站立都很困难更别说行走了。

等风停了的时候,我发现师父已经不见了。我仔细一瞅,这块平地也没有什么特别。于是又围着它走了一圈,当走第二圈的时候,我停下来四处张望,这时也没有风吹来,而且也没有什么特别之处,于是我就坐在平地上等师父。

这翠云山高耸入云,我坐在这块平地里,犹如坐在大海上的一叶小舟一般。我左等右等,不见师父回来,心里就有些不安,甚至有些担心师父被风刮跑了,于是我站起来身来冲山顶大声喊了几句"师父",但是过了许久,也没有回应。

于是,我又坐了下来,继续等着。仅仅过了片刻,天空中突然飞过来一只大鸟,远远看去这只鸟的确很大,身体足足有七尺多长,而且翅膀也很大,两只翅膀合在一起足足有一丈长。我正在看得疑惑不解的时候,那只大鸟突然向我冲过来,只是一眨眼的功夫,就飞到了我的身边。我仔细一瞅,原来是绝飞。

绝飞看到我坐在地上,很是生气地说:"你这猫孩儿,师父教你脚下生风,你却在这里偷懒?"

我一想,师父哪里在教我法术,一阵风过后就不见他的踪影。听绝飞这么一说,我自然感觉有些委屈。

"师父的确在教我法术,但是一阵风过后,师父就不见了。我在这里等待了半天,也不见他回来,我刚才还在想,师父是不是被风刮走了,你就来了。"

绝飞一边听我说着一边哈哈大笑起来,他这一笑却笑得我有些摸不着头脑。

"师兄为什么笑我?"

绝飞在我身边踱了几步,转过身来对我说:"你这个蠢猪,师父是想试

探一下你的悟性，没成想，你笨得连猪都不如？"

我一听绝飞这般侮辱我，瞪了一眼绝飞就反驳道："师父试探我，我怎么知道？你现在虽然是我的大师兄，但是你有什么法术？只不过和捉老鼠的苍鹰一样会飞一点儿罢了。"

"蠢得像猪，还口出狂言？"说着，绝飞就展开自己的翅膀在我的后背呼扇了一下。我根本没有想到绝飞会偷袭，他的翅膀在我的后背上轻轻地一滑，我就被他抓到了半空中。我瞅着天旋地转的树林，突然感觉自己是如此的无能，于是我挣扎着，想摆脱绝飞的双手，并且开始大骂起来。

绝飞见我一点儿法术也没有，长长地叹了一口气，就把我放在了平地上，自己呼扇着翅膀在半空中对我说："你这个猫孩儿，师父见你悟性太差，让我来告诉你脚下生风的要诀，没有想到，你竟然如此的无礼。"

我站在地上瞅着半空中的绝飞，顿时感觉自己像被骗了一般，尤其是被绝飞戏弄了一番之后，我更是感觉自己没有脸面了。

这时绝飞又对我说："师父还想三年内教你练成移山倒海之术，我想即使是30年，你也练不成。"说着，绝飞一边大笑着，一边飞走了。

看到绝飞的身影渐渐消失在我的视线里，我感觉自己似乎受到了莫大的侮辱，甚至有些担心自己是不是能够学会移山倒海的法术。想起师父带我来这里的时候，要我在平地上走十圈，我走到第六圈的时候，就被风吹得不能站立，想必这脚下生风一定和这个圈数有关。

于是我又围着平地走了几圈，一边走着我还一边数着自己走的圈数。当我走到第六圈的时候，山顶上又吹过一阵风，这阵风比刚才的那一阵风还要厉害，吹得我不能睁开眼睛，身体里就像装满了空气一般，身体渐渐悬浮起来。这时我才悟出了其中的道理，这脚下生风的法术，只要等我走到第十圈的时候，就能够学成了。

当我实在顶不住山顶上这阵飓风的时候，我就跳到平地的中央，坐下来，这时风也就停了。当我知道了这其中的奥秘之后，不禁欣喜若狂起来。我想，如果我多用一些力气，跑得再快一起，用的时间再短一些，我就可以

[第四章]
脚下生风

在风吹来之前跑到第七圈。这样想着，我就站了起来，伸了伸胳膊，把力气都用在了双腿上。等我准备好之后，我就迅速围着平地跑了起来，前几圈都没有问题，但是当我刚要跑到第六圈的时候，我突然听到山顶上的风又吹了过来，于是我就又加快了脚步，等风吹到平地上空的时候，我已经跑到了第七圈。可是就在这时，风越吹越大。

狂风中还夹杂着一些沙子和碎石，那沙子吹到我的脸上，就像刀割一般，那碎石砸在身上就如剑刺一般，我一再地用力，可是越是向前走，风就越大，沙子和碎石就越多，我本想一次就跑到第十圈，可是跑到第七圈的时候，我根本就不能跑了，只能一步一步地向前挪动。

当我就要挪动到第八圈的时候，那狂风似乎也越发厉害了，一阵比一阵疯狂，我的脚步刚迈到第八圈的时候，飓风就把我吹了起来，我在半空中犹如一根羽毛一般，被风肆无忌惮地狂卷了起来。在空中，我甚至连求救的声音也喊不出来，只是片刻的功夫，狂风卷着沙石就把我吹到了翠云山下。我一个跟头就从半空中掉了下来，我本以为自己会被摔死，而且摔得血肉模糊，但是当我向地下一瞅的时候，却看到一条小河，狂风刮到河水深处的时候，就停住了，我一个跟头就摔到了河里。

这河水虽然不是很深，但是却保住了我的性命。等我从河水里爬出来的时候，看到绝美正在河边洗衣服。

绝美看到我从半空中摔了下来，就笑吟吟地对我说："猫孩儿，师父一定在教你学脚下生风吧。"

我虽然没有摔伤，但在落水的时候被河水呛住了。当我从河底爬上来的时候，一边努力睁开双眼，一边向外吐水。绝美见我如此狼狈，笑得更厉害了。

绝美走到我的身边，用力拽了拽我湿漉漉的头发，并且嘲笑我说："连脚下生风你都学不会，你还想学移山倒海之术呢？"说着，她再次咯咯笑了起来。

我的身体趴在河岸的一片沙滩上，感觉整个躯体不再属于我似的，看到

绝美还在说风凉话,我的气就不打一处来。

"这个随云真人,要教我法术就教吧,一阵风吹过他就走了。连声都不吭一下,算什么师父?大师兄更是可恶,师父让他来教我法术,他却戏弄了我一番?"说着,我长叹了一口气,"早知道随云真人就是这样教徒弟的,我就不拜他为师了。"

绝美听我发完牢骚了,就反问我说:"今天你跑到了第几圈?"

"还说呢,跑到第六圈,师父就不见了,跑到第八圈的时候,我就被风卷到了这里。"

绝美听我说完,一本正经地对我说:"那你还不错,我听师父说,绝飞在练脚下生风的时候,用了十天的时间,第一天只跑到了第六圈;绝目就更笨了,他用了整整一个月的时间,第一天才跑到了第五圈。"

"那你用了几天时间学成的?"

绝美上下打量了我一下,笑嘻嘻地对我说:"我只用了一天时间就学会了脚下生风?"

我却不相信,两只眼睛忽闪忽闪地瞅着绝美。绝美大约也看出了我的心思,于是她就对我说:"我第一次跑到第六圈的时候,风就吹了过来,吹得我不能直起身子。我坐在平地中央一想,我用琵琶曲把那阵风变得小一些,不就可以轻松跑到第十圈了吗?于是,我二次跑圈的时候,就跑到第十圈。"

"这倒是一个好办法,可是我就没有这么幸运了。我越是向前走,风就越大,别说跑了,向前走一步都很难!"

"你这个猫孩儿,脑袋真是笨得很?你不是力大无比吗?你在那块平地中央放一块大石头,当你跑到第八圈的时候,你就把石头放在你的胸前,这样即使风再大,也不会把你吹到半空中了。"

"这个方法果然好,我上去试试。"

我一边向上爬,一边寻找一块能够挡在我身前的巨石。当我来到翠云观门前的时候,发现那里正好有一块足足有一丈多长五尺多宽的石头。我和外

[第四章]
脚下生风

公来的时候，还曾经在这块石头上休息过。

我感觉这块巨石一定能挡住山顶上吹过来的狂风。于是我走上前去，一只手托住巨石的一侧，另一只手伸到了石头的中央，我一用力就把这块巨石抱了起来。在此之前我从来没有举过如此巨大的石头，即便是我砍柴拨树的时候，也没有用过这么大的力气。那石头被我抱在怀里，我却没有力气把它举起来。于是我就紧紧地抱着它向前走。好在那块平地离道观不远，我走一会儿休息一会儿，不多时就来到了平地上。我把那巨石放在中央，稍微休息了一会儿，就准备跑圈。为了能够成功过关，我几乎使出了吃奶的力气。我一边跑着，还一边想着，绝美用了一天的时间学会了脚下生风的法术，我也决不能超过一天。

这次，我跑到了第六圈的时候，听见山顶上突然刮起了一阵狂风，这阵狂风比前几次来得更猛烈一些。于是我又加快了脚步，等风吹过来的时候我已经跑到了第八圈。这风也毫不含糊，风中不但夹着沙子和碎石，而且一些枯死的树木也被它卷了过来。我一看，风越吹越大，一把就抱起了那块石头。那风吹得本来就大，我再抱起那块巨石，真有一种雪上加霜的感觉。我正在思考自己是不是在掩耳盗铃的时候，天空中突然一个闪电，片刻后，狂风夹着暴雨就冲我吹打过来。这时，风越来越大，我却没有被吹起来，我一步步地向前移动着，虽然向前走一步都十分困难，但是我却正一步步地接近第九圈。

我知道，只要不放下这块石头，我就不会被吹起来，而风再大只会让我移动的脚步更慢一些儿，却不能阻止我前进。当我的脚步跨过第九圈的时候，师父突然出现在我的面前，他仔细地瞅着我，却没有言语。我不知道师父的出现是在监督我还是在鼓励我，但是我突然感觉怀里的巨石不再那么沉重了，于是我移动的脚步也越来越快。虽然一阵狂风一阵暴雨，吹打得我不能睁开眼睛，但是我知道，只要我一步一步地向前挪动着，就一定会到达终点。

我感觉那巨石在怀里就如一只鸡蛋一般重的时候，突然感觉风不吹了，

雨也不下了。我睁开双眼，发现已经雨过天晴，再瞅一瞅地上，也没有被雨水淋湿的痕迹。

我小心翼翼地把巨石放在了地上，就在巨石脱手的那一刻，我的脚下突然被一块软绵绵的东西托了起来，而且让我左右摇晃起来。

我低下头一瞅，原来是一阵风钻到了我的脚下，让我从地面上浮了起来。

这时随云真人走到我的身边，冲我笑了笑，捋着他那黑白相间的胡子对我说："猫孩儿，你已经学会了脚下生风的法术。"

我四下一瞅，发现天空中一望无际的湛蓝，根本没有下过雨的迹象，这倒使我疑惑不解。

随云真人解释说："其实你的身边没有风也没有雨，风和雨只是存在你的脑海里，你如果看到风，就说明你身边有风；如果你看到了雨，就说明你的身边在下雨；如果你既看不到风也看不到雨，就说明你的身边既没有风也没有雨。"

随云真人一边说着，一边向我挥了挥手："你回道观去吧，太阳就要落山了。"

学完脚下生风以后的数天里，师父就再也没有教我什么法术。他只是让我运用好脚下的风，以便让风和我的心联系在一起，做到"风被我所用"。

虽然脚下生风只是一个小法术，但是自从我学会了以后，却也增添了不少乐趣——每日清晨，我再去拨松柏的时候，只要走出道观，仅仅一眨眼的功夫，就远远地离开了道观，随处找一棵高两丈的松柏，轻轻地连根拔起，我就能回去交差，省去了很多力气。

[第五章]

师父外出

　　一天清晨，我们师兄四人早早把柴米准备好，师父突然把我们四人叫到老君堂。我以为师父要教新的法术，但是他在我们四人面前来回地踱着步子，很长时间都没有说话。直到一个小道士来叫我们去吃饭的时候，师父才停下了脚步，犹豫不决地说："我在翠云山上已经居住了十年，这十年来，每隔两年，我都要外出一趟，访访旧友，但是我们翠云山山顶上有一个被天神贬下来的女妖，往年我离去的时候，都可以放心交给绝飞、绝目和绝美看管，但是今年，正是这个女妖被贬的第十年，听这个山上的老猎人讲，十年后，就有人来救她，我也不知道他们说的是真是假。所以，我就思考着，是外出寻访还是留在观里？"

　　绝飞走到师父面前，很傲慢地说："师父，你尽管走吧，那女妖，被千年铁链锁住，即使有神人来救她，也奈何不了。再说，有我们兄弟四人在，一般的小妖也接近不了那个女妖。"

　　随云真人听后，点了点头："这样最好，但是我一直担心绝力，他刚上山不久，而且学的法术又少，如果被女妖抓去或是被女妖迷惑，一定会给我们翠云观带来偌大的灾难。再说，如果那个女妖被人解救出来，那时你们三

个都能逃走，只是绝力逃脱不了。"

"师父，不必担心。"我一听，师父在为我担心，于是我走到师父面前，拍着胸膛说："师父，我已经学会了脚下生风，现在走起路来，就和天上的鸟儿一般轻松，我会照顾好自己的。"

师父听我说完，却摇了摇头，并且瞅着我叹了口气。

这时，绝美冲我使了个眼色，并给师父建议道："师父为何不教猫孩儿步步登云？如果他练成了这个法术，虽然不能和女妖拼斗，但是逃跑却是没有问题的？"

"你们都能逃走，我为什么不能？再说，我们为什么逃呢？如果真有女妖来翠云观，我一定能把她打死。"

"你以为那女妖是只蚂蚁吗？"绝目对我却是不屑一顾。

"难道她是神仙不成？"

"那倒不是。"绝美看我急了，于是就给我解释道，"你可不知道，这女妖是西牛贺洲的一个野猫精的妻子，不知道犯下了什么罪，被捆在翠云山上，而且还要师父亲自看着她哩。"

我听绝美这么一说，禁不住就笑了："我当是什么妖怪？原来是野猫精的媳妇儿，也不见得多么厉害？"

师父见我如此高傲，一边瞅着我，一边摇着头。

绝飞问道："师父是不相信我还是不相信猫孩儿？他虽然大言不惭，但是却也有几分道理。再说，往年师父外出都是我和师弟、师妹看着，这次又多了一个绝力，我们的实力是增强了，而不是削弱了，师父尽管去吧。"

"绝飞说的也是。绝力！"师父在喊我，我急忙走到师父的跟前，"吃过早饭以后，你就随我学习步步登云之术，等你学会之后，我也就能放心地下山了。"

早饭过后，我们师徒五人来到老君堂后面的一片松柏林里，师父就开始教我步步登云之术。

"其实你练会了脚下生风之术，再学步步登云，也就不难了。你只要把

第五章
师父外出

你脚下的功夫练好，念动口诀，你就能在空中行走自如了。"

说着，师父就让绝飞把我背了起来。我紧紧地趴在绝飞的后背上，师父一挥手，绝飞就展开双翼飞了起来，等离地有三四丈的时候，师父一挥手，绝飞就对我说："你展开脚下生风之术，念动口诀，我可走了！"

说着绝飞把我从后背上甩了下来，我哪里能够在空中站稳，只感觉身子一个劲儿地向下沉。我一边挥着手，希望绝飞再把我托起来，一边大喊着"救命"，没喊几声，扑通一声，就摔在了地上。好在绝飞飞得不高，如果再高一些，即使摔不死我，也得把我摔瘫了。

"猫孩儿怎么这么笨啊？"绝美看到我在半空中挣扎的样子，在地上叹道。

绝目接过话头说："他简直就是一头猪！"

我着地的那一刻，绝飞和绝美都气得直跺脚，我哪里还管得了那么多，浑身上下就像摔成了一块肉饼似的，趴在地上怎么也站不起来，并且不时地呻吟着。

师父让绝飞把我扶起来，并且告诉我说："到了空中一定要施展脚下生风之术，如此这般你就不会摔下来了。"

我点了点头，忍着浑身上下的伤痛，再次趴在了绝飞的后背上。这次绝飞好像有意要戏弄我，一下子就飞到了离地十五六丈的天空中，我感觉到风从我的躯体上呼呼地刮着，我的衣服被风吹得哗哗啦啦直响。我还没有准备好，绝飞一用力，就把我甩开了。

我突然失去了重心，和上次一样从半空中向下坠落。我想大声喊，可是每当我张嘴的时候，风就把我的喉咙给堵住了，堵得我喘不过气来。当落到离地五六丈的时候，我一扭身子，施展开脚下生风的法术，就感觉自己一下子着地一般。我小心翼翼地向地面上一瞅，师父冲我点了点头，绝美更是冲我咯咯直笑。

我知道自己成功了，但是我站在半空中，却不敢走动，生怕一个跟头又栽了下去。绝美看我在上面呆呆地站着，着急地既摇头又跺脚。这时师父也

冲我喊道："保持身体平衡，念动口诀。"

绝美怕我理解不了，于是，把自己的胳膊平稳地展开来暗示我。这时我才想到用自己的胳膊做平衡，这样以来，我就可以小心翼翼地在天空中如走钢丝一般地前后走动了。

我一边心惊肉跳地走动着一边念着口诀，突然间我发现自己的身体在慢慢向上升，口诀念得越快向上升的速度就越快，我不念口诀的时候，身体就向下沉。

练习的时间一长，我的脚下犹如有一片浮云，把我的身体托住，并且让我在天空中自由走动。这时再想一想，步步登云的法术也不过如此。

我在半空中练习了三四个时辰，感觉能够自由上下的时候，便来到了地上。

师父和绝美都冲我微笑着，惟独绝飞对我冷眉冷眼的。

我走到师父身边，师父拍了拍我的肩膀说："如此练习三五十天，你便可以在空中自由行走了。"

"谢谢师父。"

"没有想到，你只用了一天的时间就掌握了步步登云之术，可喜可贺啊！"师父夸奖我说。

这是我第一次被师父称赞，心里的那股高兴劲儿溢于言表。无意间我却听到绝飞在嘀咕着："还不是我驮他上去的。"他一边发着牢骚，一边向道观飞去了。

我练习了七八天，师父看到我能够在空中行走如飞了的时候，他便决定下山。临行前，他把看守女妖的任务交给了我们四人。绝飞和绝目为一伙，我和绝美为一伙，两伙人轮换守在山顶。

我从来没有见过那个女妖，也不知道她长得什么模样。师父走后，我到绝美的房间里去打听。绝美告诉我说："你不必担心，说是让我们守着，其实是让我们在山顶玩玩儿而已。那个女妖浑身上下都被千年铁链捆着，是不可能跑掉的。轮到我们上山的时候，我带你到后山采果子吃去。"

[第五章]
师父外出

我一看没有什么具体的任务,也就放心了许多。

师父走的当日,绝飞和绝目就到山顶上看守那个女妖去了,我和绝美留在了观里。

这一日,绝美的心情特别好,她拉着我来到师父的寝室。开始的时候我还不敢进,但是绝美却告诉我说:"师父的屋子里一定有关于法术的书,如果我们能够找到,岂不能够多学一些?"

我一想,也是,我来翠云山,就是来学艺的,于是就和绝美一起闯了进去。师父的房间不是很大,但是书却不少,我和绝美在里面找了半天也没有发现一本关于法术的书。里面的书大都是关于道教的书。我们找了整整半天,才唉声叹气地空手而归。

吃完午饭,绝美又拉着我去老君堂,她又猜想,师父一定把书放在老君堂里。可是,当我们走进偌大的老君堂,根本看不到书的影子,里面只是三清的塑像,更没有放书的书架和书柜。我们找来找去,也没有找到一本书。

这时,绝美一屁股坐在地上,长叹了一口气,自言自语地说:"也许师父知道我们要寻找他的书,早就藏起来了?"但是片刻之后,绝美又问我:"猫孩儿,你说会不会被绝飞和绝目他们偷走了?"

"师父一下山,绝飞和绝目就去山顶看那个女妖去了,他们怎么有机会来偷书呢?"

绝美听我说完,叹了口气,生气地说:"师父也太小心眼儿了,什么破书,我才不希罕呢?我去睡觉了。"

说着,绝美就跑了出去。

第二天清晨,已经过了吃早饭的时间,我才从睡梦中醒来。我起来一看,太阳已经老高了,如果是师父在的话,我一定会被骂得狗血喷头。我正这么想着,窗外突然一阵风刮过来,还没等我反应过来,绝飞就从天而降。

我知道他一定是要让我和绝美上山顶上去看守那个女妖,于是我急忙跑了出去。

"你这个猫孩儿,师父临走前,明明说好让你们一早就去山顶上看女

妖，可是我和绝目左等右等就是不见你们上来。难道你们想挨揍不成？快去找绝美！"

我一看大师兄生气了，冲他一瞪眼睛，没敢回话就向绝美的房间跑去。我一边跑着，一边还在想：师父不在，要小心一点儿才是，他们的法术都在我之上，如果想教训我一顿，还不让我吃不了兜着走。

我推开绝美的房间，绝美果然还在睡觉。

"绝美，绝美，起床了，大师兄都来叫我们了。"我一边喊着，一边使劲儿摇晃着绝美的身体。

绝美睁开眼睛一瞅，还很是生气地说："师父走了，你不让我多睡一会儿，叫我起来干什么？"

"我以为就我自己不知道天高地厚，原来你也不过如此？"

"你是什么意思？"

"大师兄都发脾气了？"

"他有气就发呗，我睡我的觉。"

"你忘了师父让我们四人看守那个女妖的任务了吗？大师兄还在外面等着哩！"

我这么一说，绝美这才从睡梦中惊醒，她头发也没有梳，脸也没有洗，就和我跑出了房间。

绝飞看到我们急急忙忙、慌慌张张的样子，越发生气了。他一呼扇那对一丈多长的翅膀，怒气冲冲地说："以后你们再睡懒觉，别怪我以大欺小？师父不在，在道观里，我说了算！"

我和绝美哪里还听他说些什么，慌里慌张地念动步步登云的口诀就向山顶上飞去。

我这是第一次向山顶上飞，往常练习法术的时候，升到半山腰我就会落下去，而今，我念动口诀，越飞越高，越飞越快，甚至穿过云层的时候，竟然也有几分快活。

片刻的功夫，我们就来到了山顶，那山顶上有一块被风化成利剑一般的

第五章
师父外出

石柱，大约有十余丈高。远远看去，那石柱上的确捆有一个女人。想必，她就是我们要看守的女妖了。

离石柱五六十丈的山顶的一角，有一间房子，绝美一边飞着一边对我说："我们要在这里过夜了，晚上我睡觉，你来看那个女妖！"

"凭什么？"

"白天我看着，晚上你看着。"

说话间，我们就落在了房子前面。绝目在那里早就等急了，还没等我们站稳脚，他的那只眼睛就火冒三丈了。

"你们这两个毛孩子，师父一走，就睡起懒觉了。哼，如果你们再敢如此，我把你们烧成烤肉来吃！"

"哼，也不知道你有多大的法术？"绝美反驳道。

"你——"绝目气得眼睛里突然吐出来一股火苗，这股火苗在他的面前转了一个圈，就又钻进他的眼睛里去了。

"你什么你，还不下去吃早饭？"绝美向绝目做了一个鬼脸，拉着我就走进了那间房子。

绝目在外面大骂了我们一阵儿，见我们不搭理他，于是就下山去了。

那房间虽小，却放了两张床，而且生活用具一应俱全，唯独没有水。

绝美一进去，就叹气道："我还没有洗脸呢，你在这里待着，我到山下洗洗脸，顺便给你摘些果子吃。"

"那可不行。"说着，我想拦住她，她却一转身，跑到了外面，我急忙跑出来追她，还没有等我走出房间，绝美就向山下飞去。

我长叹了一口气，却不知如何是好。我本以为绝美在山下洗完脸很快就会回来，可是我在床上躺了很长时间，也不见她的身影。我没吃早饭，也没有喝水，饿得饥肠刮肚的。走出房间想找些东西吃，可是这山顶上，既没有食物，也没有水，能到哪里找到吃的呢？

我站在悬崖上，四处张望，看看哪里有果树，也好摘几个果子充饥，可是偌大的一个翠云山，都被葱葱郁郁的树木的枝叶挡住，即使有果子，我也

看不到。

我就这样在山顶上来回地徘徊着，把希望寄托在绝美的身上。可是绝美就如一片浮云一般飘走了，再也不见踪影。直到中午的时候，她还是没有回来。

好在这时，一个小道士给我们送来了午饭，我一想到绝美，气就不打一处来。我吃完自己的那份午饭，肚子却还是有些饿，左等右等绝美还是没有来，我一想，这个女孩子一定是在哪里睡起了午觉。

我才不管呢，她能偷懒，我也能。于是，我一生气，回到房间里就呼呼大睡起来。

我刚刚进入梦乡，突然耳边传来一阵呼喊声。我本以为是绝美回来了，但是从床上爬起来以后，却没看见绝美的身影，再侧耳一听，那个声音仍然存在。我走出房间，那声音就越来越清晰了。

我站在山顶，侧耳一听，那声音原来是在叫我。

"猫孩儿，猫孩儿，猫孩儿，猫孩儿……"也不知道是什么人在叫我。

我在山顶上走了一圈，也不见一个人。而且这声音时有时无，似乎是从天上传下来的。后来我又一想，大约是我听错了，或是刮风的声音，就像叫我的名字一样吧，于是我又回到了房间。

但是，当我刚走进房间的时候，那呼喊声突然越来越大，而且喊得很凄凉。我在房间里，被这声音喊得有种莫名其妙的感觉，于是我再次走出了那间房子。

这次我下意识地向天空一望，天空中万里无云，也没有飞鸟，这声音从何而来？我仔细地琢磨着，这时声音却停住了。于是我又听到一阵哗哗啦啦的声音，似乎是有一些碎石从天空中抛了下来。

我正疑惑的时候，突然有一个女人又在天空中抽泣了起来。我向石柱上一看，原来是那个女妖在哭。我一下子放心了许多，于是走到石柱跟前。那女妖从脖子到脚跟都牢牢地被铁链捆住，经过风吹日晒，铁链已经开始生锈了。

[第五章]
师父外出

那个女妖见我走了过来，抬起头来，停止了哭泣。

"是你在叫我吗？"我大声问道。

那女妖却没有回答我，两只眼睛仔细地瞅着我，就像我是一件无价之宝似的，那目光是那样的炽热，似乎有一团火在她面前燃烧一般。

"猫孩儿。"那女妖又叫了我一声。

我后退了一步，心里突然有些发怵："你怎么知道我的名字？"

那个女妖紧紧地皱起了眉头，苦笑着对我说："这个世界上，哪有妈妈不知道自己孩子的名字的道理？"

"你说什么？"我突然间感觉脑海里一片迷茫，甚至怀疑自己是不是在做梦。

"猫孩儿，你是我的儿子！"那个女妖突然对我大声喊道。她一边喊着，又一边抽泣了起来。

"你胡说，我是罗家庄的孩子，你在翠云山上被捆了十年了，你怎么是我妈妈？你再胡说，小心我用法术制你！"我虽然这么反驳着，但是我从内心里并不讨厌这个女妖，甚至还在想，如果这个女妖是我妈妈，我也算找到一个亲人了。

"孩子，"女妖又对我说，"我真的是你妈妈，要不然我怎么知道你叫猫孩儿呢？"

"我在这个山上学艺已经两个多月了，这个山上的人没有一个不知道我叫猫孩儿，你知道，也不能说你就是我妈妈！"

"孩子，我不光知道你叫猫孩儿，我还知道你外公姓罗，叫罗翠云。"

听到这里，我突然后退了一步：她真是我妈妈吗？可是她为什么会被捆在这个地方？师父和师兄都说她是一个女妖？那她为什么知道我的姓名和外公的名字？

正在我疑惑之际，绝美突然从山下飞了上来。当她看到我在石柱下的时候，吓得她脸色都变了。

"猫孩儿，快离开那里，那个女妖会法术！快离开。"

我听到绝美这么一喊，赶紧向远处跑去。那个女妖却又在那里抽泣了起来。绝美飞到山顶上，一下子就把我的胳膊抓住，而且异常地生气道："你不想活了？她会把你杀死的？"

听到绝美这么一说，我倒没有害怕。"她说，她是我妈妈？"

"你别听她瞎说了，我第一次上山顶的时候，她还说是我妈妈呢？"绝美一边说着，一边把我向小屋里拉。

"可是，她知道我的名字？"我反驳道。

"走啦，走啦！那都是女妖的法术。"

绝美把我拉进屋子，并且从怀里拿出几个水果给我吃。我再次想起那个女妖说的话，感觉也有几分道理。但是，又一想绝美的话，又有一些害怕起来——如果这个女人真是女妖，一定有很高的法术，利用法术当然就可以知道一个人的身世。

[第六章]
独自下山

晚上，绝美怕我被女妖吓着，没有让我出去。她倒是一直从窗户里向外瞅着那个女妖，还不时地对我讲着那个女妖用什么法术认她做女儿的事。这一夜，我在绝美的絮絮叨叨中进入了梦乡……

第二天，天刚刚亮，外面还有一些朦胧的时候，我就从梦中醒来。看到绝美在床上酣睡的样子，我并没有惊动她。想到昨天那个女妖说的话，倒有了几分疑惑和不解。

我妈妈在哪里？这个女妖又是谁？我爹爹在哪里？这一连串的问题在我的脑海里回转个不停。

我走出房子，来到外面，山顶上还有一些朦朦胧胧的晨雾。我站在一块巨石上，向山下望去。整个翠云山都被翠绿的树林覆盖着，像是包裹上了一层绿色的衣裳。半山腰上，有一层薄薄的浮云，在半空中来回地徘徊着，像是一个有心事的小姑娘独自一个人在想着自己的心事。

我不知道自己究竟是人的孩子，还是妖的孩子，抑或是神的孩子。想起村子里的人都说我是妖精的孩子，又想到女妖对我说的话，我突然想到一个可怕的问题：如果我爹爹和妈妈都是妖精的话，那我该怎么办？

正在我思绪万千的时候，远处飞来一只白鹤，它看起来比一般的鹤要大一些儿，而且翅膀也更宽一些儿。它一直努力地向山顶上飞，似乎很用心，又似乎很着急。

近了的时候，我看到那只白鹤的身上有两罐东西，我念动步步登云的口诀，和那只白鹤平行飞行的时候，才看到，白鹤的身上一罐是米饭，一罐是清水。白鹤看到我飞在它的身旁，突然叫了一声，努力向山顶上飞去。我紧跟着那只白鹤来到山顶，那只白鹤飞到那个高耸入云的石柱上面，冲着那个女妖轻轻地叫了几声。这时我飞到了白鹤的旁边，看到那个女妖干枯的面容，心中不禁心痛起来。那个女妖看到是我，目光闪烁地瞅着我，似乎要说些什么，却欲言又止。白鹤轻轻地鸣叫了一声，把清水向女妖的嘴边靠了靠，女妖张开干枯的嘴唇，向罐子上猛吸了一口水。然后，她又转过头来瞅着我。我以为她要说些什么，但是她只是看着我，就像一尊石像一般，只是眼中不时地流露出一种怨恨、疼爱和复杂的目光。

她看了我许久，当那只白鹤再次鸣叫的时候，才低下了头，把罐里的水全都喝光了。那只白鹤再把盛有米饭的罐向她嘴边凑的时候，她却对白鹤摇了摇头。那只白鹤疑惑不解地连续鸣叫了几声，女妖只是冲白鹤摇头，然后就不言语了。

"你为什么不吃东西？"我突然好奇地问道。

女妖抬起头来，再次打量了我一眼，说："猫孩儿，我的孩子！"说着，她冲白鹤使了一个眼色，那只白鹤便在山顶上来回盘旋了起来，就像是一个守护她的卫士一般。

"你真的是我妈妈吗？"我不知道自己为什么要这么问她。

那个女妖没有回答我的问题，只是瞅着我，像是在揣测我的心思，又像是在积蓄力量："我的孩子，你真的是妈妈的亲骨肉啊！"

"可是，我外公说我妈妈和爹爹外出经商去了？"

"那是外公在骗你……"

"你胡说，外公是不会骗我的！"

[第六章]
独自下山

"孩子,你知道你浑身上下的皮肤为什么是红色的吗?"

我摇了摇头,那个女妖解释说:"那是你爹爹离开的时候,害怕你长大以后认不出你,他就咬破自己的手指,把血吸在口中,又喷在你的身上,所以你的皮肤才是红色的。"

"你胡说!鲜血喷在我的身上,不久就会洗掉的。"

那个女妖摇了摇头,并且微微地笑了笑。"你爹爹是一个浑世魔王,他在自己的血液里下了魔咒,所以你身上的血是洗不掉的。"

"你是人还是妖?"

那个女妖听到我这样问她,望着我又是一阵苦笑。"孩子,妈妈现在不是人也不是妖,而是神仙。"

我听到这里,就更不相信她了。"神仙?神仙怎么会被捆在这里?"

"孩子,一时半会儿我还给你解释不清楚。你过来,用你的脸蹭一下妈妈的脸好吗?妈妈想感觉一下你的体温,孩子——"

"我才不会上你的当呢?"

"孩子,我真的是你妈妈?"

"那你用什么证明,你就是我妈妈呢?"

"孩子,为娘的生下你,不到两年,我和你爹爹就被迫和你分开了。你爹爹除了把你的皮肤变成红色之后,就再也没有什么可以辨认的标记了。"

"那么我怎么能相信你?"

"这样吧,今天夜里,你和我的这只白灵鹤一起回到罗家庄,让白灵鹤把你外公驮过来,你外公自然认得我。到那时,你就会相信,我就是你妈妈。"

"你又在说笑,那只白灵鹤怎么能驮得动我和外公?"

那白灵鹤见我在说它,竟然一下子冲我飞了过来,并且从我的胯下向上冲,我坐在它的身上,竟然真的飞了起来。这时,那个女妖冲我微微地笑了笑。

"你真的是我妈妈吗?"我突然意识到,我可能真的找到自己的妈妈了。

女妖点了点头，并且叮嘱道："这件事，你千万不要和别人说，不然被随云真人知道了，为娘的就没有性命了。"

我点了点头。

"你带你外公来的时候，要在白灵鹤给我送饭的时候，这个时间，不会被别人发现的。这一点非常重要，记住了，孩子。"

我再次点了点头。

随即，白灵鹤停在了山顶上，我从它的身上下来，它突然张开嘴巴对我说："咯咯咯！今天夜里，我在山下等你。"说着，它就张开翅膀向山下飞去了。

当我意识到是白灵鹤在对我说话的时候，我惊讶地抬起头来瞅了一眼那个女妖。她冲我笑了笑，说："这只白灵鹤为我送了十年的食物，竟然也会说话了。孩子，快回去吧。"

于是，我转过身去，向房子里走去。绝美还在酣睡着。我见她睡得很香，怕她醒来怀疑，于是也假装着睡了，直到绝飞和绝目来到山顶的时候，我才和绝美从床上爬起来，向山下飞去。

回到道观，绝美就回自己的房间里去了。我哪里还有心思休息，一想到女妖——不，也可能真是我妈妈——对我说的话，我就激动不已。

她真的是我妈妈吗？我妈妈真的是神仙吗？妈妈，妈妈，我真找到你了吗？我在心底呼唤着。这样想着想着，我竟然不自觉得流起泪来。

这一天，对我来说真是难熬。太阳慢慢地升上天空，在天空中打了一个滚就再也不动弹了，我一次又一次地从房间里走出来，看看太阳落山了没有，可每次出来，它还在天空中悬挂着。

一想到晚上就可以回去见外公了，我就激动得坐立不安。好在绝飞、绝目和绝美都不在，如果他们看到我如今的模样，一定会怀疑我的。于是我就小心地应付着，生怕被道观里的小道士看出什么破绽。

吃过晚饭，太阳还没有落山，绝美就来找我，要我陪她到山后摘果子吃。我哪里还有心情陪她，随便找了个理由就把她打发了。绝美虽然一肚子

[第六章]
独自下山

的不高兴，但是见我心事重重的样子，也就没有搭理我。

天一点儿一点儿黑下去，我走出道观，回过身来向山顶上望去，虽然我看不到石柱上的"妈妈"，但是我的心里却早已飞了过去。

"妈妈，你真的是我妈妈吗？如果你真的是我妈妈，我就是粉身碎骨也要把你救出来。"我一边这么想着，一边向山下走去。

等我来到山下的时候，白灵鹤正站在一棵松柏的枝头上瞅着我。她一看到我，就咯咯地叫了起来。

我看到她那可爱的样子，心情一下子就好了许多。白灵鹤看到我走过来，于是就从枝头飞了下来，一边张开翅膀一边对我说："咯咯咯！上来吧，我们要快去快回哩！"

我伸出腿，一步跨上她的背，白灵鹤尖叫了一声，就从地上飞了起来，并且越飞越高，越飞越高，似乎越过了云层，直插云霄。

在天空中，我问白灵鹤："你为她送了这么长时间的饭，你知道她是什么神仙吗？"

白灵鹤一边呼扇着翅膀，一边对我说："咯咯咯！你妈妈是天上的罗刹女，专门掌管天上的扇子，人们都叫她铁扇公主哩！"

虽然听白灵鹤这么说着，我却半信半疑。过了不多时，我们就来到了罗家庄的上空，我在空中给白灵鹤指着路，并且不时地夸奖她飞得又快又稳。白灵鹤在空中咯咯地叫了几声，就落在了外公的院子里。

那时外公和外婆早就睡着了，我来到他们的房间，一边用手敲着门，一边大声喊着："外公外婆，猫孩儿回来了！"

没有多时，外公就从里面回答道："是猫孩儿吗？"

"外公，快开门，是我！"

外公惊喜得来不急穿好衣服，就从床上跑了下来。当外公把门打开，看到真的是我，他一把把我抱在怀里。这时外婆把灯点上，也走了过来。

"猫孩儿，你怎么深更半夜地回来了？"等我和外公来到房间，外公问道。

听到外公这么一问，我却不知道应该如何回答他。我挠了挠头皮，问道："外公，我妈妈是神仙还是妖怪？"

"你怎么突然想起问这件事了？"外公疑惑不解地对我说。

于是，我就把在山顶上女妖对我说过的话，对外公外婆说了一遍。外公听后，站起身来，在屋子里踱着步子，却不回答我了。

过了许久，外婆才自言自语地说："我想，她一定不是刹儿，当年你爹爹和妈妈是被两头野牛给驮走的，怎么会被捆在翠云山上？再说，我听村民和山上的老猎人讲，这捆在石柱上的是一个女蛇妖，她怎么是刹儿呢？"

"外婆，这到底是怎么一回事？"

外婆瞅了瞅外公，外公又瞅了瞅我，于是外公叹了口气，对外婆说："还是告诉猫孩儿吧，是时候了。"说着，外公又叹起气来。

外婆这才告诉了我爹爹和妈妈的故事——

外婆说，我妈妈是世界上最好最好的妈妈，她非常地爱我，疼我。小的时候，她轻轻摇着摇篮，瞅着我的红红的嘴唇，不时地亲吻着我，抚摸着我。妈妈长得也漂亮，外婆说，妈妈是翠云山方圆十余里地长得最漂亮的女子。附近的富家子弟都想娶我妈妈，我妈妈虽然读书不多，但是却非常懂得人情世故，她不愿意嫁给一个平庸的男子，想找一个有伟大的理想和超凡才能的男人。

外婆还说，妈妈九岁那年，家里来了一个化缘的和尚，外公一生信佛，便留这个和尚在家里住下，每日听和尚谈经念佛。有时，妈妈也随外公一起读经，和尚却不答应，但也不好阻挡。一日，和尚对外公说："我见你的女儿自幼多病，不如让她跟我学武，也练得个强身健体，不生疾病。"

外公自然同意。于是，妈妈白天学武功，晚上便偷偷拿来和尚的经书读。

和尚在外公家住了七年，深感罗家的恩德，但是他感觉自己又不得不离开，于是便与外公辞行。外公与妈妈自然也是好言相劝，但是和尚去心已定。临行前的一天晚上，和尚来到外公的书房，意味深长地对外公说："我

[第六章]
独自下山

在你家住了七年，你知道为什么吗？"

外公摇了摇头，和尚踱着步子说："我原本是佛祖身边的点灯师，因为人间烟火不旺，佛祖派我来人间生烟点火。当我来到翠云山下，却听说西牛贺洲有一头野猫精来到了东胜神洲。如果他来你家，你就在家门前的石墩上点上菜油灯，我自会来相救的。"

外公自然感激不尽。

后来，我爸爸娶了我妈妈。婚后不久，村子里的牛就全疯了，它们一个劲地狂叫，并且每天晚上都跑向翠云山，第二天拂晓，就又跑回村子。白天，这些牛也不再干活，而是卧在地上睡觉，如果主人不给它们粮草，或是用鞭子打它们，它们就会直立起身子，把主人压在身下，或是用它们肥大的前蹄去踢主人。这样以来，村里有十几个养牛人都被牛压死或是踢死了。

村里的人不再敢养牛了，但是牛也不会走。它们每天都要求主人给它们一定数量的粮草，而且粮草每个月都要增加一倍。村里的人哪有时间种粮食，一年到头只照顾这些牛了。

说起来也怪，村子里有牛的要养自己家的牛，没有牛的，第二天一清早，就会有一头牛跑到他们家里来。没过几日，附近的几个村子里，每家都必须养一头牛。但是外公家却没有牛，也没有牛跑到外公家。村子里的人都以为是外公给这些牛施了魔法，于是就怀恨在心。有的村民趁外公不在的时候，就把自己家的牛牵到外公家，但奇怪的是，牵到外公家的牛不但不吃不喝，而且特别精神，春耕秋收的时候，还能给外公家干活。这样一来，村民就都以为是外公在施魔法。

村民也请了道士，但是道士一来，不是被牛踢死就是被牛顶死，凡是活着来的，必然没有活着出去的。

一次，邻居家就问我妈妈，这是为什么？面慈心善的妈妈就把和尚让她点灯的事说了。于是邻居家也做了两盏菜油灯，放在自己家的门外左右两侧。如此这般，虽然和尚没有来，村子里的牛却好了——吃的粮草少了，而且也和往常一般下地干活了。

过了不几日，外公家突然闯进来两头野牛，它们疯狂地在外公家里狂奔肆虐，不但把家里的扇子全都踏碎了，而且还把我爹爹和妈妈也给驮走了。这时，外公又在门前点了两盏灯，灯油燃尽，那个和尚却没有来。

过了三四日，外公以为和尚不会来的时候，门外突然有一个乞丐来敲门。外公一边叹着气，一边拿着一个白面馍走了出来。那乞丐看见白馍三口两口就把馍吃了，而且还请求外公再给一个。这时，外公一直被女儿女婿的不幸遭遇而痛心，哪有心情来管这个乞丐。

"你走吧！我家也不是寺庙，你还是到庙里化缘去吧！"

那乞丐一听这话，把脸前的头发向左右一捋，大声喊道："难道你真的不认识我了吗？也难怪我受了这么多苦？"

那乞丐又用手在脸上使劲抹了几把，以便把面部的灰尘抹去。

这时外公才慢慢想起，这个乞丐原来是点灯和尚。"这……这……这，大师这是怎么了？"

那和尚没有回答外公，而是急促地说道："罗大善人，你还是赶紧给我准备一些粗茶淡饭，让我吃饱再说吧！"

外公把和尚请了进来，让外婆找来了外公的一身衣服，那和尚哪有心思换衣服，看到饭菜端了上来，一阵狼吞虎咽，也顾不得自己是一个出家人。

那和尚吃饱喝足后，外公哭泣着对和尚说："请大师念在在罗家居住七年的情份上，救回我女儿和女婿吧！"

和尚却摇了摇头说："我原本可以救他们的，但是你女儿把我点灯的秘密告诉了村民，佛祖不能饶恕我的罪过，把我的法力都收了回去，还把我贬成了一个乞丐，五百年不得翻身，我现在和一个普通的乞丐已经没有什么区别了。"

外公一听，原来是自己的女儿把点灯和尚的秘密泄漏出去，才招此横祸，后悔莫及。于是跪在和尚的面前，希望他能够给外公指条明路。

那和尚叹了一口气说："现在，也只有靠猫孩儿才能救出她爹爹和妈妈……"

[第六章]
独自下山

"一个两岁的顽童如何能救出他爹爹和妈妈？"外公以为和尚在说谎。

那和尚站起身来，叹了一口气："本来我是佛祖身边的点灯师，是可以救出你女儿和女婿的，但是佛祖把我贬成了一个乞丐，我现在既没有仙术，也没有法术，无力去搭救他们。但是你女儿和女婿却非一般人。尤其是你女婿，也是一界生灵的主宰，不知道为何缘故来到了你家。如果能够知道他的身世，也是能够救出他们的。你女儿虽然是一个平凡女子，但是在我来人间施法的时候，我善意地教她一些仙术，平日里又见她聪慧好学，于是就暗地把我的经书放在明处，让她来读。如此一来，七年来，虽然她还是一个女儿身，但是她的体内却溶合了佛祖的灵气和人间的正气，自然不是一般人了。他们两人结合后，会生下一个猫孩子，自然不为希奇，因为你女儿是受佛法普度过的，而你女婿大约也是一方的仙圣或是魔王，两个不同世界的生灵结合，自然生下一个与众不同的儿子。猫孩儿浑身上下火红的皮肤和垂直向天生长的头发就是证明。如此这般，也只有他能够找到他爹爹和妈妈，至于是否能够搭救成功，我却不得而知了。"

"大师，不如留下，指点着猫孩儿，也好让他早日去搭救他爹爹和妈妈。"

和尚说："佛祖贬我成为一个乞丐，五百年不得翻身，如果我在你家居住，就违背了佛祖的旨意，我还是外出乞讨吧！"话还没有说完，和尚却不见踪影了。

外公又对我说："我本想等你长大了，懂得事情多了，就让你去找你爹爹和妈妈。但是，你什么时候才能长大呢？"

外婆也对我说："这也是你外公为什么从小就让你既学弹古筝又练武的原因。我们两个虽然不忍心让你受苦，但是不让你多学一些东西，又怎么去搭救你爹爹和妈妈呢？"

听到这里，我突然感觉自己身上有一副无比沉重的担子，这个担子的两头，一边是妈妈，一边是爹爹。想到在这个世界上，我最亲最爱的人竟然被野牛驮走，我就失声痛哭起来。外婆一边安慰着我，一边也抽泣了起来。外

公在我的眼里一直就是个坚强的人，但是这时也躲在一旁抹着眼泪。

正在我和外公外婆哭成一片的时候，白灵鹤突然在门外叫了一声，我这才想起，此次回家的真正目的。

于是我站起身来，一边抹着脸上的泪水，一边问外公："那翠云山上的女妖是不是我妈妈？"

外公仔细想了一会儿，又反问我："你看她长得什么样子？"

"我见她的时候，她的脸上一点儿血色都没有，但是我也看清了她的模样。她长着一张瘦长脸，脸色白皙皙的，眼睛不是很大，但是眉毛却很细很长。"

外公听了我的描述，又在屋子里来回地徘徊着。外婆见外公也不能判断那个女妖是不是我妈妈，就长叹了一口气，对外公说："不管是不是刹儿，你去一趟看一看不就知道了吗？"

"也好，我和猫孩儿去看一看。"

于是我和外公，来到屋外，白灵鹤弯了弯身子，我就骑在了白灵鹤的身上，外公疑惑地问我："这只鹤真的能驮动我们爷俩吗？"

"您就上来吧。"我拉了一把外公。

外公半信半疑地把身子跨了上来，还没有等外公坐稳，白灵鹤长鸣一声，就向天空中飞去。外婆站在院子里，一边向我们挥着手，一边喊道："如果真是刹儿，早点儿回来告诉我。"

"哎——"我向外婆挥了挥手，白灵鹤就驮着我和外公消失在茫茫的夜色当中。

[第七章]

西牛贺洲

当东方的天空微微发白的时候,白灵鹤驮着我和外公来到了翠云山下,不多时,就听到山顶传来呼喊"爹爹"的声音。

外公一听,就问我这声音是从哪里传来的,我就告诉他可能是山顶上的女妖的声音。外公思讨了一会儿,一边哭着一边对我说:"猫孩儿,被捆在山上的可能真是你妈妈啊!——听这声音,我就知道了大半!"

说话间,我们就飞到了山顶。外公看到那个女妖,却不敢相认。那个女妖一再呼喊着"爹爹"。于是,白灵鹤紧紧地把身子向石柱上靠了靠,我和外公面对着面地瞅着那个女妖。

"爹爹,爹爹,你真的不认识我了吗?我是刹儿啊!"她一边深情地望着我和外公,一边哭诉着。

为了能够让外公认清她,女妖从嘴里吹出一口气,把飘散在脸面的头发向左右分散开,以便让她的面孔完全地展现在我和外公的面前。虽然她十分地虚弱,但是她尽量让自己显得有精神一些,虽然不能改变被风雨吹打过后的憔悴面容,但是她还是很努力地冲我和外公微笑着。

外公仔细瞅了片刻,还是不能认清楚。这时女妖竟然抽泣了起来,她哭泣

的样子甚是可怜，那泪水流得十分的细腻——就像清晨的露水一般。外公紧锁眉头，仔细地辨认着。虽然他没有一眼认出自己的女儿，但是也没有否认。

女妖长叹了一口气："也难怪爹爹不认识我了。我在这山顶上已经待了十年了。风吹日晒的，把我的面容都给毁掉了。可是，爹爹，我还记得怎么制作我们罗家的芭蕉扇。小的时候，我一哭一闹，您就拿出一把芭蕉扇，这芭蕉扇，可变大，也可以变小。我一见到它，高兴得不得了。我四岁的时候，就偷着跟您学做芭蕉扇，可是您说我是一个女儿身，不能把做芭蕉扇的手艺传给我。于是，我就在夜里，把您白天亲手做的芭蕉扇给拆开。我拆了一个又一个，本以为只要拆开了，就能知道其中的奥秘，可是我把您白天做的扇子全都拆开了，也没有学会做芭蕉扇。第二天，您本想把芭蕉扇运到集市上卖，但是一看到被我拆得乱七八糟的扇子，您气得二话不说，就把我一顿好打。我十二岁的时候，母亲再也不能生育了，您才把做芭蕉扇的手艺教给我。"

外公听到这里，抽泣着问道："你真的是刹儿？"

女妖点了点头，并且闭上眼睛，口中默念制作芭蕉扇的方法。不多时，外公瞅着那个女妖已泣不成声了。

"别念了，别念了，你果真是我的刹儿。猫孩儿，她不是什么女妖，而是你妈妈！"说着，外公已泪流满面。

我听到外公的话，刹那间愣住了。我仔细瞅着妈妈布满沧桑的面孔，我的眼睛里闪烁着无比的兴奋和疑惑。

她真的是我妈妈吗？她真的是我日思夜想的妈妈吗？

"猫孩儿。"妈妈轻轻地叫了我一声。

我的眼睛不由自主地淌下了两股热泪，我努力睁大眼睛，好看清楚面前的这个女人。她的面孔被风吹得是那么的粗糙，她的皮肤被阳光晒得是那么的干枯，她真的是我妈妈吗？

我不敢与她相认，只是努力地睁大眼睛，很细致、很认真地瞅着她。妈妈慈祥地望着我，不时地喊着我的乳名。

[第七章]
西牛贺洲

我瞅着这个干瘦的女人，虽然心里有千言万语，却一句话也说不出来；虽然我的体内有力顶蓝天的气魄，可是我却没有半分的力量，把我的手伸向妈妈。

妈妈在那里轻轻地呼唤着，外公也在鼓励着我，当我意识到，她真的是我妈妈的时候，我猛地从白灵鹤身上站了起来，紧紧地抱住妈妈的脖子，并大声恸哭起来。

到此时，这个自称是我妈妈的人，是那么的让我心痛，让我心疼，让我的心脏快速地跳动。我从来没有想到我妈妈是一个妖精，虽然村子里的孩子都这样说，但是我从来没有认为自己的妈妈是一个会法术的妖精。现在，当我紧紧地依靠在她的怀里，感受着她的体温，闻着她身体上特有的如乳汁一般的香味，听着她因对我的怜爱而产生的抽泣声，我突然从心里升起一股莫大的勇气。

"妈妈，我的妈妈！"我就这样叫着。此时此刻，我才有了心灵的归宿。我的肉体，也找到了自己的母亲，并且带动着我的灵魂和面前的这个女人拥抱了起来。

"妈妈，妈妈！你真的是我妈妈？！"我就这样喊着。我再也不去管她是不是神仙，更不去管她是不是妖精，我只知道，她是我妈妈！她就是我妈妈！

妈妈也泪如雨下。我的身体紧紧地贴在妈妈的身上，并且希望妈妈能够张开臂膀把我轻轻地抱起来，但是妈妈却被千年铁链牢牢地捆住了。

我紧紧地抱着妈妈，当外公问妈妈"怎么被绑在这里"的时候，妈妈才流着眼泪对外公说："那天，两头野牛把我和猫孩儿的爹爹驮到了村外，我就被风刮上了翠云山。当我醒来的时候，就已经被捆在这石柱上。"

这时，我才意识到妈妈浑身上下都被铁链紧紧地束缚着。那铁链就如一件穿在妈妈和石柱上的衣服一般，严严实实地把妈妈捆在了石柱上，远远看去，妈妈就像是长在石柱上一般。

于是我伸出双手用力想把铁链拽开，可是拽了半天，铁链也没有丝毫松动的意思。于是，我又用牙去咬铁链，心中还存在着一丝丝侥幸，希望上天

看到我和妈妈分别十年的份上，让我用牙齿咬断这铁链，好让我们母子团聚。可是，当我的牙齿都咬出血来的时候，铁链还是牢牢地捆在妈妈的身上。

妈妈冲我摇了摇头："孩子，你别费力气了，这不是普通的铁链，你是弄不断它的。"

"妈妈，那我如何才能把你救出去？妈妈，你快告诉我？"我恨不得上天找来雷公，让他把铁链劈开。

妈妈仔细想了想，才对我说："这千年铁链不是人间的东西，而是上界的绳子，一般的刀枪是砍不断它的。再说，山下还有随云真人守着我，你们是救不出我的。"

"妈妈，妈妈！我一定要把你救出去！"这时，我才不管什么师父，什么师命，我只知道，我妈妈被捆住了，我要救她出去。

妈妈看到我急切的目光，又瞅了瞅白灵鹤身上的外公，才对我说："为今之计，你只有去找你爹爹的兄弟，也只有他们才有能耐把我救出来。"

"他们在哪里，我这就去找他们。妈妈你快告诉我？"我急得满脸都是汗水。

妈妈瞅着我哭得满脸通红的脸颊，又摇了摇头说："可是，这千里迢迢的，我又怎么忍心让你受苦？再说，那都是五百年前的事情了，他们是不是能够看在和你父亲结义的情分上，来救我一命，也说不定。"

"妈妈，你就告诉我吧，不管有多远，我都会坚持下去的。不管他们还记不记得爹爹，我也得让他们来救您？"

"妈妈实在是不忍心啊？"

"刹儿，你就告诉猫孩儿吧，虽然他才12岁，但是他也在翠云山学了一些法术。"

妈妈听到外公说到这里，又摇了摇头："猫孩儿学的那些法术，我都见了，这些法术怎么能够救我？再说，他爹爹的那些结义兄弟，都是一些凶猛的野兽修炼成精的魔王，如果他们伤着猫孩儿怎么办？"

"妈妈，你不要为我担心。我想，既然他们和我的爹爹结义成兄弟，他

第七章
西牛贺洲

们一定不会伤害我的。"

"刹儿，如果不行，我就陪猫孩儿一起去。"

"爹爹，你这么大年纪了，怎么能够经得起这般折腾。如果真的要去，白灵鹤是要随猫孩儿去的。"

白灵鹤听到妈妈在说她，竟然高兴地尖叫起来。

于是，妈妈对我讲道："你爹爹原来是西牛贺洲一头普通的牛，但是经过一万年的修炼，成为牛魔王，他称霸一方，并且带领着牛子牛孙，在牛头山上建立了牛的世界。五百年前，你爹爹牛魔王与蛟魔王、大鹏魔王、狮狑王、猕猴王、猢狲王、美猴王，七个魔界的魔王结义成兄弟，并且统一了魔界。由于在他们七人中，你爹爹的法术最为高深，并且掌控的魔界也最大，他们都推举你爹爹当魔界的牛魔王。你爹爹生来就力大如天，人称平天大圣；你的二叔蛟魔王有盖天覆海之术，人称复海大圣；你的三叔大鹏魔王，一呼扇他的翅膀，就能飞十万八千里，人称混天大圣；你的四叔狮狑王，会移山大法，人称移山大圣；你的五叔猕猴王，会唤风使云，人称通风大圣；你的六叔猢狲王会驱神避圣，人称驱神大圣；你的七叔美猴王，会七十二变，人称齐天大圣。"

听妈妈介绍完我的这些叔叔，我就破涕为笑了。"我的这些叔叔有如此高深的法术，一定会把妈妈救出来的。"

妈妈却冲我摇了摇头。"五百年过去了，不知道他们还记不记得他们的誓约。再说，他们在魔界，各自称王，也不能随便来救我。"

"那还不容易，妈妈，你告诉我这六个叔叔中，哪个本领最大，我叫他来一趟，把妈妈救出来就是了。"

妈妈仔细想了想，说："要论法术，除了你的爹爹牛魔王以外，要数你的七叔叔美猴王的本领最大，可是他正保唐僧西天取经，是没有时间来救为母的。"

"那我就去找其他五位叔叔。"

妈妈点了点头。

"可是，我怎么能够找到他们呢？"

"这个倒不难？白灵鹤跟随我多年，倒是知道他们掌握的魔界，就让她驮你去吧。"

"可是，妈妈每天都要靠她来送饭送水，她随我走了，妈妈如何吃饭，又如何喝水？"

妈妈一听，也是很为难。白灵鹤尖叫一声，说道："咯咯咯！这个不难，我认识翠云山上所有的白鹤，我让他们轮流着为铁扇公主送饭送水。"

妈妈听到这里，也就点头答应了。"你走的时候，千万不要让绝飞、绝目和绝美知道，不然你会惹上麻烦的，为娘的也不放心。你找到你的叔叔，只要把我头上的一根头发，拿给他们一看，他们就知道你是牛魔王的儿子了。"

白灵鹤在妈妈的头上，用嘴巴咬下来几缕青丝，放在我的手上。这时，东方的天空突然亮了起来。妈妈说："天就要亮了，你和外公快快离开吧，不然，被人发现了，为娘的就没有性命了。"

随即，我就和外公向山下飞去。来到家里，把情况给外婆一说，外婆就大哭起来："我的女儿就在我的身边，可是我却不能够见到她，我的天啊！这是什么世道啊？"

"外婆不要难过，明天我让白灵鹤驮你去见我妈妈。"我见外婆如此痛苦，就安慰道。

"不行！"外公极为反对，"如果让随云真人和他的三个徒弟知道了，这会要了刹儿的命的！"

听到外公这么一说，外婆哭得就更厉害了。

为了能够顺利找到我的那五位叔叔，从第二天起，白灵鹤就给我讲西牛贺洲的地理情况。

这只白灵鹤乃是我爹爹身边的一个信使，后来爹爹认识了妈妈，白灵鹤就在爹爹和妈妈之间传递爱慕之情。白灵鹤虽然不会法术，但是却也有几分灵气。她给我讲了三天三夜，才让我对西牛贺洲有了一个大体上的了解——

第七章
西牛贺洲

西牛贺洲乃是万物生灵最原始的地方。在这里生存的都是一些原始动物，其中最多的一种动物就是牛，因此得名西牛贺洲。

西牛贺洲并没有人类的足迹，生存在这片土地上的生灵，主要有牛、蛟龙、大鹏、狮子、猴子，其中猴子中又以猢狲猴、猕猴和毛猴最多。其他的生灵，诸如虎狼豹等等，虽然也有，但是都没有形成自己的群落，都依赖在牛、蛟龙、大鹏、狮子、猴子的世界里生活。西牛贺洲所有的生灵中，我爹爹的法术最高，因此我爹爹被尊称为牛魔王，统治着整个西牛贺洲。我爹爹为了不让生活在这个土地上的生灵相互残杀，把整个西牛贺洲分为七个魔界，分别居住以七种动物为主的生灵。这七个魔界分别是牛魔界，由我爹爹掌管；蛟魔界，由我的二叔蛟魔王掌管；大鹏魔界，由我的三叔大鹏魔王掌管；狮狞魔界，由我的四叔狮狞王掌管；猕猴魔界，由我的五叔猕猴王掌管；猢狲魔界，由我的六叔叔猢狲魔王掌管；美猴魔界，由我的七叔美猴王掌管。

整个西牛贺洲可分为两个部分，一个部分是水魔界，另一部分为地魔界。水魔界大约占西牛贺洲的三分之一，是七个魔界中，地域最大的一个。水魔界里，生活的都是海水里的生灵，因此由我的二叔蛟魔王掌管。其他六个魔界，都分布在地魔界。

除了牛、蛟龙、大鹏、狮子、猴子有各自的魔界以外，其他的生灵都没有自己的领地，都被分散在这七个魔界之中。

整个西牛贺洲最神圣的地方，就是牛魔界的牛头山。因为我爹爹就生活在这里，而且牛头山是管理整个西牛贺洲的地方。

自从我爹爹失踪以后，牛头山上就空无一人。因此，整个西牛贺洲乱作一团，没有人管理，更没有了行政机关。西牛贺洲里惟一的法典——《魔律》，也成了一纸空文，变得毫无用处。

七个魔界中，就数牛魔界最乱，到处都有生灵被杀，都有牛失踪。战乱的主要原因是我爹爹失踪后，我爹爹手下的四个爱将，都要争当牛魔王，想要统治整个牛魔界，因此乱上加乱，成天都有战争，每天都有成千上万的牛

被杀死。

　　我爹爹的这四个爱将分别是：大力金刚牛冲天，落日西山牛纯睛，皓月当空牛夜色，一阵春风牛盛开。

　　我二叔曾经劝说过四位牛将军，但是他们有的想统一牛魔界，想当牛魔王；有的以为是对方害死了我爹爹，要为我爹爹报仇；有的坐山观虎斗，不知道是敌是友；有的更是雄心勃勃，要统一四个大洲，即东胜神洲、西牛贺洲、南赡部洲和北俱芦洲。

　　于是，二叔联合三叔和四叔，曾经一起讨伐牛魔界，但是，都没有成功，而且激化了牛魔界和其他六个魔界的矛盾。从此，牛魔界不与外界联系，而且每天厮杀，好多牛都逃到其他魔界定居下来，于是牛魔界里的牛越来越少，到了这几年，除了军队之外，已经没有多少普通的居民愿意生活在牛魔界。

　　除了四路军队的各自征战以外，原先生活在这里的虎居民和鼠居民，都有了自己的魔王，他们不甘心成为奴隶，想要当西牛贺洲的第八大魔王。于是，他们招兵买马，成立了自己的军队，并且在牛魔界里，到处争夺自己的地盘。

　　听完白灵鹤的介绍以后，外公对我说："既然牛魔界这么混乱，你就不要去了。还是找你的叔叔们，把你妈妈救出来才好。"

　　听到这里，外婆就对我说："除正在保护唐僧西天取经的美猴王以外，余下的五个魔王哪一个最厉害，就让猫孩儿去请他，先把刹儿救出来再说。"

　　白灵鹤想了想说："那就先去找蛟魔王吧，平日里，他与牛魔王的关系最好，而且法力也紧紧排在牛魔王和美猴王之后。"

　　本来，我计划早早地去蛟魔界，但是有一天，我还没有起床，门外就传来一阵吵闹声。我还没有反应过来，外公就跑进我的房间对我说："舒先生的那些学生吵着要见你。他们都听说你学了法术回来，要见识见识。"

　　"珑儿来了吗？"我兴奋地问道。

第七章
西牛贺洲

"走在最前面的，就是珑儿。"

听到外公这么一说，我一骨碌儿就从床上爬了起来。我还没有跑出门，就看到珑儿在院子里和其他书生围着外婆正闹着。外婆大约想让我再睡一会儿，正在阻挡着他们。

珑儿见我从屋里跑了出来，一边喊着一边招呼着其他书生们向我跑过来。

"猫孩儿，听说你学了法术？"

"你会飞吗？"

"你能变吗？"

"你记得我们这些同学吗？"

他们一个个争着吵着问着各种各样稀奇古怪的问题。我瞅着他们，却不知道应该如何回答才好。

珑儿见我不说话，倒是不再吵了，而是笑眯眯地望着我，似乎有话要说，却又欲言又止。

舒举见我不言不语，一挥手说道："大家都静一静，我们让猫孩儿给我们讲一讲，他都学了什么法术。"

舒举这么一说，书生们都不闹了，个个都睁着眼睛瞅着我。

我却不知道如何回答才好。

这时，珑儿腼腆地问我："猫孩儿，你会飞吗？"

我点了点头。书生们也都兴奋得嚷嚷起来，并且要我给他们表演飞的法术。我见珑儿那么高兴，就念动步步登云的口诀，从地上腾空而起。

他们见了，都惊得目瞪口呆！我又在院子上空飞了几圈，才停下来。他们都哄闹着，让我再表演其他法术，可是我只跟随云真人学会了这门法术，自然不能表演其他的法术了。

这时珑儿对舒举说："猫孩儿才走了几个月，就学会飞了，用不了几年，他一定会更厉害的。"说着她咯咯地笑了起来。

可是我却笑不出来，因为我计划当天夜里就和白灵鹤去蛟魔界找二叔，好早日把妈妈救出来。

[第八章]

蛟魔界

从罗家庄出发，我和白灵鹤向西飞了一个多月，来到了位于东胜神洲最西面的落日山。

落日山下有一个村子，叫落日村。我和白灵鹤来到此处停下来休息，只见这里的人们都心惊胆战地走在大街上，而且还不时地与熟悉和不熟悉的搭讪上几句，说完就匆匆地离开了。

人们好像都在忙碌着什么，又好像在躲避着什么。我和白灵鹤刚一进村子，他们就注意到了白灵鹤。开始还有些人指指点点议论些什么——看他们的神色，好像是在议论白灵鹤，但是过了一会儿，他们又神色慌张起来。

我走在村子里的一条石子路上，南面的落日山上郁郁葱葱，高耸入云。但是盘旋在山上的不是白云，而是黑压压的一团乌云。山顶处不时地传来一阵电闪雷鸣，接着乌云就围着落日山盘旋，不一会儿的功夫，落日山上就火光冲天起来。

我以为人们担心要下雨，所以走起路来就加快了脚步。但是我走了不多久，迎面就来了一个大婶，她急匆匆地与我迎面而来，看到我悠闲自得的样子，于是一边走着一边就自言自语道："真是造孽啊，一个孩子在大街上走

第八章
蛟魔界

来走去，不是死了爹妈，就是被人抛弃了！"

说着，她就加快脚步向前跑去了。我看着这位大婶那慌张的表情，突然意识到有什么事情要发生似的，但是又不知道究竟会发生什么事情。

白灵鹤大约知道了我的心思，连忙尖叫了几声。我刚要与她说话，谁知白灵鹤还没有叫完，旁边就围上一群人，仔细地瞅着我，似乎我是一个古董一般。他们一边瞅着我，还一边比划着我的身高和体重，并且相互议论着。

白灵鹤也不知道发生了什么事情，看到这么多人，她又叫了几声，并且把身子向我身边靠了靠。开始我并没有明白白灵鹤这么做的用意，直到她把脖子伸到我的腋下的时候，我才明白，她大约是害怕我出现意外，想让我爬到她的身上，飞到天上去。

但是她的这种担心在片刻之后，完全被我排除了。这群人，围着我议论了半天，终于安静了下来，一个中年男子与我搭讪道："你这个小孩子，好像是从中原来的吧？"

我冲着他点了点头。

"你的父母呢？他们怎么让你一个人来到这种地方？"

刹那间我愣住了，不知道如何回答他们。就在我犹豫之时，这个中年男子又对我说："那我告诉你吧！千万不要向前走了！这里就是东胜神洲与西牛贺洲的交界。穿过村子，向西走十几里路，那片大海就是西牛贺洲的领域。孩子，你一个人真不该来这种地方。我劝你赶快离开吧！"

中年男子还没有说完，一个老者又接过话头对我说："不光是你，就连我们也得离开落日村了。"

白灵鹤用尖尖的嘴巴啄了啄我的胳膊，我回过头来瞅了她一眼，只见她似乎有话要说。虽然我不清楚她要说什么，但是从她的眼神中我可以猜出，她大约想到了什么，但是又不能公开地与我说话。于是我回过头来问老者："大伯，你们在这里住得好好的，为什么要离开呢？"

"你这个孩子，连这个都不知道？"说着，他指着刚才与我说话的那个中年男子又对我说，"他不是给你说了吗，前面就是西牛贺洲，再向前走就得

死人了,你知道吗?你还是快快离开吧,不然被那些妖怪和魔王发现了,他们会把你连骨头带肉全都吞掉!"

这倒让我吸了一口凉气。我本以为,二叔掌管的领地一定十分的安稳,但是却没有想到会发生这样的事情。于是我对老者说:"老伯,说实话,我是去西牛贺洲找人的。"

"找人?你找什么人?那里都是一些魔王和妖怪,即使有人也被他们吃掉了!"老者一边对我说着,一边冲我摇着头。

那个中年男子又对我说:"难道是被妖怪抓去的?我看你还是别找的好,从东胜神洲抓过去的人,从来没有活着回来的。"

说话间,天空中一个惊雷打来,吓得人们四处逃窜,那个老者一把抓住我的胳膊,躲在了路边的一个草屋里。一进草屋,他就把我的身子按下,让我趴在地上,不准起来。当他看到白灵鹤还站在我的身边的时候,他一把把白灵鹤抱在怀里。

"我的乖乖!你的父母怎么放心让你一个人来这种地方?"老者长叹了一口气,并且把白灵鹤的头按在地上,不准她抬起头来。

对老伯的举动,我十分不理解。白灵鹤更是痛苦地被老者束缚着,她的嘴巴早被老者给捏住了。

"老伯伯,不就是打雷下雨吗,你们怎么这么害怕?"我趴在地上,小声问老者。

"唉——"老者长叹了一口气,对我说:"你这个小娃娃,哪里知道我们这里的情况?我可告诉你,这天上的乌云,可不是一般的乌云,那可是一条乌龙!"

"乌龙?"我心想,龙不就是管下雨的吗,这有什么奇怪的?

"说来也奇怪了,这条乌龙来到我们这个地方已经几万年了,它不入海,也不下水,而是盘踞在落日山上。最要命的是,它不吃鱼,也不喝水,而且是吃人肉,喝人血。附近村子里的人都被它吃掉了。我们村里的人,也被它吃了大半了。这条乌龙说来也真是奇怪,它吃人还挑着吃,先吃小孩,

[第八章]
蛟魔界

再吃妇女,然后再吃男人和老人。因此,只要哪个村子的小孩一失踪,那准是被乌龙吃掉了。昨天一夜我们村的小孩子,全都不见了,我们就猜想,这条乌龙一定是要吃我们村子里的人了。大伙一看到你,原来以为你是我们村子里的孩子,但是如果你是我们村子的孩子,爹娘也不会让你走在大街上,所以我们才出来问个究竟。"

听到这里,只见外面渐渐阴暗起来,就如进入了午夜一般。老者示意让我的头紧紧贴在地上,白灵鹤大约也知道了其中的利害,于是伸出翅膀,把我的身体盖住了。我们就这样在地上趴了许久。

突然听到对面的房间里传来一阵哭喊声:"娘子,娘子!我的娘子被乌龙给抓走了!娘子,娘子!"

我抬起头来,把白灵鹤的翅膀向旁边一拨,就看到门外已经雨过天晴,但是有许多中年男子在大街上寻找着自已的老婆。

老伯让我站了起来,自言自语道:"乌龙吃完小孩,就该吃村子里的妇女了。"

说着,我和老伯走了出去,我看到整条街上都是寻找自己老婆的青年和中年男人,虽然他们都知道自己的老婆是被乌龙吃掉了,但是他们还是在大街上奔跑着,哭喊着。

"老伯伯,那你们逃到什么地方去啊?"

"唉,谁知道呢?反正是越远越好,走的近了,早晚还不是被这条恶龙吃掉。孩子,我看你还是跟我走吧,别再去西牛贺洲了,不然,你人没有找到,小命倒是给丢了。"

我和老伯来到了他家,这个老者和老伴收拾了家里的几件衣服,就匆匆地离开了村子,向东走去了。老伯本来是要和我一起走的,但是我却没有听老伯的话。当我把老伯送出村子的时候,逃离落日村的人越来越多,他们都顺着老伯走的那条路向东匆匆走去。

我站在村头,看着落日山上那乌云盘旋、电闪雷鸣的山顶,转过头来问白灵鹤:"你说,二叔知道这条乌龙吗?"

白灵鹤摇了摇头:"咯咯咯!蛟魔王就住在前面的大海里,我们还是赶紧去找他吧,不然被这条乌龙缠住,那可不是好玩的!"

想到二叔住在海底里,我却是犯了难:"可是我不会潜水,怎么才能找到二叔呢?"

白灵鹤冲着天空叫了几声,然后才对我说:"咯咯咯!这个倒是不难,我们在海边等着那些虾妖蟹怪上岸的时候,告诉他们一声就行了。"

想到乌龙的法术一定远远在我之上,心里也有几分惧怕。如果我在这里被乌龙吃掉,那谁去救被困在翠云山上的妈妈呢?

想到这里,我爬上白灵鹤的后背,就向西面飞去。在半空中,远远地我就能看到一眼望不到边的大海,那湛蓝色的大海,与陆地截然分离,只是一条窄窄的海岸线就把这两个世界分离开来。

到了午后,我就和白灵鹤来到了海边。那平静的海面,犹如一面天蓝色的镜子,没有飓风也没有海浪,宛如一碗清水似的。

我和白灵鹤站在沙滩上,看到如此平静的海平面,心里倒是开心了许多。没有了在落日村的那种紧张的气氛。在沙滩上,阳光伴着海风,照射在我的身上。我惬意地望着远处的大海,虽然我知道二叔就住在这里面,却不知道二叔到底记不记得五百年前与我爹爹的结义情谊?即使他记得,那他会认我这侄子吗?即使他认我这个侄子,他能随我一起去救我妈妈吗?这一连串问题在我的脑海里盘旋着。刹那间,阳光、沙滩、海风,带给我的那种惬意的心情荡然无存。

太阳西下的时候,我也没有发现一个虾妖蟹怪。如果就这么等下去,也不是办法。于是我让白灵鹤驮着我在海面上飞了一圈,但是我在大海的上空只能看到平静的海水,甚至连一只水鸟都看不到。

黄昏的时候,我们才飞回到岸上,这时我的肚子开始咕咕叫了起来。白灵鹤大约也饿了,自从我们来到落日村的时候,就没有吃过东西。想到要在这里过夜,我就有些害怕起来。

但是我们能到哪里去呢?海岸上除了沙滩就是陆地,甚至连树林都非常

[第八章]
蛟魔界

稀少。回落日村倒是一个不错的选择，但是一想到那条乌龙，我就心惊胆颤起来。这时我才恨自己，没有在翠云山上，多学一些法术，不然，也不会害怕到如此地步。

这天正好是初一，虽然星星布满了天空，但是却没有月亮，这让地上显得更黑暗了许多。白灵鹤也知道就这样坐在沙滩上过夜是不行的，于是她驮着我在海边找到一棵大树，虽然我看不清楚这棵树的模样，但是当我坐在树枝上的时候，我就发现，这棵树一定很粗很高。

白灵鹤也尖叫着，为自己找到一个安身的好地方而得意起来。

由于又饥又渴，再加上赶了几天的路，我和白灵鹤过了没有多久就进入了梦乡。虽然夜里起风了，大海上的浪涛不时地吹打着海滩，但是我们一直没有睁开眼睛。我知道，自己实在是太饿了，一旦睁开了眼睛，就再也睡不着了。

第二天清晨，我从睡梦中醒来，刚刚睁开眼睛，就感觉脚下的这棵大树在不停地走动着。这把我吓了一跳：树怎么会移动呢。

我低下头一看，就是这一眼，就把我吓得魂都没了——天啊，我哪里是在树上过的夜，我脚下的哪里是树枝？这明明是一条身长十多丈的白龙啊！

白龙？幸亏是白龙，如果是落日山上的那条乌龙，别说在他身上过夜，大约梦还没有做完，就成了他的晚餐。

当然我也不是站在树枝上，而是站在龙角上，我说我睡着了怎么会有风声，原来是这条白龙驮着我和白灵鹤在天空中飞了一夜。

白龙发现我醒了，它抬起头来瞅了我一眼，就是这一眼——由于它一抬头，我和白灵鹤一下子从它的角上滑落了下来，好在我施展了步步登云的法术，不然一定会葬身大海。

白灵鹤从空中滑了一道弧线就把我的身体托住了，我骑在她的身上，急忙向远处飞去。谁知这条白龙看到我们跑了，她也跟了过来，它那矫健的身姿，只需要一扭头就能追上我们，并且还回过头来仔细地瞅着我。

这条白龙虽然长得不是非常凶恶，但是它那庞大的龙头和十多丈的躯

体，却吓得我六神无主。

　　它只是随着我们在天空中来回地奔跑，大约也没有什么恶意，但是白灵鹤还是很小心地躲避着。看到她飞上飞下累得不亦乐乎，再看一看旁边的这条巨龙，我的脑子里一片空白。

　　我们大约在天空飞了半天，太阳已经升在天空的时候，我们也没有摆脱这条白龙。这时白灵鹤已经越飞越慢，越飞越慢，当白灵鹤再也支持不住的时候。我们两个便一个跟头从天空中翻落下来，但是仅仅翻了一个跟头，那条白龙就弯下身子，把我和白灵鹤接住了。

　　我和白灵鹤站在白龙的身体上，瞅着这个庞然大物，吓得浑身哆嗦起来。本来就饿得难受，再加上被这条白龙吓得六神无主，我一下子就趴在了白龙的尾巴上。这时白龙把头转了过来，它的龙须落在我的身上，足足有我的胳膊那么粗。

　　"你们是什么人？"在我吓得不知所措的时候，白龙张开嘴说话了。但是，这声音就如晴天霹雳一般，几乎快把我震聋了。

　　我紧紧地捂住自己的耳朵，但是这白龙的身体实在太滑了，我捂耳朵的时候，一不留神就从白龙的尾巴上滑落了下来。白灵鹤看到我向地上坠去，她也从白龙的身上飞了下来，并且在半空中把我接住了。虽然她已经十分的疲惫，但是她还是努力把我送到了地上。

　　我坐在沙滩上，抬起头来瞅着天空中的这条白龙。只见它只是在半空中瞅着我，既没有要离开的意思，也没有要落下来的意思。

　　白灵鹤瞅了这条白龙一会儿，又飞上了空中。我害怕白灵鹤会被白龙伤着，但是就在我要阻止它的时候，白灵鹤已经飞到了白龙的面前。

　　白灵鹤冲着白龙尖叫了几声，就说道："咯咯咯！你是蛟魔界的吗？我是白灵鹤？"

　　那条白龙听后，向后抽了抽身子，它刚要说话，白灵鹤就大声嚷道："咯咯咯！你不要说话！你的声音就像打雷一般，你只需要点点头或是摇摇头就可以了？"

第八章
蛟魔界

这时，白龙冲白灵鹤点了点头。

"咯咯咯！那你就去告诉蛟魔王，牛魔王的儿子——猫孩儿来了，他找蛟魔王有很重要的事情，快去吧！"

这时白龙却摇了摇头，并且一转身就向沙滩上冲了过来。白灵鹤以为它要来袭击我，也向沙滩上飞来，并且大声对我喊道："咯咯咯！猫孩儿，快闪开！"

谁知，这条白龙就在刚要落地的那一刹那，身体一下子变得又小又红起来，我不知道发生了什么事情，眨眼的功夫，白龙就变成了一个七八岁的小女孩，她落在地上的时候，穿着一身白色的裙子，虽然变得如人的模样一般，但是她的头上还长着长长的龙角。

她站在我的面前，仔细瞅了瞅我，于是问道："你真是牛魔王的儿子？"

我没有回答她，虽然现在她的个头比我还矮，而且身子比我还瘦，但是我对她有一种天然的恐惧。

这时，白灵鹤也从天上落了下来："咯咯咯！你是谁？"

白龙女转过头来瞅了一眼白灵鹤，很傲气地说："我就是蛟魔王的女儿。你说他是牛魔王的儿子，有什么凭证？"

白灵鹤也变得十分的狡猾起来："咯咯咯！你说你是蛟魔王的女儿，有什么凭证？"

这难不倒白龙女，她指着大海对我说："这片大海就是我的家，这个沙滩就是我游玩的地方？而且我的头上长着龙角呢！"

白灵鹤把她的翅膀在我的头顶上一扇，我头上的猫耳朵就显现出来："你看，猫孩儿的头上也有猫耳朵！"

"这么说来，你真是牛魔王的儿子。"

"咯咯咯！这哪里还有假？你快去把你的爹爹叫来，我们千里迢迢地来到这里，就是要找他帮忙的。"

"帮什么忙？"

当我知道这条小白龙是我的堂妹的时候，突然有一种遇见到亲人的感

觉:"我的妈妈被人捆在了翠云山上,我是来找二叔帮忙去救我妈妈的。"

小白龙仔细瞅了我一眼,说:"既然你是我的堂哥,我爹自然会去救大娘,但是我爹爹去大鹏魔界了,也不知道什么时候才能回来,你不如先和我回到海里,给你安排了住处,等我爹回来再说。"

"可是我不会游泳啊?"

"啊?你是不是牛魔王的儿子?怎么这么笨呢?"

小白龙这么一喊,我突然无话可说了。白灵鹤为我解释说:"猫孩儿自从生下来以后,牛魔王和铁扇公主就失踪了,他是在东胜神洲长大的。"

听完白灵鹤的解释,小白龙自然明白了许多:"我说你怎么在我的头上过了一夜?不过,你既然是我的哥哥,我一定会帮你的。你随我下海,我教你避气。只是这白灵鹤下不了水。"

"咯咯咯!没关系,我在岸上等着就是了。"虽然白灵鹤这么说着,我却不敢随小白龙下海。

我拉着白灵鹤的翅膀,虽然我们才相处了几个月,但是白灵鹤就像我的好朋友似的照顾着我,爱护着我,也保护着我。更为重要的是,她是妈妈送给我的,我离开了白灵鹤,就犹如离开了妈妈一般心痛。

"白灵鹤,你不能下海,我也不下了。"

白灵鹤呼扇着她的翅膀,并且用嘴巴在我的脸上啄了几下对我说:"咯咯咯!猫孩儿,你不下海,怎么能找到蛟魔王呢?再说,你妈妈还被捆在翠云山的石柱上呢,你只有早一点儿找到蛟魔王,才能救出你妈妈呀!"

一想到妈妈还在翠云山上受苦,我就感觉没有什么困难我不可以克服——有什么能比失去妈妈更痛苦呢?

想到这里,我转过身来,看到小白龙那奇怪的目光,我一抹脸上的泪水,说:"哎——你——我们走吧!"

"哎什么?我有名字的,你不要这么称呼我?不然,我不让你下海了!"小白龙见我那么叫她,突然站在那里一动不动地生气闷气来。

我见自己说错了话,想到只有这条小白龙才能带我入海,于是就委婉地

第八章
蛟魔界

说:"既然你是二叔的女儿,那么你就是我的妹妹。妹妹不要生气了,你告诉哥哥你叫什么名字,以后哥哥叫你的名字就是了。"

小白龙听了我的话,才转过头来,微笑着对我说:"我叫萱儿?"

"怎么?"听到这里,我被吓了一跳。天下怎么有这么蹊跷的事情,这条小白龙竟然起了一个凡人的名字。

"我的名字不好听吗?"萱儿反过来问我。

我忙解释说:"好听!好听!萱儿妹妹,你不在海里待着,怎么来到岸上过夜了。"

"唉,别提了,爹爹每天都要我学这学那的,快烦死我了。这不,爹爹一不在家,我就偷着跑出来玩儿了。"

"那我们回去,你不会挨骂吧?"

"没事的,我把你带回去见母后,她一定会喜欢你的。"说着,萱儿就念动口诀,把海水分开了。只见这时大海上裂开一道缝隙。

"猫孩儿,我们下海吧,你就跟在我身后,没有事的。"说着,我就和萱儿跳入了海中,在海水上,我回过头来瞅了一眼白灵鹤,只见她在空中盘旋着,并且深情地望着我,似乎想把我留下。我知道,白灵鹤也不想离开我,但是一只天上飞的鹤,怎么能够到深海中去呢?于是我一个猛子扎入了海中。

我随萱儿在海中游了片刻,就到了一个海底世界。在这个世界里,就像陆地上的人类一样,也有房子,也有院落,只是这里的房子完全是另一种模样——大多数的房子都是用珊瑚和海里的岩石堆砌起来的,而且外面装饰着金碧辉煌的图案,犹如天上闪闪发光的星星一般。

海底的居民也不是人的模样,要么是虾妖,有五尺多长;要么是蟹怪,如青牛一般大小;另外还有乌龟怪、鲤鱼精、蚌精等等妖魔鬼怪,我看到他们心里十分惧怕,要不是萱儿在我的前面,我哪里敢前进一步。

穿梭在海底里的大街小巷,不多时,就看到了用玉石堆砌起的一座宫殿,萱儿对我说:"这里就是我的家——蛟龙宫。"

这个龙宫自然是十分庞大的，我远远地就能看到这座闪闪发光的宫殿，而且一眼望不到宫殿的尽头。

我和萱儿来到龙宫的门前，只见有两条小龙在门前拿着红缨枪站在那里，他们一看到萱儿回来了，一个惊喜地走上前来对萱儿说："我的姑奶奶，您可回来了，我们都把龙宫翻过来了，也没有找到您。我就知道您又偷着跑出去了。好在，蛟魔王不在，不然，他又要罚我们了。"

另一个小龙就向宫里报告，并且大声喊道："萱龙女回来了！萱龙女回来了！"

话声还未落下，龙宫里突然游出三条三十多丈长的巨龙，他们分别是乌龙、灰龙和白龙。他们的脑袋足足有外公家的一间房子那么大，三个龙头一起向我们伸过来，吓得我拉着萱儿的手不知如何是好。我看到这三条龙都非常生气，而且各自都表现得异常的凶暴，似乎要把我吃了一般。

谁知，没等这三条龙说话，萱儿就用手敲了敲他们的龙头，他们顿时就缩小了身子，变得和萱儿似的，只是他们的身体比我还高还粗。

"你还敢打我们？"乌龙异常地凶恶，"看我怎么收拾你？"

其他两条龙也虎视眈眈地望着萱儿，似乎要把萱儿吃掉一般。虽然这三条龙在我们面前摩拳擦掌的，但是萱儿却毫无惧色，倒是我为她捏了一把汗。

"你偷偷跑出去玩儿，而且夜不归宿，要让母后知道了，哼哼，不关你一年半载的才怪呢！"白龙说道。

萱儿洋洋得意地说："我这回出去可立功了！"

"立功了？"三条龙异口同声地问道。

"你们看，他是谁？"萱儿指了指我。

三条龙仔细一瞅我，并不知道我是谁。

"他是谁？"灰龙问道。

"你还带着一个陌生人来到龙宫，你难道忘记《蛟魔界律》了吗？"乌龙从一出现的时候，就凶得像恶鬼一般。

[第八章] 蛟魔界

"你们可别小看他,有他在场,我想即使是父王在场,他也不会把我怎么样!"萱儿自信得让这三条龙摸不着头脑。

"小子,你是谁?哪里的朋友?"白龙问我。

我瞅着白龙女不知道应该怎么回答,想到这是二叔的地盘,他们也不会把我怎么样,再加上萱儿给我使了一个眼色,于是我就回答道:"我叫猫孩儿。"

"你是哪家的孩子?怎么到龙宫来了?"白龙又问我。

这时,萱儿却说话了。"我告诉你,猫孩儿可是牛魔王惟一的儿子!"

"嗷——"三条龙都惊讶地叫道。

"猫孩儿,他们仨个,是我的大哥、二哥和三哥。"萱儿给我介绍道。

我本来想叫他们一声"哥哥"的,但是看到他们那惊异的样子,我却未开口。

"你果真是牛魔王的儿子?"乌龙非常认真地问我。

我点了点头,并且努力让自己显得勇敢一些。这时萱儿走上前来,把我的头发向左右一拨,就露出了两只猫耳朵。

三条龙看后,就信以为真了。

"猫孩儿,当哥哥的怠慢你了。萱儿,快把你牛哥哥带到母后的房间里,告诉她这个天大的喜讯。"乌龙看着我,先是有些疑惑,后来又露出了笑脸。

萱儿一把拉住了我的手,朝龙宫的方向跑去。这龙宫中不管是城墙还是房间都是用玉石堆砌而成,有的还是透明的,可以看到对面的物体。

我和萱儿在里面穿来穿去,宫里的虾妖蟹怪们早就把我来到龙宫的消息报告给了萱儿的母后。

我走到宫殿的院子里的时候,就看到一群头顶着龙角的人向这边走来。那为首的是一个年轻的美貌女子,萱儿指着她说:"那个就是我的母后!"

这群人一看到我,就加快了脚步,我看到萱儿的母后望眼欲穿地盯着我,似乎难以相信,她走到我的身边,两只细嫩的手掌一下子就摸到我头上

的猫耳朵,她惊讶地说道:"果然是牛魔王的儿子!快叫婶婶!"

我应声道:"婶婶!"

"好孩子,真是一个好孩子。你是怎么找到这里来的?"婶婶捧着我的脸对我说。

"婶婶,我妈妈被人捆在了翠云山上,请你和二叔快去救救她吧!"我一想到妈妈,泪水就涌了出来。

"好孩子,不哭啊,不哭,有事慢慢给婶婶说。"婶婶紧紧地把我抱在怀里。我看到婶婶对我就像外婆一般疼爱我,我从心底就如找到亲人一般高兴。于是,我就把母亲的遭遇告诉了婶婶。

婶婶听后,叹了一口长气,然后安慰我说:"猫孩儿不要害怕,等你二叔回来以后,我一定让你二叔亲自去救你妈妈。"

说着,婶婶就把我领到了屋里。这时,萱儿告诉婶婶,我还没有吃饭呢。婶婶就吩咐下去,让人摆宴席上来。

不多时,宴席准备好了。我抬头一看,龙桌上不是螃蟹就是龙虾,我哪里吃过这些东西,好在萱儿和婶婶十分照顾我,给我剥好了虾肉放在我的蚌壳做成的碗里。

吃到一半的时候,我才想起白灵鹤还在岸上,于是我对婶婶说:"我来的时候,还有一只白灵鹤跟着我,她也一天一夜没有吃东西了。"

婶婶马上吩咐旁边的小龙们,让他们给白灵鹤送餐去,我知道白灵鹤最喜欢吃泥鳅,于是就让人给白灵鹤送去了一盆泥鳅。

这时,刚才在龙宫外教训萱儿的那三条龙也站起来,婶婶一一为我介绍道:"这是你的乌龙大哥龙泽,个头高高的是你的银龙二哥龙啸,你旁边的是你的白龙三哥龙饮。你还有三个姐姐,两个妹妹,都到你三叔、四叔、五叔和六叔家去学艺去了,要到龙宫庆典的时候才能回来。"

这时,龙泽站起身来,对我说:"猫孩儿,刚才是大哥不认识你,怠慢了你,来,大哥敬你一杯。"

说着,龙泽就把碗里的酒喝光了。我端起碗中的酒,却不知道如何是

第八章
蛟魔界

好，因为在此之前我从来没有喝过。我转过身来瞅了一眼婵婵，婵婵也示意让我喝了。

我想到自己是初来乍到，人家一听说我是牛魔王的儿子，就把我当亲人看待，这说明我爹爹不是一般的人物。我怎么能给爹爹丢脸。于是我张开大口，把碗里的酒全都喝光了。这酒既不辣也不苦，但是有一股鱼腥味，而且口感滑滑的。我刚喝完，这时二哥龙啸也站起来身敬酒。我感觉喝酒也没有什么大不了的，于是也喝光了。

二哥见我小小年纪就喝了两碗酒，就哈哈大笑起来。这时，三哥龙饮也站起来敬我一碗酒，当我端起酒来的时候，感觉自己轻飘飘的，好似要飘浮起来似的。

这时三哥对我说："猫孩儿小弟，你这次来，一定得多住些日子。"

我喝完酒，刚想说"我要回去救妈妈"的时候，突然感觉一阵天旋地转，随即我就晕倒在了地上。

第二天醒来，我发现自己躺在一张龙床上。萱儿坐在我的床边，看到我醒过来了，就对我说："我原本以为牛魔王的儿子会饮酒，没有想到，三碗玉浆龙酒就把你喝醉了。"

醒来的时候，头倒是不晕了，只是感觉心里空荡荡的。想到昨天喝酒的事情，我笑着对萱儿说："其实，我哪里会喝酒，昨天是第一次喝。"

说着，我还不好意思地把脸背了过去。

"我说呢！不过，你现在还小，你长得和我的三位哥哥那么大的时候，一定能喝许多许多酒的。"

萱儿一说到他的三位哥哥，我突然想到，他们是不是能够救我妈妈。于是我就问萱儿："你的三位哥哥会法术吗？"

萱儿被我问得一愣，反问道："什么法术？"

"什么法术都行，只要能够救我妈妈就可以。"

萱儿小嘴一撇对我说："我大哥龙泽能吞云吐雾，我二哥龙啸一咳嗽就能电闪雷鸣，我三哥龙饮能把整个大海的海水喝干，我不知道这样的法术能

不能救你妈妈。"

我仔细一想，吞云吐雾和喝干海水都与救我妈妈没有什么关系，只有二哥龙啸的闪电，或许能够把铁链给霹断。于是我就和萱儿去找龙啸。

龙啸住在我房间的后面，我们走到他的门前，他就看到我来了，我简单地说明来意，龙啸就紧锁眉头。

我以为龙啸不愿意帮忙，也就没有再说些什么。萱儿却是坐不住了，她见二哥好像很为难的样子，就埋怨道："二哥，你倒是说话呀？能救就救，不能救我们就去找大哥去。"

龙啸叹了一口气，站起身来，走到我的身边对我说："猫孩儿，不是当哥哥的不愿意去救你妈妈，只是我的一个闪电过去，那铁链也许会被霹断，但是我却不能保证你妈妈是不是会被闪电霹死，所以我这才为难起来。"

"那还不好办，"萱儿好像有办法，"你就少用一些力气，不就行了。"

龙啸听后，摇了摇头说："妹妹你哪里知道，我的闪电一过去，大的可以把山劈开，小的也能把人劈死。再说大娘被紧紧地捆在石柱上，即使我在后面把铁链劈断了，我想那石柱也就断了。我用再小的力气，石柱一断，那大娘的性命也难保啊！"

听龙啸这么一说，我也不知如何是好，可是一想到妈妈整日在翠云山上受苦，心里就一阵酸楚。

我没有和龙啸打招呼就离开了。

萱儿看我闷闷不乐地走了，她瞪了一眼龙啸道："笨死你了！力气大了不行，力气小了也不行，我真不知道你学了那么多年的法术有什么用？！——猫孩儿等等我！"说着，萱儿就跑了出来。

而后，我和萱儿又去找婶婶，但是婶婶也不知道如何是好，她只劝我等二叔回来再说。

"那二叔什么时候才能回来呢？"我问婶婶。

婶婶想了一会儿，说："他去大鹏魔界去找你三叔了，究竟什么时候回来，我也不知道。"

第八章
蛟魔界

"那我要等多久，才能救出我妈妈呢？"

听到这里，婶婶也为难起来，并且摇了摇头。"我何尝不想早日把嫂嫂救出来，但是如果我们莽撞行事，不但救不了你妈妈，而且还会把她害死的。"

"婶婶听我说一个办法好吗？"我站在婶婶的面前恳求道："我们找一些刀枪和法术高强的人，随我一起去翠云山，我们不用闪电，只一刀一刀地砍，一枪一枪的刺，时间久了，也许会把铁链给斩断。婶婶，你说这个方法好吗？"

婶婶想了想，于是对我说："你二叔不在，为今之计，也只能用这种方法了。那你准备什么时候回去？"

"今天晚上吧。"

"侄儿，你太着急了，等明天早晨，我让你的三个哥哥陪你一起去，再挑选些会用刀枪的虾妖蟹怪。"

"母后，我也要去。"萱儿在一边吵道。

"你又不会法术，去了也帮不上忙。"婶婶一口就回绝了萱儿。

[第九章]

大战三师兄

第二天清晨,龙泽、龙啸和龙饮就清点了三十余名会法术的而且身强体壮的虾妖蟹怪一同随我上岸。

我本以为萱儿会吵着跟我去的,但是一大早,我就发现萱儿不见了。龙泽解释说:"母后怕萱儿闹事,就把她关了起来。"

我一心想着把母亲救出来,也就没有多想萱儿的事。

龙泽带着这些虾妖蟹怪立即出发,他们这才发现我没有多少法术,所以总是跟在队伍的最后面。

当大家来到海滩上的时候,龙泽就责怪我说:"猫孩儿,牛伯伯就没有教你一些法术吗?"

他们一定知道我的法术不如他们,但是我也没有办法,我只在翠云山上学了两三个月就下山了,怎么能学到更加高深的法术呢。

"唉,照我们现在的行进速度,要在天上飞三十多天才能到达翠云山?"龙泽站在沙滩上不知如何是好。

这时,龙啸走上前来,对龙泽说:"我听说,猫孩儿来的时候,是由白灵鹤驮着来的,大哥有吞云吐雾的法术,何不在这白灵鹤的翅膀上点拨些云

第九章
大战三师兄

雾之术，这白灵鹤也可以飞得更快些。"

龙泽一听，也有几分道理，于是就问我白灵鹤在哪里。

我抬头一看，白灵鹤正在半空中驮着萱儿向这边飞来。萱儿看到我，还挥着小手冲我喊道："猫孩儿，我也要去救大娘。看，我还带着一把魔刀呢！"

龙泽、龙啸和龙饮看到萱儿偷偷跑了出来，顿时气不打一处来。

"萱儿，你怎么又违背了母后的意思？！父王回来后，我一定告诉他！"

龙泽话还没有说完，白灵鹤就从空中落下来了。萱儿从白灵鹤的背上跑了下来，虽然三个哥哥都气得吹胡子瞪眼的，但是萱儿却当作没有看到。

她一下来，就活蹦乱跳地跑到我的身边，抓住我的胳膊说："我就要去！再说，你们和猫孩儿没有共同语言，我在路上也好陪猫孩儿说说话。"

"你一个小孩子家，去了能有什么用？再说，你的法术也比猫孩儿强不了多少！去了，还要让我们照顾！"龙啸说话的同时，蔑视地瞥了我一眼。

我知道自己的法术实在不能和他们相比，有心想争辩几句，但是技不如人，自然也就底气不足。

正在尴尬之时，龙饮走上前来，对龙泽说："如果不是让猫孩儿领路，我们兄弟三人片刻间，就能把大娘救出来。"

"你们不要说了，虽然我的法术比不上你们，但是要让我回去，绝不可能。不然，我回去就告诉母后，说你们在路上老是欺负猫孩儿，看母后怎么罚你们！"

龙泽争不过萱儿，也就同意了。白灵鹤见了我，也亲切地尖叫起来，我看到她那可怜的劲儿，紧紧地抱着她的脖子，她却说道："咯咯咯！我以为要在这里等上一年半载的呢！"

我瞅着白灵鹤对我那种只有亲人才有的眼神，紧紧地抱着她的脖子问道："白灵鹤，你这几天怎么过的？"

白灵鹤晃了晃自己的脖子，冲着天空叫了几声，才回答我说："咯咯咯！我每天都在沙滩上等着你哩！本以为你要在这里住上一段时间，没想到

这么快你就上来了。"

"我哪里有心思住下去，一想到妈妈还在翠云山上受苦，我就寝食难安。"

正在我伤心之时，萱儿在一旁嚷道："好了好了，我们还是快去救大娘吧。"

这时，龙泽施展法术，把白灵鹤的两只翅膀都点了些云雾之术。这样一来，白灵鹤驮着我和萱儿就能跟上队伍了。

我们大约在天上飞了有五六个时辰，就来到了翠云山下。那一日，正好赶上绝飞和绝目在看守着我妈妈。绝目一看到我带着大队人马飞了过来，就飞过山顶，指着我骂道："猫孩儿，师父让我们四人看守这个女妖，你溜到哪里去了？看我不好好教训你！"

绝目刚想吐火来攻击我，绝飞就飞了上来。

"住手，绝目！"绝飞一把拉住了怒气冲冲的绝目，当他看到我带着这么多妖魔鬼怪，顿时就皱起了眉头。

"绝力，你不好好在这里看守女妖，你到哪里去了？——你带这么多妖怪来这里干什么？"

我一听到"女妖"两个字，顿时火气就上来了，我骑在白灵鹤的背上，反驳道："大师兄，你不知道，这绑在石柱上的就是我的亲生母亲！"

绝飞和绝目听我这么一说，顿时惊得目瞪口呆。

"请两位师兄让开一条路，我今天就是来救我妈妈的。"

绝飞哪里肯相信，他蔑视地对我笑了笑："猫孩儿，你是被女妖利用了，这绑在石柱上的乃是一个千年女蛇妖，已经被捆在这里十年了，她怎么是你的亲娘呢？你还是问清楚以后再说吧，免得被人利用，违背了师命不说，还会被某些居心叵测的人利用了！"

"你胡说！"萱儿一听绝飞在诬蔑我们，在白灵鹤的背上也坐不住了，"猫孩儿，别和他废话了，先让我哥哥把他痛打一顿，我们也好去救大娘。"

"他们都是我的师兄，我怎么能让他们受苦呢？"我对萱儿说。

[第九章]
大战三师兄

但是此时，绝目却不答应了。"猫孩儿，你小子违背师命，而且还要救这个千年女妖，那要看我绝目同不同意！"

说着，绝目的眼睛里就喷出一股火来。这火来势汹汹，浓烟滚滚，片刻之间就把我们包围住了。这时队伍里乱作一团，龙泽、龙啸和龙饮哪里想到翠云山上会有如此法术的人，也被突如其来的烈火呛得不轻。

好在这时，绝目收起了火势，哈哈大笑起来："猫孩儿，这时你知道我的厉害了吧！"

龙啸哪里受过这种窝囊气，他二话不说，拔出龙剑就向绝目刺去。绝目看到一条银龙突然出现在自己的面前，他伸手想拽住龙啸的身子，但是就在此时龙啸一剑刺来，绝目用手一扫，龙剑正好刺在绝目的胳膊上。绝目大叫一声："啊——"

与此同时，他的眼睛里又喷出一团团烈火，这火比刚才来得更为凶猛，烈火中还有些火团在不断地爆炸。龙啸还没有把剑收回来，就被烈火团团围住。龙啸乃是水中的蛟龙，哪里能受得了这般的炙烤，他扔下龙剑，变成一条银色的长龙就向天空中飞去。

龙饮见二哥被烟火团团围住了，一个喷嚏打下去就是一阵暴风骤雨。这雨下得可真是好，不但把龙啸身上的火给浇灭了，而且把绝目也吓得不轻。尤其是他的眼睛，被雨水冲刷得不但烟火使不上来，还把眼睛给浇红了。绝目一气之下，竭尽全力从眼睛里喷出一团团火来，与龙饮的海水一起在空中回旋了起来。这下天空就热闹了，一会儿是倾盆大雨，一会儿又是火光冲天。

绝飞见绝目被龙饮和龙啸团团围住，他也呼扇翅膀飞了起来。这时，龙泽吐出一片阴云把绝飞团团围了起来。

绝飞大叫一声："啊——呀——"

叫声过后，他的翅膀整整比原来大了十倍，他一呼扇翅膀，就是一阵飓风，吹得龙泽在天空中翻了好几个跟头。但是当他站稳后他就从口中、鼻中和眼中喷出乌云和浓雾，他在这边吐，绝飞就在那边扇，弄得整个天空一会

儿阴一会儿晴，一会儿飓风骤起，一会儿又风平浪静。

我和萱儿看到他们在天空中打了起来，立即招呼着那些虾妖蟹怪向石柱飞去。这些虾妖蟹怪，虽然法术不如龙泽、龙啸和龙饮，但是却极有灵气，他们一个个紧紧地攥紧手中的刀就向铁链砍去。

妈妈看到我趴在白灵鹤的背上，远远地就大声喊道："猫孩儿！"

白灵鹤一呼扇她的翅膀，就飞了过去。我看到妈妈的脸又黑又瘦又粗糙，紧紧地搂着妈妈的脖子，失声痛哭了起来："妈妈，妈妈！"

妈妈不断地叫着我的乳名，并且安慰着我："孩子，别哭了，别哭了！"

"妈妈，妈妈！"我不断地喊着。

但就在此时，我的背后突然有人叫"绝力"，我回过头一看，原来是绝美，她手捧肉琵琶，疑惑地看着我。

"绝力，你怎么认识这个女妖？！"绝美气得眉毛都挑了起来。

"绝美，她可不是女妖，而是我妈妈！"我回转过身来，对绝美解释道。

这时，绝飞大声喊道："绝美，别和他废话，绝力已经叛变了，而且违背了师命，快动手吧！"

"绝力，这到底是怎么回事？"绝美异常地激动。

正在这时，龙泽拔出龙剑，一边吐着云雾，一边把龙剑刺过来。绝飞看到绝美来了，一分心，龙剑就刺到了他的翅膀上，绝飞大叫一声就从空中坠下去了。

绝美一看大师兄被刺伤了，而绝目也被两条巨龙团团围住，她看看我，又转过身来瞅了瞅从半空中又飞起来的绝飞，只见绝飞的翅膀血流如注，弄得整个翅膀都是鲜血。

"绝美，你还等什么？"绝飞大喊道。

绝美哪里看到过如此的场景，她来回瞅着我和绝飞，不知如何是好。

绝飞一呼扇他的翅膀又和龙泽打了起来。这时，天空中飘洒着绝飞的鲜血，如果再这样下去，即使绝飞不被龙泽刺死，也得流血而死。

"绝美，难道你想让我们俩都死在他们的利剑之下吗？"绝飞一边打着，

[第九章]
大战三师兄

一边还喊着。

刹那间,绝美一个跟头迎了上去。她轻轻地一弹她的肉琵琶,龙泽、龙啸和龙饮就变小了一些,而绝目和绝飞却变大了一些。

这时,本来龙泽、龙啸和龙饮就要把绝飞和绝目给擒住了,但突然间,他们看到绝目和绝飞比自己整整大了一倍,并且自己也缩小了一倍。接着绝美的琵琶越弹越快,龙泽、龙啸和龙饮就变得越来越小,相反的,绝目和绝飞却变得越来越大。

我和萱儿看得是目瞪口呆。

绝目哪里肯放过这种好机会,他东喷一团火,把龙泽烧得嗷嗷直叫,西喷一团火,又把龙饮喷出来的水给灭了,再喷一团火,冲着我和萱儿而来。

我带着那些虾妖蟹怪急忙转身离开了石柱。虽然火没有烧到我们,但是却把妈妈烤得不行。妈妈的身体本来就虚弱得快支撑不住了,这么一烤,不但她的头发被烧着了,还剧烈地咳嗽起来。

"妈妈!"我看到妈妈被火围住了,转身从白灵鹤的身上跳了下来,施展步步登云的法术,来到妈妈的身边。

妈妈成年累月地在这石柱上受苦,风吹日晒,本来就十分虚弱的身子哪里经得住团团烈火的炙烤?妈妈在火团里仅仅叫了我几声,就昏死过去。

"妈妈!妈妈!"我看到妈妈被烧烤得昏了过去,急忙用手紧紧地抓住了妈妈头上的被烧焦的头发,我只感觉我的手一下子被火烧熟了一般。这火越烧越猛,越烧越旺,我紧紧地抱住了妈妈的身体,就如被放入了火炉一般。

"猫孩儿!"萱儿看到我又回到了火团当中,她也骑着白灵鹤回转过身来,她一张嘴,就吐出一股海水,这股水虽然没有多大的水流,但是片刻就把我和妈妈身上的火给浇灭了。妈妈被水一激,也醒了过来。

"猫孩儿快走!没有用的!快走!"妈妈泪流满面地催促着我。

"二哥!"萱儿在我的背后喊道。

我转过身来一看,龙啸变得如一只飞鸽般大小,并且被一团团火围住,龙啸被烤得身上的龙鳞都脱落了下来。

"二——哥——"龙饮虽然能够喷出水来压住火势，但是他的身体变得也如一只飞鸽般大小，那股水根本不可能浇灭绝目喷出来的火焰。

萱儿看到二哥在一团团烈火中炙烤着，她一拍白灵鹤的后背，白灵鹤猛地呼扇着她的翅膀就冲龙啸飞去。龙啸被烧得只有挣扎的力气，根本没有施展法术的力量。白灵鹤来到他的身边，把龙啸拉到了自己的身上，萱儿也伸出手来，紧紧地拽住二哥的双手。

龙泽一看，我们根本打不过绝飞、绝目和绝美，就命令大家向西撤退。

我紧紧搂着妈妈的脖子，不肯离开。我知道，这次救不了妈妈，也不知道猴年马月才能再次回来。

"猫孩儿快走！你一定得学好本领再来救我！"妈妈苦苦地哀求着。

萱儿一手抱着龙啸，一手拉着我的胳膊，白灵鹤一用力，我就被甩在了她的背上。

绝目看到我要逃走，他又喷出一团火来，好在白灵鹤的翅膀越飞越快，越飞越高，一眨眼的工夫我的视线里就再也没有了翠云山的踪影。

龙泽看到绝目没有追来，在一个湖边停了下来。虾妖蟹怪被烧烤得满身红光，就如煮熟了一般。伤得最厉害的要数龙啸，他骑在白灵鹤的背上，竟然昏迷起来。

龙泽不敢怠慢，又命令我们火速赶往西牛贺洲。

路上，萱儿紧紧地抱着龙啸的身体，一边哭泣着一边埋怨我说："都是你不好，也没有告诉我们，翠云山上竟然有三个如此法术高强的人，害得我二哥生死不明！"

龙泽和龙饮虽然肚子里憋了一肚子火，但是他们刚刚被三个孩子打得落花流水，自然也没有理由埋怨我什么。只是我从他们瞅我的眼神里发现，他们对我充满了怨气。

[第十章]
魔校

晚上，躺在海底深处的一间水晶屋里，面对着深蓝色的海水，我不知道自己究竟要做些什么。是的，我不知道。妈妈还在翠云山上受苦——她紧紧地被捆在石柱上，我不知道什么时候才能把妈妈救下来。最让我伤心的是，这一次，龙泽、龙啸和龙饮都没有把妈妈救出来，他们的法术胜我百倍千倍，我又怎样才能把妈妈救出来呢？躺在床上，我辗转反侧。在没有去翠云山之前，我总是希望能见到自己的妈妈，但是，现在我见到了，甚至眼睁睁地看着妈妈在受苦。猫孩儿啊，猫孩儿，你究竟为什么这么没有本事呢？

之前，在罗家庄的时候，我不知道妈妈在什么地方，每当有人问起的时候，我总是非常疑惑地望着外公，那时我多么想有妈妈在我的身旁，哪怕让我看一眼也好啊。如今，妈妈就在翠云山上，可我却不能和妈妈生活在一起，甚至不能和妈妈促膝长谈。天啊，这种煎熬的痛苦，是我生平第一次感受到的最大的悲痛。

这一夜，我就这样慢慢地睡去了。第二天清晨，我还没有醒来，突然感觉到有人在摇晃我的身体，我感觉就像在荡秋千似的，但是摇晃的人实在是太用力了，甚至让我感觉到了疼痛。于是我睁开了眼睛——我看到萱儿和一

个头上长着两只尖尖的角、面部甚是黝黑、鼻子甚是粗大的家伙站在我的面前。

这个家伙一见到我醒来，就从鼻子里喷出一股气流，就像在打喷嚏一般，吓得我浑身有些发酸。

"我的小祖宗，你可醒了。"那家伙吐出一口气后对我说。

我哪里知道他是什么人物，上下一打量，感觉他头上的两只角倒是与我头上的角有些相似，只不过他的角长得特别粗大，而且也比我的长一些。

萱儿见我有些惊讶，就给我介绍说："猫孩儿，这个是你爹爹的爱将——大力金刚牛冲天，他是你爹爹最信任的牛将军。"

听萱儿这么一说，我又仔细打量了一下牛冲天，只见他身体异常的魁梧，而且肩膀特别的宽大。我刚想向他打听爹爹的消息，谁知牛冲天却急匆匆地对我说："小祖宗，你可来了。你不知道，自从大王失踪以后，我们牛魔界就乱成了一锅粥，我东打听西打听，想找到我们牛家唯一的小祖宗，但是费了九牛二虎之力，我不但没有找到你，而且牛魔界越来越乱。——大王，我对不起您啊！你对我恩重如山，但是我却没有把牛魔界管好，我愧对您的信任啊！这下好了，这下可好了，我的小祖宗来了，我看他们还敢再打下去！"

牛冲天说完，我却不知道他说这些话究竟是什么用意。听白灵鹤讲，牛冲天是我爹爹牛魔王手下的四大将军之一。如果是这样，他的法术一定很高。

"牛冲天，你都会什么法术？"我趴在床上问道。

牛冲天被我问得愣了一会儿，仔细一想，回答说："小祖宗耶，只要是我们牛家的法术，我都略知一二。在咱们牛魔界，我最高的法术就是大力金刚。"

"你的大力金刚术有多厉害？"

"小祖宗，我这么跟您说吧，只要把我的手轻轻放在石头上，这石头顿时就分成两半；如果我稍一用力，即使是铜墙铁壁，也会化成一片粉末。"

第十章
魔校

听牛冲天这么一解释,我突然感觉救妈妈又有希望了。于是,我走下床来,围着牛冲天走了一圈,只见他浑身上下都是一副冲锋上阵的架势,这可中了我的意思。

"牛冲天,你果真是我爹爹最信任的牛将军?"

"那还有假?我老牛从小受大王的恩惠,否则,到现在我还是一头只会耕种的老牛。"

"那我爹爹失踪后,你为什么不去找他?"

"我的小祖宗,这真是天地良心,不光是我牛冲天,就连那该死的落日西山牛纯晴和最爱起哄的皓月当空牛夜色,都去找大王了,更何况是我呢!我们四人当中,我是受大王恩惠最多的一个,十年前,大王在东圣神洲不知为何突然失踪,我真恨不得把天翻个个儿,把地捅个坑儿,但是我找了整整十年啊,真是一点儿消息也没有。小祖宗,你可不能冤枉了我老牛!"

"那我现在有事要请你帮忙,你能帮助我吗?"

"小祖宗,自从大王失踪后,我牛冲天就像是没有家的孩子,整天东游西逛,现在小祖宗您来了,您就把我当您的脚使唤就行了。"

"那倒不必了,我只是想请你帮忙把我妈妈救出来。前些日子,龙泽、龙啸和龙饮三位哥哥,都随我去翠云山救妈妈,但是绝美实在是厉害,我们打不过她,不但没有把我妈妈救出来,而且我妈妈还被绝目的烟火给烤昏死过去了。我现在想,经过这么一折腾,他们就会更加小心地看管我妈妈。如果你能帮忙把我妈妈救出来,我愿意当成你的脚,听你的使唤。"

"小祖宗,你千万别这么说。铁扇公主被捆的事,我早就听说过,但是我实在没有办法。"

听牛冲天这么一说,我吓了一跳:"难道你也打不过绝美?"

"不是我老牛打不过她,而是那千年铁链,即使我们能把随云真人打得落花流水,但是我们无论如何也砍不断捆在铁扇公主身上的铁链。"

"这又是为什么?"

"因为这铁链乃是混沌初开、万物伊始天地间产生的一个造化。我也不

知道是上界的哪个神仙，用这条铁链把铁扇公主给捆了。如果我能够斩断这条铁链，早在十年前，我老牛就把铁扇公主给救出来了，还用等到小祖宗开口？"

"你的意思是说，我们没有办法把我妈妈救出来是吗？"

牛冲天长长地叹了一口，一边摇晃着脑袋，一边对我说："至少目前我们没有办法把这条铁链砍断。"

我突然觉得自己离妈妈是那么的遥远，也许妈妈一辈子都要被捆在翠云山上，如果这样的话，我应该怎么办？我爹爹现在无影无踪，我无法寻找，但是我妈妈就在我的面前我却不能救出她？我突然感觉到自己是如此的无能。我用力拍着自己的脑袋，但是却不能够想出一条计策来救出我妈妈。

妈妈，孩儿让您受苦了。妈妈，我的好妈妈。

"猫孩儿，你不用担心，等我二哥把伤养好，我们再去救大娘，到那时，我们多请几个帮手。"萱儿安慰我道。

这时，我才想起龙啸哥哥因为救我妈妈而受伤的事情。"萱儿，龙啸哥哥的伤势怎么样了？"

"不碍事的，他回到家，大哥给他吃了几粒龙丹，就醒过来了，而且咬牙切齿地说，不把翠云山夷为平地，他就不是龙啸。我大哥龙泽也十分气愤，他也没有想到这东胜神洲还有如此法术高强的人物。说来也奇怪了，我还没有见过三位哥哥吃过败仗。他们今天一起床，就在一起计划着怎么去收拾那个绝美，不然的话，我们蛟魔界也太没有面子了。"

我听后，想起牛冲天对我说起的千年铁链，就觉得打败绝美也没有什么意思，毕竟我没能力把妈妈救出来。

"牛冲天，你回去吧，看来我只有等二叔回来，看他有什么办法。"

"那可不行，小祖宗，你不知道我们牛魔界都乱成一锅粥了。你得随我去一趟，他们见到你以后，也就不打了、不争了。"

"我本来就不是牛魔界的人，再说我的法术还没有你的千分之一，我去了也没有用的。"

第十章
魔校

"小祖宗，你可不知道，不管是落日西山牛纯情，还是皓月当空牛夜色，还有一阵春风牛盛开，他们虽然争得不可开交，但是他们一旦知道牛魔王的儿子来到了牛魔界，他们就是有天大的胆子，也不敢再打下去了。"

我苦笑道："我现在哪里有心情去管牛魔界，我妈妈还在翠云山上受苦，我都没有能力去搭救，我怎么管得了牛魔界？牛叔叔，你还是自己回去，如果他们真的还是我爹爹的牛将军，就别再打下去了，如果他们真有法术，就帮我把妈妈救出来，那有多好。"

牛冲天听我这么一说，气得牛眼瞪得溜圆。"小祖宗，你可不能这么做。好歹你是我们牛魔界的人，而且还是牛魔王唯一的儿子。你不为牛魔界的老牛们着想，也得为你爹爹着想。再说，我们西牛贺洲，原本都是在大王的保护下生存的，大王失踪后，西牛贺洲越来越乱，而且就数牛魔界最乱。你不管，我老牛找谁去管？"

"如果你能把我妈妈救出来，我就随你去牛魔界。否则，我是不管什么牛魔界的事的。"

"那好吧，我先回去和落日西山牛纯情、皓月当空牛夜色和一阵春风牛盛开说一声，也让他们知道，我们牛魔界有新的祖宗了。顺便，我也打听一下，有什么东西可以砍断千年铁链。小祖宗，你在这里等着我，我处理完这些事情就马上回来。"说着，牛冲天转身就走了。

过了几天，龙泽、龙啸和龙饮三兄弟执意要去翠云山报仇，但是都被婶婶制止住了，婶婶也知道，绝美的法术不是一般人能够降得住的。再说，还有千年铁链，即使打败了绝美，还是救不出我妈妈。

在二叔家住了有七八天，婶婶见我没有事情可做，就让我和萱儿一起去上学。我本来想思忖一下救妈妈的办法，但是我毕竟是一个小孩子，再说也没有太高的法术。

有一天，我去找萱儿，问她龙泽他们都是怎么学的法术，萱儿对我说："我们魔界的人，首先要上三年的魔校，而后才能学习法术。"这样一来，我才答应了婶婶和萱儿一起去上魔校。

这魔校共分为三级，分别由不同的人来读书。比如说第一级就是鬼校，也就是说，凡是魔界的生灵都可以读，就连鬼也不例外；第二级是妖校，是由一些有灵性的妖怪来读；第三级是魔校，是由一些魔王的孩子来读。

我和萱儿都是魔王的后代，所以就去读魔校。魔校的课程分五门，分别是地理课、生理课、逻辑课、数学课和基础魔法课。上学第一天，我们首先学习了地理课的第一节。地理老师是一条乌龙，他一头花白的头发，胡须长的像条扫帚似的。听萱儿说，他是整个西牛贺洲最渊博的地理老师。他要轮流给西牛贺洲的七个魔界的魔校上课，也就是说，不管是蛟魔界还是牛魔界，要轮流七年，才能听到乌龙老师的讲课。

和我们一起上学的大都是蛟魔界的蛟龙的孩子，共有二十几个。乌龙老师听说我是牛魔王的儿子，对我表现出了特别的好感，而且讲得也更加精彩了。我本以为上学是一件非常麻烦的事情，但是听完乌龙老师的第一节课，我就深深地喜欢上了魔校。

乌龙老师给我们讲道："整个宇宙共有三界，上界、中界和下界。上界共有三种神：佛、仙、圣。他们是整个宇宙的统治者，并且掌握着最高的仙术和法术。他们有权对整个宇宙的一切事物作出裁决，并且制定出一些规章制度。中界有三种怪：魔、妖、鬼。中界是上界和下界的中间部分，同时也是下界向上界的一个过渡。下界有三种生灵：人、畜、静。这个'畜'包括了整个世界上除了人之外的其他有生命的动物；'静'包括这个世界上所有的植物和静物——这个静物主要包括石头、水和土壤。整个世界又分为四大洲，分别是东圣神洲、西牛贺洲、南赡部洲和北俱芦洲。东圣神洲主要生活着下界的生灵，西牛贺洲主要生活着中界的魔怪，南赡部洲和北俱芦洲则是上界神的领域。"

乌龙老师还给我们细致讲解了三界的地理位置和生态环境，重点给我们介绍了西牛贺洲。

魔校的生理课是十分重要又是十分有趣的，生理课老师第一节课就给我们讲道："整个魔校里，就数生理课最简单，你们只要背会生理要诀，就基

第十章
魔校

本算是及格了。"

于是，生理老师就给我们每人发了一张鱼皮，上面用大大的蓝字写着生理要诀——

　　　　魔魔结合成为魔，妖妖结合成为妖；
　　　　佛魔结合成为人，人佛结合成为魔；
　　　　仙魔结合成为妖，圣魔结合成为鬼；
　　　　鬼魔结合生为人，人魔结合变畜牲；
　　　　魔畜结合始为静，魔静结合化为零。

开始我们并没有理解这其中的奥秘，经过生理老师的一番解释后，我才明白过来。原来在这个世界上，不管是上界、中界和下界，都有严格的结婚生子的制度，并且结婚后生下的孩子也是特定的。三界男女结合的最大倡议是"魔魔结合"，也就是说，最好是本界的与本界的结合，但是这个世界是充满着变数和不稳定因素的，如果是上界的佛和中界的魔结合了，他们的孩子就是下界的人，因为上界是统治阶层，是神圣和高尚的，而中界的魔是中性的、变数的、邪恶的，充满了不稳定的因素。如果上界的佛和下界的人结合，就会受到上天的惩罚，他们的孩子就会变成中界的魔。如果中界的魔与下界的畜结合，他们的孩子就是一个静物；不管是上界还是中界，只要与下界的静物结合，不但不能生子，还将受到最严厉的惩罚，并且从这个世界上自动消失。

逻辑课主要讲的是修炼法术和增加功力的事情。教材上也有一个修炼逻辑——

　　　　静修一年可成畜，畜修十年可成人；
　　　　人修百年化成鬼，鬼修千年可成妖；
　　　　妖修万年可成魔，魔修十万可成圣；

大魔咒

圣修百万可成仙，仙修千万可成佛。

也就是说，如果一个人想要立地成佛，他要修炼一千万年的法术，这是一个多么漫长的过程啊！

在魔校里上了两三个月，我也懂得了许多。我总是在思考着自己的身世。我爹爹是一个中界的最高统治者——牛魔王，而我妈妈如果是下界的人，那我就是一个畜牲——一头小牛；如果我妈妈是天上的神仙，那我就是一个牛妖。这就是我的命运，也是我的身世。

我不知道当初，我爹爹为什么喜欢上了我妈妈，但是我知道，我妈妈是无论如何也不能去选择我的命运的，因为他们的结合就注定了我如今的身世。

我不知道随云真人是下界的人还是上界的神，但是我知道他绝对不是中界的怪。如果随云真人是下界的，我还有可能把妈妈救出来；如果随云真人是上界的，我真不知道如何能够去救我妈妈。

在魔校里，也能学习到一些基本的法术，我以为魔校教的法术自然不会有多少法力，但是我一看到用鱼皮做成的教材，我就惊讶了。因为，魔校教给学生的法术比我在翠云山上学习的法术要强十倍、百倍。魔法课讲，在魔校里学习三年，要掌握最基本的九门法术：第一门法术是学会变食品，比如鸡鱼肉蛋，这样就可以满足自己最基本的需要；第二门法术是学会变武器，也就是变一些刀、棍、叉、剑等一些兵器；第三门法术是学会交通，也就是木船、木车之类的东西；第四种法术是变着衣，也就是头冠、长袍和脚靴；第五种法术是学变飞行，这种法术也叫生云术，和步步登云差不多，只是速度更快而且也更随意一些；第六种法术是学避水诀，学会这种法术就可以自由地上山下海了；第七种法术是学避火诀，学会这种法术就可以避开烟火；第八种法术是生雨诀，学会这种法术，可以和龙王一般自由掌握下雨的时间、位置和雨量；第九种法术是呼风诀，学会这种法术要风有风，要雨有雨。

这九种法术要在三年内学会，否则不准毕业。

[第十一章]

母子相聚

在魔校里学习了两三个月，我已经基本适应了这里的生活和教学方式。但是有一天，我还在魔校里读书，魔校门口突然狂风大作，而且水流也急转直下，如一个漩涡一般。我和萱儿坐在教室里，不知道外面发生了什么事。我记得那时乌龙老师正在给我们上地理课，他大约也发现了魔校外面如一个战场一般，不时地还传来刀剑相碰的声音，于是他就停了下来，走出教室，向外张望。

开始我们都以为，是一些虾兵蟹将在练习法术，就在乌龙老师回到教室给我们讲中界的地理位置的时候，魔校的门突然哗啦一声被撞开了，外面有四头黑牛疯狂地跑了进来。他们一边肆无忌惮地奔跑着，一边用自己的身体猛烈地撞彼此的身体，等他们撞撞跌跌来到了教室旁边的时候，四头黑牛头顶着头，角对着角，相互较着劲。这四头黑牛，浑身都是黑色的绒毛，牛脊梁就像要顶出皮肤似的向上矗立着。他们的尾巴不停地左右摇晃着，似乎在炫耀着什么，又似乎在提示着什么。

其中有一头黑牛的前蹄在地上一踏，就把地上的一块石头踏得粉碎，另外两只牛的猫耳朵一撞就冒出火光，还有一头牛向天上一吼，天空中就乌云

大魔咒

密布……

四头黑牛在魔校里打得不可开交，乌龙老师也不知道发生了什么事情，他一挥手，让我们自己看书，自己来到了四头黑牛的旁边。我们哪里还有心思看书，一窝蜂似的都跟了出来，躲在乌龙老师的身后。

乌龙老师仔细一瞅这四头黑牛，长叹了一口气，他一皱眉，一瞪眼睛，猛地一晃身体就变成了一条长约三十丈的黑龙。这下可把四头黑牛吓得不轻，乌龙老师迅速游到四头黑牛的中间，用尾巴前后左右地拍打这四头黑牛的牛头，这四头黑牛自然认得乌龙老师，迅速都倒退了几步，虽然都喘着粗气，但也不打了，不闹了，而且都变成了人的模样，只不过头上的角和粗壮的鼻子还和刚才一般模样。乌龙老师再一晃身体，也变成了刚才的模样，并且哈哈大笑起来："我当谁呢，原来是牛魔界的四大将军！"

我仔细一看，其中一个就是牛冲天。他挺直腰板，气得鼻子里老是向外喷气，而且眼睛瞪得如月亮一般大小。他旁边有一个牛将军，身体比牛冲天还要粗壮一些，却没有牛冲天长得威严和稳重。他刚变成牛头人身，就冲我们嚷嚷道："谁叫猫孩儿？谁叫猫孩儿？"

他这么一嚷，旁边的两个人也嚷嚷起来："哪个是牛魔王的儿子？"

他们这么一喊，同学们都把目光投向了我。他们见我的头发长得红红的，马上就认出了我，并且迈开大步走了过来。他们三个气势汹汹的，就如一堵墙似的，马上把我的视线挡住了。

我还真被他们的牛模牛样给吓住了，谁知他们三个走到我的面前，扑通一下全都跪在了地上。

"小祖宗，俺日落西山牛纯晴真是有眼无珠，那天牛冲天说您老人家来了蛟魔界，俺就是不信，这回见了，俺真是错怪大力金刚牛冲天了。"牛纯晴刚刚跪下就大声喊道。

"小祖宗，我是一阵春风，我是咱牛家的晴雨表。牛冲天给我说小祖宗来了，我以为他使诈，就和他打着来见您了。"牛盛开跪在地上说。

"哼，我是皓月当空牛夜色，小祖宗来了，我这里有礼了。"牛夜色说完

[第十一章]
母子相聚

就站起身来。

我瞅着他们个个都似凶神恶煞一般,但是他们却都称我为"小祖宗"。虽然我早就听白灵鹤说过,他们是我爹爹的四大将军,但是一看到他们,我真有一些心惊胆战。

牛纯晴和牛盛开还跪在地上,不肯起来。牛冲天走上前来对他们说:"你们三个,这回可相信我牛冲天了吧!小祖宗,你说吧,他们三个把我们牛魔界搅得是一团糟,尤其是落日西山牛纯晴——"

牛冲天刚说到牛纯晴,牛纯晴从鼻子里喷出一股臭气,大声喊道:"我怎么了,大王失踪了,你又不肯代为管理牛魔界,我出面来管,你们又不服气,哼——"

"你别在小祖宗面前耍威风了,"这是牛盛开站了起来,"你是想代替大王当牛魔王,你那点儿心思,我还看不出来。"

"行了,行了,你们一见到小祖宗就这么吵来吵去?当初牛冲天给我们说小祖宗来到蛟魔界的时候,我们哪一个相信了?现在我们已经证实小祖宗真的来了,谁再打谁再吵,我牛夜色第一个和他过不去。"

"牛夜色说的对,你们在牛魔界怎么跟我说的,如果小祖宗真的来到了蛟魔界,你们应该如何?"牛冲天瞪着他们三个,甚是焦虑地说。

经他这么一说,他们就真的不吵了,三头黑牛互相使了使眼色,就又跪在了地上,异口同声地说:"请小祖宗启程回到牛魔界!"

我真不知道他们究竟在争些什么,打些什么,他们这么一跪,倒是把我弄糊涂了。牛冲天来到我的面前,也跪了下来:"小祖宗,我们牛魔界再也不能这么下去了!被其他魔界看不起不说,再这么乱下去,我们牛家全都得沦为牲畜,任人宰割!"

牛纯晴道:"小祖宗,俺们错了,俺们再也不争了!您还是跟俺们回去吧!"

牛夜色说:"我们都依靠小祖宗,请小祖宗回到牛魔界主事!我牛夜色一定像侍奉大王一样侍奉小祖宗。"

牛盛开道："我一定听小祖宗的吩咐！"

看到这四头黑牛气势汹汹的，我皱起眉头却不知道应该说些什么。这时，乌龙老师走了过来，他拍了拍我的肩膀对我说："猫孩儿，这就是你的命，你还是回牛魔界吧！牛魔界也的确需要有一个人来管理，不然牛魔界一乱，西牛贺洲定当大乱。再说，你爸爸本来就是牛魔界和整个西牛贺洲的主宰，而且位居各大魔王之首，你爸爸虽然失踪了，但是你这个做儿子的可以代为管理牛魔界，这也不枉你是牛魔王的儿子！"

"可是，乌龙老师，我想救出我妈妈。"

乌龙老师笑着说："有了这四个牛将军，还怕救不出你妈妈吗？"

我一想，也是，至少再去翠云山的时候，他们可以挡住绝飞和绝目。于是我走到他们面前问道："你们愿意去救我妈妈吗？"

"原意！"

"我听小祖宗的！"

"我也听小祖宗的！"

"可是，这千年铁链光靠我们四人是打不开的。"牛冲天跪在地上摇了摇头。

听牛冲天这么一说，刚刚产生的救出妈妈的希望再次破灭了。"你们都起来吧！如果我连自己的妈妈都救不出来，我学法术还有什么用？你们即使有天大的本事，不能帮我救出我妈妈，又有什么用？"

他们四人也长叹了一口气，从地上站起身来。

我瞅着他们四人，只有牛冲天还算老实和稳重，于是就追问道："你上次走的时候不是说要帮我打听能砍断千年铁链的兵器吗？"

牛冲天经我这么一问，竟然有些惊异，他一摇脑袋，用手一捋头发，甚是苦恼地说："小祖宗，我回去也想过，虽然我们不能把千年铁链砍断，但是我们可以把随云真人和他的三个徒弟赶走，我们在铁扇公主面前搭一个塔楼，可以更好地照顾铁扇公主，不让她经受风吹日晒。这样，小祖宗每天也可以见到铁扇公主，也不枉您的一片孝心！"

第十一章
母子相聚

听牛冲天这么一说，我顿时高兴得快要跳起来了。我真是笨，这么简单的道理，怎么没有想出来呢。但是我又一想，绝美的法术可以让人变大或变小，上次龙泽、龙啸和龙饮都败在了她的手里，这四个牛将军能打败绝美吗？想到这里，我摇了摇头："我虽然不知道你们四人的法术，但是绝美的法术实在太高了，我怕你们不是她的对手。"

谁知，我的话还没有说完，一阵春风牛盛开就嚷嚷道："这一点，小祖宗不必担心。我听龙泽、龙啸和龙饮三兄弟说过了，那绝美虽然有与生俱来的法术，但是我一夜春风牛盛开可以让整个翠云山片刻之间冰冻起来，让绝美还在睡梦中的时候，就让她动弹不得。不过，在我施展法术的时候，需要龙泽、龙啸、龙饮三兄弟在翠云山上下一阵暴雨，我一施展法术，就能把整个翠云山变成一片冰天雪地。"

牛盛开这么一说，我顿时就感觉来了一阵春风，把我的心情吹得得意洋洋。是啊，如果绝美被冻住了，把翠云山变成我的家就不再是一个梦想了。

于是我与四大将军一起去找龙泽、龙啸和龙饮。因为上次，他们三人被绝飞、绝目和绝美打得毫无尊严，早就想去报仇了。他们一听说牛盛开有法术可以把整个翠云山给冻住，顿时就答应再去一趟东圣神洲。

临行前，婶婶拉着我的手告诉我说："如果这次真的能成功，猫孩儿，你要早点儿回来通知我，也让我去见见你妈妈。"

我点头答应了。

因为这次，我们有十分的把握可以把绝美困住，所以婶婶也没有阻止萱儿和我们一起去。

我们游出海面，白灵鹤就从空中看到了我，她咯咯地叫着就冲我飞了过来。我看到她不但精神了许多，而且翅膀也长得更宽大了。等我们上了岸，我就问白灵鹤是怎么一回事，谁知她却回答我说："咯咯咯！还是蛟魔界的鱼好吃！"

这时，龙泽走上前来对我说："我怕白灵鹤飞得太慢，就从海底每天给她送些鱼虾，也好让她吃得壮一些，免得跟不上我们。"

"哪有这么麻烦，"龙泽刚刚说完，牛纯晴就走上前来，"你如果想让白灵鹤的法力高一些，就让她吃点儿龙肉！"说着，牛纯晴就哈哈大笑起来。

"你——"龙泽气得两眼一瞪，并且紧紧地握住了腰间的龙剑。

"其实也不用杀生，就找那些老死的蛟龙，让白灵鹤吃上一条，她自然就有法力了。"牛夜色也跟着取笑道。

萱儿在一旁见大哥被欺负了，走上前来，用手一拽牛夜色的牛尾巴就大声喊道："那你怎么不让白灵鹤吃牛肉？"

牛夜色道："牛肉可不增加法力，不然就是让白灵鹤吃了我都行！但是龙肉可不同了，尤其是水中蛟龙！"

"行了行了，都住口吧！"牛冲天制止了牛夜色，"你们看小祖宗多着急，我们还是快快赶路吧！"

经牛冲天这么一说，牛夜色一晃身子，躲到后面去了。

话毕，我们一行九人，带着六十几名虾兵蟹将向翠云山飞去。九人中，我和萱儿的法术最弱，所以我们俩还是骑在白灵鹤的身上。白灵鹤吃了龙泽送来的鱼虾，果然法力增强。上次我们去的时候，她总是跟在最后面，这次，她看到四头黑牛紧紧地跟在我的身后，就用力呼扇她的两只翅膀，有的时候我们还会超过龙泽、龙啸和龙饮，飞到队伍的最前面去。此时萱儿最高兴了，而且还张牙舞爪地比划着怎么教训绝美。一想到我和绝美在翠云山上一起学艺，我竟然苦恼起来。毕竟绝美对我不错，而且并没有要伤害我的意思，如果把她抓住了，我真不知道她会如何地恨我。于是，我告诉牛盛开，让他抓绝美的时候，要小心一些，不要把绝美弄伤了。牛盛开哪里知道我和绝美的情谊，开始就是不答应，还声称要把绝美杀了。我一听这话，就有些担心起来。

"牛冲天，"我转过身来，把牛冲天叫到了身旁，"这次去翠云山，你必须让他们三个不能伤着绝美，她毕竟是我的师兄！再说，我在山上学艺的时候，她没少照顾我！"

"小祖宗你就放心吧，我会叮嘱他们三个的，"

[第十一章]
母子相聚

不到三个时辰，我们就来到了翠云山下。那时正值正午，为了不让绝美发现我们，落日西山牛纯晴首先施展法术，让下午的太阳越滚越快，越滚越暗，不到一个时辰，就落山了。整个天空都灰蒙蒙的，似乎接近了黄昏，皓月当空牛夜色这时也施展了法术，他一晃身子，张开大嘴，就从喉咙里吐出滚滚乌云，这片乌云好生厉害，它们一飘到空中，就迅速扩散开来，并且越散越广，越散越黑，只用了片刻的功夫，这片乌云就把整个天空都遮挡住了，这时整个世界如进入午夜时分一般。

为了不让绝飞、绝目和绝美起疑心，牛夜色飞到半空中，一眨他的牛眼，天空中就跳跃出几颗星星，再一眨眼，就又跳出几颗星星，只用了一小会儿，天空中就布满了星星。这时，牛夜色又打了一个饱嗝，这时，一个月亮突然从他的嘴里跳了出来，在天空中越跳越快，越跳越亮，犹如真的进入了午夜一般。

我和萱儿躲在一旁，看见观里的小道士一个个都以为天黑了，晚饭都没有吃，就去睡觉了。绝飞和绝目从房间里走了出来，向天上一瞅，看到月亮突然从东方升了起来，绝飞疑惑地说道："绝目，刚才还是正午时分，现在怎么月亮都出来了？"

绝目伸了个懒腰回答道："师兄，我们还是早点儿休息吧，明天一早还得去看守那个女妖呢。"

说着，绝目就回房间了。绝飞在观里走了一圈，见小道士都睡着了，把老君堂的灯吹灭后也回到房间里休息去了。

绝美站在山顶上也开始疑惑起来，她刚在小屋里睡了一觉，等她醒来的时候，天空就黑了下来。绝美使劲揉了揉惺忪的睡眼，走出了小屋，从山顶上向东方一瞅，月亮都爬了上来。

"真是的，晚饭还没有吃，就睡到午夜了。"绝美又伸了一个懒腰，就回到小屋里去了。

于是牛夜色又飞到了空中，他打了一个饱嗝，月亮从天空中跳进了他的喉咙。这时，地上一片昏暗。牛夜色嘿嘿一笑，在半空中使劲眨了几下眼

睛，天空中的星星就荡然无存了。

这时，就听到一声霹雳，闪电从半空中打来，整个翠云山都被照亮了，我和萱儿还没有找到一个避雨的地方，龙饮就打了一个喷嚏，天空中就下起了瓢泼大雨。这雨下得可真奇怪，雨水只落在翠云山上。而且越下越急，越下越猛，雨滴也越来越大，就如雷公从半空中向翠云山倒水一般。

接着，又是电闪雷鸣，又是狂风大作，吹得整个翠云山都呼呼作响，雷声、雨声、风声乱作一团。牛盛开看到时机成熟了，他来到山顶从口中吹出一口恶气，这股恶气就如飓风一般吹到了绝美休息的小屋里。恶气掠过之后，屋顶上的茅草和瓦片哗啦一声都被掀了下来。倾盆大雨片刻间就冲进了屋子。绝美还没来得及反应，整个屋子就被雨水给灌透了。

牛盛开一看，万事俱备只欠东风了，他得意地把我们叫到了山顶。这时雨也停了，风也停了，牛盛开张开嘴巴用力吐出一阵冷风，只见凡是被风吹过的地方，顿时雨水就结成了冰，这阵冷风，从山顶一直吹到了山腰，在翠云观盘旋了一会儿又吹了下去。

一眨眼的工夫，乌云散去，天空放晴。我抬头一看，太阳还在天空中滚动着。但是再向山上望去，整个翠云山就像披了一件白色的衣裳，结结实实地被冻住了。

其他山峰都是绿树成林，郁郁葱葱，翠云山却是冰天雪地，一片白茫茫的景色。

我突然被这奇观给惊住了。真是没有想到，我爹爹手下的这四个牛将军竟然有如此的法术，能够让时空转移，让四季变换。

绝美虽然被冻住了，但是她在里面一用力，那件冰块四围的石头小屋就被她抖塌了，我看到绝美被冻在一个如小屋大小的冰块里。

"猫孩儿，你疯了，你为什么要这么做？"绝美在冰块里大声冲我嚷着。

我来到绝美的面前，望着绝美被冻成了一个水晶体，于是给她解释道："绝美，这个石柱上的女人真的是我妈妈！她不是什么女妖，而是我妈妈！"

"猫孩儿，你疯了，你一定是被那女妖利用了，她怎么会是你的妈妈

[第十一章]
母子相聚

呢？你上当受骗了！"

"不，绝美，她真的是我妈妈。"说着，我转身向石柱走去。

妈妈也被冻在了石柱上，我走到她的面前，妈妈甚至不能和我说话。我知道，妈妈的身体太虚弱了。牛盛开随我走了过来，他从口中吐出一口气，这口气在石柱上转了一圈，石柱上的冰块片刻就化成了雨水从上面淌了下来。

"妈妈！"我在石柱下面叫道。

妈妈一摇头，把浸湿的头发向左右一甩，低下头来瞅了我一眼："猫孩儿——"

"妈妈！"我施展步步登云之术向石柱上飞来，当我和妈妈平行的时候，我用手轻轻地捋了捋妈妈的头发。

"妈妈，我来救你了。"我目不转睛地瞅着妈妈，妈妈也同样深情地瞅着我。

这时，牛冲天、牛纯晴、牛夜色和牛盛开扑通一下，全都跪在了地上。妈妈低下头瞅了他们一眼，轻声说道："我就知道是你们四人，可是猫孩儿还太小，你们怎么能让他来救我呢？"

"铁扇公主，猫孩儿实在是太想把你救出去了。我们虽然不能砍断千年铁链，但是收拾这几个毛孩子，还绰绰有余。"牛冲天回答道。

妈妈听到这里，摇了摇头，并且转过头来对我说："猫孩儿，你还是快快离去吧，你是没有办法把妈妈救出去的。"

"妈妈，我不走，我要天天陪着您。我还要把外公和外婆，都接过来！"我不由自主地抽泣了一声，泪水就从眼眶里淌了出来。

妈妈还想劝解我，但是她一定我说到外公和外婆，也就点头答应了。

山下，虾兵蟹将已经团团把翠云观给围了起来。牛盛开施展法术刮起了一阵风，把观里的冰都化了，虾兵蟹将就像一支支利箭一般，冲进了观里，把绝飞和绝目以及那些小道士捆了起来。牛冲天害怕绝目恢复了法力，再喷出火来，他就拿起自己的一排牛粪，用力拍在绝目的眼睛上，气得绝目哇哇

直叫。绝飞则被捆在了一棵大松树上，并派了四个虾兵蟹将看守着。

片刻后，整个翠云山又恢复了往日的模样，只是经冰冻过后，山上的许多树木都倒了，再加上刮过一阵飓风，有的树甚至被连根拔起。被冻动在冰块里的野兽和飞禽在地上躺了一会儿，打了一个激灵就从地上爬了起来，野兽就可以在山中行走，飞禽就可以在空中飞翔了。融化过后的翠云山惟独山顶上围困绝美的那块冰依然存在。

第二天，我们就在山顶，围着石柱盖起了一座高高的塔楼，这座塔楼正好把石柱给罩在里面，虽然妈妈依然被捆在石柱上，但是她不必再经受风吹日晒，而且也能吃上一日三餐。

让我苦恼的是，牛冲天想尽了办法都不能把那千年铁链砍断，我更是不相信，想把石柱给打碎，让妈妈从铁链里钻出来。谁知，我们一碰那石柱，铁链就收紧一些，我们砍得越厉害，铁链就收得更紧。当我发现那生锈的铁链都嵌进了妈妈的肉体时，我才停下。我知道，如果再这样砍下去，妈妈会没命的。

过了几天，龙泽、龙啸和龙饮见我们都安顿好了，就打算回去。我们本来想让他们再多住几日的，但是他们都说蛟魔界的事情繁多，尤其是要把这边的消息报告便给婶婶，我也就答应了。

龙泽回去后，准备让婶婶过几天来翠云山看望我妈妈，所以萱儿就没有随哥哥们一起回去。她特别喜欢矗立在翠云山山顶的这座塔楼，在里面爬上爬下的，有时还坐在塔顶上望着远处的重峦叠嶂，甚是惬意。

我每天都住在第六层，因为这一层正是妈妈被绑在石柱上的位置，晚上，妈妈看着我入睡，虽然她不能抚摸我的小手，但是妈妈用她那慈祥的目光给了我莫大的温情。我知道，我实现了和妈妈团聚的梦想。妈妈每天都能看到我从睡梦中醒来，有时她还会轻轻地呼唤着我的名字，有时她也能给我讲一讲她小时候的故事。

因为，我实在不愿意和妈妈分开，去接外公和外婆的事情就交给了白灵鹤。妈妈看着白灵鹤从山顶上飞去，对我说："孩子，我真没想到我还能见

[第十一章]
母子相聚

到你外公外婆！"

我走上前去，紧紧地抱着妈妈的双腿说："妈妈，我们再也不分开了。"

外公和外婆当天下午就被白灵鹤接了过来。外婆看到妈妈被牢牢地捆在石柱上，一边抹着泪一边喊着："真是造孽啊，造孽……"

但是当外公和外婆看到我妈妈还活着的时候，又十分地高兴。

[第十二章]

牛魔王求婚

  外公和外婆来到的第二天，妈妈才告诉我，她原来是天上的神仙，叫做铁扇公主，因为要来下界寻找做仙扇的原料，五百年前来到了人间。妈妈从天上飞到翠云山下时，在山脚遇到了一头野牛，这头牛一见到我妈妈，就发疯似的来回地在我妈妈面前奔跑，而且越跑越快，越跑越疯狂。吓得我妈妈左躲右闪，但总是躲不开这头野牛。后来野牛把我妈妈团团围住，而且围着我妈妈飞快地奔跑。我妈妈被困在中间，不能行走，她不知道这头牛究竟要干什么，于是就心平气和地问野牛："牛儿，你为什么要围着我？"

  这时野牛停下了脚步，站在我妈妈面前，仔细地瞧着我妈妈。我妈妈见他不言语，就走上前去，猛地一拍野牛的脑袋，并且责怪道："你这头黑牛真是有意思！"

  说着，我妈妈就走了。那头野牛就站在原地，望着我妈妈消失在他的视线里……

  后来，我妈妈发现在罗家庄有一户人家用芭蕉叶做扇子，这种扇子不但很轻，拿起来也不费力气，而且特别生风，特别驱热。于是，妈妈就投胎来到这户人家——也就是外公家，成了外公的女儿。

[第十二章]
牛魔王求婚

夏天的时候，由于外公做的扇子特别生风，方圆几十里的人家都赶来买外公家的扇子。时间一长，外公每年夏季来临之前都要做好上万把扇子，一到六月份，就推着车子到各个村庄去卖扇子。

因为有些村子特别远，而且山路不好走，外公就想买一头驴子，用驴拉着扇子到各村各庄去卖。有一天早晨，一头黑牛突然闯进了外公家，外公以为是邻居的，但是在村子里问了几天，也没有一户人家说自己丢了牛。外公一想，买头驴要花许多银子不说，而且每年只有夏天才能用得上，如果有了这头牛，不仅能拉车卖扇，而且春秋两季还能耕种。

于是外公每天天一亮，就起来喂牛，并且帮助它梳理牛毛。说来也怪，这头牛不但干活很卖力，而且特别听话。有的时候，家里忙不过来，外公就让牛拉着一车扇子去邻村，这头牛的记性真是好，走过一遍，他就能把扇子送到上次卖扇子的村子，并且再拉着空车回来。

跑远路卖扇子的时候，外公担心这头牛累着，就让牛走慢些，谁知这头黑牛在路上反而跑起来，更让外公惊奇的是，这头黑牛跑起来比马跑得还快还稳。

因为有了这头黑牛，外公家的扇子就卖得更多了，家里也就富裕起来。

这牛在外公家待了整整十年——我妈妈也特别喜欢这头牛，小的时候经常骑在牛身上。这头牛也特别喜欢我妈妈，只要见到我妈妈，它就乐得像吃了蜜似的。

我妈妈12岁那年，就开始独自拉着牛去卖扇子。开始外婆还不放心，但是我妈妈胆大心细，在附近卖了好几车扇子，也没有出现什么事情，再加上这头牛忠厚老实，长得又粗又壮，而且脾气也好，外婆也就放心了许多。

有一天，我妈妈拉着牛去一个集市上卖扇子，在回来的路上妈妈坐在牛车上，牛突然停下了脚步，回过头来对我妈妈说："铁扇公主，你还记得我吗？"

我妈妈大吃一惊，随后一边笑着一边自言自语："我们家的牛怎么会说话了？"

这头牛接着又说:"我老牛来你们家已经十多年了,难道铁扇公主一点儿也不记得我了吗?"

"这牛还真会说话?"我妈妈疑惑不解,于是就问道:"老牛,难道你认识我?"

老牛长叹了一口气,非常伤心地对我妈妈说:"也难怪,您是天上的铁扇公主,我只是一头牛怪,公主怎么会认识我呢?"

我妈妈发现这头牛竟然知道她的身份,这让她很是吃惊。于是我妈妈就亮出了身份,并且狠狠地抓住牛尾巴问道:"你这头黑牛,究竟是哪方的妖怪,竟然敢来我家里作怪!"

被我妈妈这么一骂,老牛竟然老泪纵横起来。当它发现我妈妈真的把它忘记之后,又失声痛哭起来。他一边哭着,还一边自言自语道:"为了你的一个诺言,我放弃了荣华富贵,来到这个地方充当牲畜已经整整十年了,但是我的心上人却不认识我了。虽然我老牛无怨无悔,但是一想到500年前的那一次相遇,我怎么能不痛心呢?"

老牛越哭越伤心,最后,竟然趴在地上吐着长气,一个劲儿地大吼着:"我的天啊!我的天!"

我妈妈从牛车上走了下来,来到老牛的面前,看到老牛伤心成这个样子,就安慰道:"老牛,我看你哭得这么伤心,想必我们以前相识过,但是我怎么也想不起来。如果你真的认识我,就老实告诉我,不管是在天上还是在地上,如果你真的认识我,我就向你道歉;如果我真的承诺过你什么,我就兑现我的承诺。"

老牛这才止住了泪水,他抬起头来瞅了一眼我妈妈,就抽泣着说道:"我乃是西牛贺洲的牛魔王,因为我用了7000年的时间统一了中界,并且把中界划分为七个魔界,分别是牛魔界、蛟魔界、大鹏魔界、狮狞魔界、猕猴魔界、猢狲魔界、美猴魔界。并让这七个魔界各自生存,不去惊扰上界和下界。于是上界的天神为了表彰我为三界做出的贡献,就封我做平天大圣,并且答应我在上界找一位仙女,做我的夫人。因为我长相丑陋,在上界游走了

第十二章
牛魔王求婚

十余天，也没有一个仙女肯做我的夫人。开始我并不知道这是为什么，派人一打听，我才明白过来，原来仙女们不愿意嫁给我的原因是嫌我长得太丑，而且是一个混世魔王，最为重要的是仙魔结合后，生的孩子就会变成妖精，于是大多数仙女都不愿意嫁给我。有一少部分仙女看我老牛忠厚老实，而且又是一界的主宰，怎么说在西牛贺洲也能当个第一夫人，于是也有心嫁给我。但是她们都害怕别人笑话，说她们爱慕虚荣，或是目光短浅，找一头牛当丈夫，自然是颜面扫地。于是天神就下旨，凡是愿意当牛夫人的不必当面答应，只要在我的牛头上轻轻地拍一下，就算是答应了。即使如此，我在天上等了七七四十九天，也没有等到一位仙女来拍我的头。我一看，找一位牛夫人的愿望算是落空了，于是就大哭起来。我一边哭着一边从天上飞了下来。与此同时，我在天空中看到有一位仙女在我之前就飞了下来，我以为这个仙女不好意思在天上拍我的头，要来到人间才肯答应我，于是我就随她一起来到翠云山下。谁知这个仙女来到人间却不理我，这时我才想到，因为自己是一个牛妖修炼而成的牛魔，出身不好不说。而且长得奇丑无比，如果自己不努力，即便是心肠再好的仙女也不会嫁给我。于是我就把这个仙女团团围住，让她不能离开。谁知，我这一招还真管用，这个仙女停下脚步，在我的头上轻轻地拍了一下说：'你这头黑牛真有意思！'我知道她已经答应了我。于是我就回到西牛贺洲准备迎娶这位仙女。可是让我万万没有想到的是，当我再次来到翠云山下，想找到这位仙女把她迎娶回家的时候，她却变成了一个不足两岁的小女孩。我的六位兄弟见我娶的竟然是一个幼女，都取笑我说：'你是想老婆想疯了，竟然要娶一个不足两岁的小女孩？！'我给他们解释，他们却不相信。我的六个兄弟以为我想女人想疯了，于是就从各自的魔界找来一位非常漂亮的妖女，来做我的夫人。但是我对那个拍我牛头的仙女印象太深刻了，再说既然人家都不嫌弃我老牛长得丑陋，我怎么能够嫌弃人家呢！更为重要的是，有了这个婚约，这位仙女就是我的老婆，我怎么能让我的老婆在人间受苦，自己独自享乐呢？于是，我就来到了罗家庄，在你们家做了这一头牲畜，期待你快快长大，与我相认。谁知，整整过了十

年，你已经十二岁了，你却不认识我了。你说，怎能不让我伤心呢？"说着，老牛又失声恸哭起来。

我妈妈仔细一想，在五百年前，自己下凡来到人间的时候，的确有一头野牛在翠云山下把她团团围住，她轻轻地拍了一下野牛的脑袋，并且说了一句："你这头黑牛真有意思！"我妈妈当时怎么也不会想到，就是这轻轻的一拍，竟然注定了自己的姻缘。我妈妈经过再三考虑，感念这头老牛为了一个不为人所知的承诺而在罗家做了十年的苦力，我妈妈就答应四年后嫁给这头老牛。

当天晚上，我妈妈就和老牛约定好，让老牛回到西牛贺洲，四年后变成一个人的模样，来罗家庄提亲。老牛哪里肯离开我妈妈，他说什么也要在外公家再做四年的苦力。任我妈妈怎么赶他，他也不离开，这就更让我妈妈为之感动。

四年后，我妈妈到了该出嫁的年龄，老牛就变成了一个有钱人家的公子，来到外公家求婚。我外公看见这个公子不但长得英俊，而且为人特别老实，他征求了我妈妈的意见，就把这个婚事答应了下来。于是，这头老牛就在罗家庄娶了我妈妈。一年后，我妈妈就生下了我。

听完妈妈的讲述后，我才知道，我爸爸是一个有情有义的人，而且对自己的承诺百分之百地兑现。我深深地为有这样一个爸爸而感到骄傲，并且暗自发誓，长大以后也要像爸爸那样。

[第十三章]

铁血白刃刀

半个月以后,妈妈见我整天在塔楼上无所事事,就把我叫到身边,说是要教给我一些仙术。我站在妈妈的面前却有些疑惑不解,因为妈妈被捆在石柱上,除了脑袋能自由活动以外,浑身上下根本不可能移动一下,妈妈怎么能教我仙术呢?

妈妈冲我笑了笑,解释说:"我的傻孩子,虽然妈妈不能亲手教你仙术,但是可以把一些仙术的要诀告诉你,你在我面前一边背要诀,一边按照要诀的要求去练习,如果你练的方法不对,我就可以给你指出来,加以改正。时间一长,你虽然不能学完我身上所有的仙术,但是也能够学习一些最基本的仙术。"

于是,我把六楼上的家具和床铺都收拾了起来,用来专门练习仙术。

妈妈教给我的第一个仙术是旋风掌,妈妈说这是一个非常简单的仙术,只要把自己的丹田之气都使到手掌上,再念动口诀,单掌推出去,就如推出一股旋风一般;如果双掌推出去,那就是狂风大作。

妈妈一边背着口诀,一边让我把口诀记下来。虽然口诀不是很长,但是听起来特别的拗口,我从早晨一直背到晚上,都没有完全背下来,更为重要

的是，在推掌的那一刹那，就必须把口诀念完，否则你推出去的就是空掌。

妈妈见我的记性不是太好，也就没有勉强让我死记硬背，倒是萱儿走过来，见我整整背了一天也没有把不足百字的口诀背下来，显得特别生气。

"你这头小牛犊就是没有我们蛟龙的脑袋好使，不信我背给你听一听。"说着，萱儿转过身来，就把口诀一字不差地背了出来。

我一看，就连萱儿都能这么快地背出口诀，我真的是太笨了。我抬起头来，不好意思地瞅了妈妈一眼，那时妈妈的脸上只是露出一丝宽慰的笑容，显然没有责怪我的意思，但就是妈妈的那一丝笑容，让我的内心更加愧疚起来。

"妈妈，我真是没用，这么简单的口诀也背不会，我真是太笨了！"我闭着嘴巴来到妈妈面前。妈妈哪里知道，我多么想在她的面前显示出我是一个聪明的孩子啊，可是妈妈让我背一个不足百字的口诀我都背不出来，我说我再怎么聪明，妈妈怎么会相信呢？

妈妈冲我摇了摇头，虽然她的身子非常的虚弱，但是她还是强打起精神，仔细地望着我的眼睛说："我的孩子并不笨！猫孩儿，我见你今天在学习仙术的时候，老是转头过来瞅我。孩子，你这是一心两用啊！妈妈现在生活得已经很好了，能和你在一起，能和你外公外婆在一起，你说，妈妈多么幸福啊！你没有必要为妈妈担心！"

"可是，妈妈，我一看到你被紧紧地绑在石柱上，就恨自己没有能力把千年铁链砍断，不然的话，也不会让妈妈在这里受苦。"

"猫孩儿，妈妈一点儿都不觉得苦，妈妈能和你在一起就已经很幸福了。"

"可是，妈妈，我很笨的！"

"我的猫孩儿是最棒的。你不笨，你只要忘记捆在石柱上的是你妈妈，你就能很快地背会口诀。不信，你到外面走一走，一边走着，一边背口诀，等你再回来的时候，我相信我的猫孩儿就能学会旋风掌了。"

我遵照妈妈的话，从楼上走了下来，我一边走着，一边默读着口诀。

第十三章
铁血白刃刀

　　从山顶的这一头向前行走一百多米，我就能看到被冻在冰块里的绝美。绝美是一个多么可爱的小女孩儿啊，可是萱儿实在不太喜欢她。为了让绝美每天都能吃上可口的饭菜，我在冻块上钻了一个小洞，能够把食物和水都送到绝美的嘴边，这样绝美就不会饿死。但是，每次我来看绝美的时候，绝美都十分的气愤。也是啊，她一个八九岁的小女孩儿整天被冻在冰块里，怎么能不生我的气呢？

　　我曾经无数次劝解过绝美，只要她不阻止我和妈妈在一起，我就放了她，可是绝美就是不答应。不仅如此，时间一长，绝美对我的仇恨还越来越深，这几天，她每次看到我走过来，都破口大骂我认了一个千年蛇妖当妈妈，无论我怎么给她解释，她都听不进去。

　　萱儿见绝美不但说我妈妈是个蛇妖，而且还骂我是一个小混蛋，她就找来一罐辣椒油，灌在了我为绝美送食物的冰洞里，这下可把绝美辣得不轻。平时绝美就不喜欢吃辣椒，这时不但嘴里胃里全是辣椒油，而且每当她一喘气，就必定会喝一口辣椒油。当我发现这个恶作剧的时候，萱儿已经给绝美灌下去两碗辣椒油了，折磨得绝美满脸通红，而且一个接一个地打喷嚏。

　　因为喝了那么多辣椒油，绝美就止不住地流眼泪，我本以为那是辣椒的原因，后来我发现，她在没人的时候，也会失声大哭起来。我想来想去，真的想放了她，尤其是看到她伤心的样子，我真的想让牛盛开放了她，但是一想到妈妈，我就打消了这个念头。

　　绝美本来就是一个富家小姐，平时在翠云观里我们都宠着她，护着她，让着她，她哪里受过这等折磨。我是在楼上听到绝美的哭声后才发现萱儿的阴谋的，但是那时已经太晚了，绝美的嘴唇辣得开始发肿，就连嗓音也开始发粗。我找到萱儿大骂了她一顿，谁知萱儿却不以为然，还自认为是在帮助我。虽然我给萱儿讲绝美是我的师兄，但是萱儿怎么也不会明白，我的这个师兄不但打伤了龙泽、龙啸和龙饮，还阻止我救出自己的妈妈。

　　那一天，我的心情实在不好，我怎么能够如此地对待绝美呢？看到绝美那痛不欲生的样子，我抓起萱儿的胳膊就把她拉到了塔楼上，并且让牛纯晴

在楼下看着，免得再让绝美受苦。

自此萱儿就不理我了，并且吵着闹着要回家。

这次，我拿着口诀，来到绝美的面前，绝美见我书生气十足，就问道："猫孩儿，那个蛇妖在教你什么法术？"

"绝美，我求你了，她真的不是蛇妖！"

"猫孩儿，你早晚会相信我说的话，到时候你后悔都来不及！如果你现在放了我，师父回来后，我会向师父说情，不让师父责罚你！"

"绝美，从我知道这绑在石柱上的人是我妈妈的那一天起，我就知道，我和师父不是同一路人——"

"猫孩儿，你要背叛师父，你可别忘了拜师时的誓言。如果背叛了师父，师父一定会杀了你的！"

"绝美，一个是我的师父，一个是我妈妈，你说是让我背叛我妈妈还是让我背叛我的师父？"

"猫孩儿，她真的不是你妈妈！"

"绝美，你不知道，她就是我妈妈！"

"你被骗了！猫孩儿，你被骗了！"绝美大声尖叫着。

我背过身去，再看一遍口诀，就走上了塔楼。当我来到六楼的时候，妈妈微笑着问道："猫孩儿，你背会了吗？"

我把手中的口诀放在地上，说："妈妈，我背给你听。"

妈妈冲我点了点头。

于是我就结结巴巴地把口诀一句一句地向下背，虽然背得有些吃力，但是最后我竟然真的背了下来。

"我就说过，我的孩子不笨。"妈妈还夸奖我说。

我知道妈妈这是在鼓励我，虽然我背了下来，但是我背得并不流利。最后，这则口诀我用了两天的时间才背熟。

背熟口诀，我在山顶上，轻轻地向外推出单掌，就听到一股旋风从我的掌心里钻出，猛然向前方盘旋而去，这股旋风，所到之处，能把树木连根拔

[第十三章]
铁血白刃刀

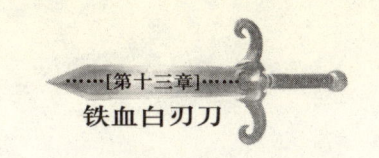

起，能把石块卷到空中，能把乌云吹散，能把彩虹打断。

我再用力推出双掌，这时，整个翠云山从山顶就开始飓风大作，这阵飓风吹得天昏地暗——飓风卷着几十块巨石，夹杂着被卷起的山禽野兽，从这个山顶吹到另一个山顶，再从另一个山顶吹到更远的山坳去了。

妈妈教我的第二个仙术叫做碎心术。学会这种法术，就能用自己的眼睛与对方的目光相遇，把对方的心灵击碎，从而让对方听从你的旨意。只是碎心术只适用于比自己仙术低的人，如果碰到比自己仙术高的人，这个碎心术就不起作用了。

跟妈妈学会了两种仙术过后，一天清晨，白灵鹤突然从窗外飞了进来。她一飞到我的床上，就咯咯咯地叫了起来。

那时我还在睡梦中，不知道外面发生了什么事，白灵鹤就用嘴巴把我的被子掀开，并且大声喊道："咯咯咯！蛟龙皇后来了！"

我一听到"蛟龙皇后"四个字以为是哪方的妖怪来救绝美了，但是又一想，这水中蛟龙乃是二叔的称谓，"蛟龙皇后"自然就是我的二婶啦。

萱儿也不知道从哪里得到的消息，比我先行一步，从塔楼里变成一条小白龙，欢天喜地向着婶婶飞去，我也急忙从塔楼里走了出来。这时，大力金刚牛冲天、落日西山牛纯晴、皓月当空牛夜色、一阵春风牛盛开也从观里赶来了。

婶婶一看到我，就急切地问道："你妈妈可好？"

"都好，只是还被绑在石柱上，动弹不得。"我伤心地说。

婶婶见我愁眉苦脸的，就一招手，她的身后就飞过来五六只鸽子。她们飞过来我才发现，这全是母鸽，虽然她们的翅膀与普通的鸽子并无两样，但是她们却长着人的头颅和身子，她们每个人的手中都拿着一把和自己的身体一般长的钢刀。只见这些钢刀明晃晃的，直闪得人眼睛发昏，刀背厚有一尺，刀刃却薄如细丝，而且还隐隐发出一道道金光，远远看去，就像一个三棱形的匕首似的。

"猫孩儿，你可认识她们？"婶婶问道。

我疑惑地摇了摇头。

婶婶微笑着为我解释道："她们都是从大鹏魔界来的，你三叔大鹏魔王听说你妈妈被绑在了翠云山上，就从大鹏魔界找来了最锋利的铁血白刃刀，你快带我去见你妈妈，我们看一看你三叔派来的这群鸽子能不能把千年铁链砍断！"

我一听说是三叔派来的，顿时就热血沸腾起来，再仔细一瞅这几只白鸽，只见她们就像天使一般呼扇着自己的翅膀，并且目不转睛地望着我。她们的双手都紧紧地抓着铁血白刃刀的刀柄，看上去很吃力的样子。

"可是——"我站在这群鸽子的面前，有些犹豫不决。

"猫孩儿，你怎么了？"二婶问道。

"我和落日西山牛纯晴用长约六尺的钢刀去砍那千年铁链都不能砍断，这铁血白刃刀不过一尺多长，怎么能够救出我妈妈呢？"

"猫孩儿，你可不要小看这铁血白刃刀。当年你爹爹在西牛贺洲曾经被一个千年蛇妖挤在三座大山的中央，你二叔带着六百多条蛟龙去救你爹爹，他们用胡子和钢刀砍了七天七夜，都没有救出你爹爹。后来，你三叔大鹏魔王，从大鹏魔界带来了这六只鸽子。就是这六只鸽子在山上猛砍了一个时辰，三座大山就此裂开了缝隙，你二叔三叔才把你爹爹救了出来。"

我一想，铁血白刃刀能够把山砍出一条缝隙，砍这条铁链定然不是问题。如果是这样的话，妈妈就不会再受苦了。

我急忙把二婶带到六楼。二婶走上六楼，看到六楼中间有一块高高的石柱，那石柱上紧紧的用铁链绑着我妈妈。

"大嫂？"

"二妹。"我妈妈马上认出了二婶。

二婶急忙走到了我妈妈身边，伸出双手抚摸着结结实实地绑在我妈妈身上的铁链，再抬起头来瞅一瞅那干枯憔悴的面容，顿时泪流满面。

"大嫂，让你受苦了。"

"二妹，能够见到你，我就已经知足了。"

[第十三章]
铁血白刃刀

"快快快，你们快过来。"二婶急忙招呼那几只白鸽。

顿时，白鸽就像接到了紧急命令似的，一个个飞到了我妈妈身上。我妈妈还没有反应过来是怎么一回事，这几只白鸽就叮叮当当砍起了千年铁链。

我三叔的铁血白刃刀果然名不虚传，一刀砍下去，铁链上金花四溅，六只白鸽七上八下地找准位置，使出吃奶的劲儿向上砍。

我们在一旁只看到铁血白刃刀与千年铁链碰撞产生的火花和刺耳的吱吱声。就这样砍了有一个时辰，这六只白鸽都累得满头大汗了，我走上前去一看，那铁链还是丝毫没有受到影响。只是经过铁血白刃刀的一阵乱砍之后，铁链上的铁锈全都褪去了，千年铁链被砍得明晃晃、亮光光的。

二婶也走上前去，仔细一瞅，那铁血白刃刀根本不可能砍断这个千年铁链，白鸽们以为自己用的劲儿不够，于是再砍，可是又砍了一个时辰，铁链依然如故。

"你们停下来吧，没有用的。"我妈妈劝道。

"大嫂不要着急，我回去以后，再找找其他兄弟，看看他们有没有比铁血白刃刀更为锋利的兵器。"二婶苦恼地说。

妈妈却摇了摇头："没有用的，我已经不抱什么希望了，二妹还是不要再费气力了。"

二婶在翠云山上小住了几日，每天都和我妈妈谈到深夜。

而我却被妈妈冷落到了一旁，不过萱儿一听说二婶走的时候要把她带回去，这几天不但不生我的气了，而且对我也越来越好了。

二婶这次来的目的，除了看我妈妈以外，还想让我回一趟牛魔界，把魔界里的事务都打点完了，再回来。

我哪里会打点什么事务，再说，我走了，我妈妈怎么办？我坚决不同意，二婶拿我没办法，只好去找我妈妈。

我本以为妈妈会让我离开她，让我去牛魔界，但是妈妈听完后，却对二婶说："他是个孩子，哪里能够管理牛魔界。再说，他从来没有去过牛魔界，要他代替他爹爹去做事，太难为他了。我看，还是先让大力金刚牛冲天

回去一趟吧！"

就这样，牛冲天先行一步去了西牛贺洲。

但是萱儿怎么也不愿意回去，二婶费了九牛二虎之力，萱儿还是不同意，于是我妈妈也劝道："萱儿，你还没读完魔校呢？你不读书怎么行呢？"

谁知，萱儿却反问道："猫孩儿为什么不去读？"

这倒难为了我妈妈。"要不，也让猫孩儿跟你一起回去吧，反正我在这里一切都好。"

"妈妈，我不走！"虽然魔校的课程非常吸引我，但是要我离开妈妈，我才不干呢。

"猫孩儿，听话。妈妈能见到你，就十分幸福了。你不要让妈妈失望，到了魔校好好学习，长大以后也能像你爹爹那样，让妈妈骄傲。""妈妈，我不去上魔校，我不去！"我紧紧地抱着妈妈的双腿，就是不肯离去。

这时，萱儿走上前来，用力拽了拽我的衣裳，说："猫孩儿，你还是去读魔校吧。等你学会了更高更强的法术，也好来砍断这千年铁链，把大娘救出去。"

我抬起头来，仔细瞅着妈妈的眼睛，妈妈也冲我点了点头。我一想，也是，我在这里只能守候着妈妈，根本不可能解救妈妈。

于是，我就准备和二婶一起回到西牛贺洲，并留下了落日西山牛纯睛、皓月当空牛夜色和一阵春风牛盛开在翠云山上照顾我妈妈。

临走前，我还去看了绝美，并要人好好照顾她。绝美已经对我非常失望了，我走过去和她说话，她也不理我，只是说我要去蛟魔界的时候，她才睁开了眼睛，瞅了我一眼。

我站在绝美的面前，和她说了好多关于我妈妈的事情，但是绝美都不理睬。我也知道，把绝美困在冰块里，是一件非常不仁义的事情，但是我又有什么办法呢？

萱儿见我和绝美说起来没完，就跑过来冲我喊道："你还走不走啊？"

我回头一看，二婶、龙泽、龙啸、龙饮以及那六只白鸽和近百名虾兵蟹

[第十三章]
铁血白刃刀

将都在塔楼底下等着我。萱儿紧紧地拽着我的衣服，想要把我拉过去。

"慢着拽，萱儿，让我好好与绝美说一会儿话不行吗？"我拉住了萱儿的小手。

萱儿却不答应："这个小魔女有什么好？她阻止我们去救大娘不说，还骂你是个小魔头，看我不把她杀了，也让你在魔校安心读书！"

说着，萱儿就招呼龙啸道："二哥，我们把这个小魔女杀了吧，免得她出来再生祸事？"

龙啸慢慢走了过来，他仔细一瞅绝美，再瞅了瞅我，眉头一皱说道："留着她早晚是一个麻烦——"

"不行，绝对不行的！"我极力阻止道。

绝美在冰块里看见我们要杀她，一边泪流不止地瞅着我，一边哭诉道："猫孩儿，我虽然阻止你救妈妈，却没有想过要杀了你，现在你竟然因为你妈妈，要杀了我……"说着，绝美已泣不成声了。

这时，龙泽一挥手，那六只白鸽就飞了过来，她们举着六把铁血白刃刀，就要往冰块上砍。

萱儿还笑道："这六刀砍下去，不把绝美砍成肉饼才怪呢！"

绝美一边抽泣，一边瞅着我，我知道我在她心目中已经成了一个仇敌，但是想来想去，绝美与我虽然不是兄妹，确是胜过兄妹，虽然我们相处时间不长，但是我们的年龄相当，而且绝美还在法术上帮助过我，要我杀了这么一个小女孩儿，我怎么可以？想到这里，我推出单掌，仅仅用了一成功力，掌心处就刮起一股旋风，眨眼间就向前面刮去。

这股旋风刮到这六只鸽子面前就卷着她们向远处的山坳飞去了。二婶一看，我竟然把来救我妈妈的白鸽卷走了，她急忙走上前来，大约想阻止一下，但是当她走到我身边的时候，那鸽子已不见了踪影。二婶蹲下身来，拉着我的胳膊，一脸的不高兴："猫孩儿，我知道你和绝美的关系，但是你怎么能把你三叔派来救你妈妈的鸽子打跑了呢？这可是你三叔的宝贝！"

听二婶这么一说，我突然意识到自己犯了一个莫大的错误。

"二婶，我——"

二婶盯了我一眼，又说："这鸽子如果能找到翠云山上也就罢了，如果找不到，你可怎么向你三叔交代？"

听妈妈这么一说，萱儿也开始担心了起来："三叔如果要向我们要鸽子，那可怎么办呀？"

"怎么办？还不是你惹的祸！"二婶喝道。

"我惹什么祸了？都是她——"说着，萱儿指着绝美大声喊道，"都是她惹的祸！"

正在这时，天空中突然出现了几个小白点，就像夜空的星星一般闪烁着。二婶站起身来，仔细瞅着那几个小白点。我和萱儿也抬起头来仔细一瞅，可不是那几只小白鸽吗？！

她们一边急匆匆地飞着，一边握紧铁血白刃刀，而且气势汹汹，似乎要上阵杀敌一般。我和萱儿看到她们飞了过来，高兴得几乎跳了起来。

只是这六只鸽子一来到山顶就把我团团围住了，并且高高举起铁血白刃刀凶神恶煞地盯着我。

一个说："就是他！"

另一个说："我看到就是他放的风！"

"杀了他！"

"动手吧！"

六只鸽子来回地盘旋在我的周围，那明晃晃的铁血白刃刀闪得我眼睛直流酸泪。二婶见势不好，急忙走了过来："算了吧！他可是牛魔王的儿子！"

六只小白鸽见我二婶发了脾气，气得脸色发青，虽然她们心里不服气，还是高高地举着铁血白刃刀，死死地瞪着我。过了片刻，她们小声嘟哝着什么，不一会儿就散去了。

"好了，我们走吧！"二婶见那几只鸽子不再争执了，就准备起程。

这时，萱儿还是不想走："那这个小魔女呢？"

二婶回过头来瞪了萱儿一眼："你还嫌惹的事不够多吗？"

[第十三章]
铁血白刃刀

萱儿撇着嘴巴，使劲儿瞪了我一眼道："都是你不好！"说着就向龙泽身边跑去。

我们刚刚准备要起程，远处一团乌云突然向这边飞过来。一眨眼的功夫，就来到了翠云山的上空。只见这团乌云气势凶猛，所到之处狂风大作，晴朗的天空顿时变得阴暗无比。

"哪里走！"我还有没反应过来，那乌云里就蹿出个老道士，大声喝道。

我抬起头来一看，这个老道不是别人，正是随云真人。随云真人也不知道听说了些什么，来到我们面前就紧锁双眉，目光闪烁地盯着我们每一个人。他的长袍被风吹得哗啦啦直响，风吹着他的胡子，在颌下随风飘舞，那胡须离开的时候还是黑色的，这次回来竟然参杂着一些白丝。

"师父？"我惊讶道。

随云真人随即把目光投向了我，他瞅到我站在萱儿的旁边，竟然摇了摇头——他大约也知道我已经把三个师兄困了起来。于是，他又转头去瞅了一眼冰块里的绝美。绝美看到随云真人来了，大声喊道："师父，救我！"

随云真人却没有理睬，他又转过头来盯着我说："绝力，你想干什么？"

我向前走了一步，双腿跪在他的面前。不管师父知不知道这石柱上的女人就是我妈妈，但是我有必要解释一下："师父，绑在这石柱上的不是蛇妖，而是我妈妈！"

"绝力，你在瞎说什么？"

"师父，她真的是我的亲生母亲！"

"你不要再说了，如果你还认我是你的师父，你就把绝美放了。不然，别怪为师的对你不客气——"

随云真人刚说到"客"字，皓月当空牛夜色就打断了随云真人的话："你这个老道，口气倒不小！"

"就是，"落日西山牛纯晴也接过话头说，"你牛爷爷不理睬你也就罢了，你倒好心充当小祖宗的师父了！你有什么法术？"

说着，牛纯晴一晃身体，就从他的后背钻出一个如月亮般大小的红晕，

这个红晕从牛纯晴的后背钻出来后就越来越大，越来越红，等它足足能够罩住一个人的时候，突然一下子就生成了一团火。牛纯晴用手指头轻轻一弹，这团熊熊烈火就向随云真人身上滚去。

随云真人早就发现了牛纯晴在使用法术，目光紧紧地盯着那团烈火，不慌不忙，只是当这团火就要滚到身边的时候，他轻轻一挥衣襟，这团火就如天上掉下来的星星一般向绝美滚去。

牛纯晴哪里想到随云真人会把火球推向绝美，当他转过头来想瞅一瞅绝美是被烧死还是被碾死的时候，那团火就猛然间撞倒了冰块上。我突然从地上爬了起来，还生怕绝美被伤着，谁知那团火一撞倒冰块，火势就渐渐缩小了，而那冰块却迅速地融化，只是一眨眼的功夫，冰块就化成了水。冰块刚一化尽，绝美就挣扎着飞了起来。

"猫孩儿，我绝饶不了你！"说着，绝美捧起琵琶就冲我飞来，右手还做了一个要用刀砍我的手势。

"绝美！"我还没有喊完，绝美就来到了我的身边。

绝美气得两眼通红，说着就一脚踢在我的前胸上。这一脚是从半空中踢过来的，我根本没有一点儿准备。绝美的小脚重重地在我的前胸上一点，我就被踢出有一丈多远，并且一屁股坐在了石头上。

绝美还是不依不饶，说着，她又伸出单掌，向我飞了过来。就在这时，皓月当空牛夜色大喊一声"住手"，就把绝美挡在了身前。

绝美哪里还管得了这么多，她伸出琵琶轻轻一拨，肉琵琶里就弹出三把匕首。牛夜色哪里想到这个小女孩儿还有这等法术，他一惊，转身躲开了。

"这个小妮子，还挺有能耐！"牛夜色转过身来，就和绝美打在了一起。

随云真人见绝美和牛夜色打得不可开交，生怕绝美个子小而吃亏，他一转身，就迅速飞了过去。落日西山牛纯晴和一阵春风牛盛开，急忙挡住了随云真人的去路。

随云真人两只手在胸前相互一揉，并如捧着一个大大的火球一般。这时，天空中的乌云轰隆隆地碰撞起来，接着随云真人又把两只手掌轻轻一

[第十三章]
铁血白刃刀

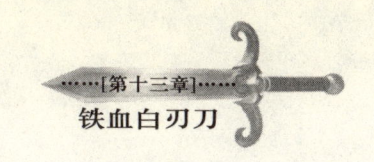

击,手掌相撞的声音虽然很低,可是与此同时,整个翠云山开始摇晃起来。

龙泽、龙啸和龙饮发现随云真人在使用移山倒海之术,急忙扶着二婶从山顶飞到了云彩之上。牛纯晴和牛盛开根本没有准备,山顶一摇晃,他们差点儿摔倒。当他们发现整座山在移动的时候,他们才施展法术,飞到了半空中。

这时,翠云山就像一个圆球一般在崇山峻岭之间旋转了起来。我站在山顶上,突然失去了方向,随着整座山慢慢地转动,不多时,这座山越转越快,夹杂着震耳欲聋的轰隆声。我想施展步步登云之术,从山顶上飞起来。谁知,我的脚像被粘在山顶上一般,就是抬不起脚步。

牛夜色与绝美打斗了片刻,当翠云山在迅速旋转的时候,绝美突然在牛夜色的视线里消失了。

不一会儿,整个翠云山都消失得无影无踪。我虽然能够看到我和牛夜色的距离越来越远,并且急速地旋转着飞着,但是我根本不能移动脚步。我大声地喊着,虽然我也不知道自己在喊什么。

只有片刻的时间,整个翠云山连根拔起,并且在天空中旋转了一会儿就消失在天际中了……

[第十四章]
千年女蛇妖

当我再次睁开双眼的时候，我依然站在翠云山的山顶。我四下一瞅，翠云山还是那座翠云山，山顶上没有一丝一毫的变化。再向远处看去，翠云山还是处在三座大山的中央，并没有丝毫的移动，更没有漂移到任何地方。

我再向后一瞅，那高高的石柱仍然耸立在山顶上，只是我搭建的那座塔楼不见了，我妈妈依然被紧紧捆在石柱上，只是妈妈一直昏迷不醒——我大喊了几次，都没有把她叫醒。

山顶上除了我和妈妈以外，就再没有了第二个人。我的脚依然不能移动，就像长在了这座山上似的。

远处的朝霞就像一条七彩的丝巾一般，在我的面前炫耀着它那夺目的光芒，太阳还没有爬出地平线，山下还有一些朦胧的晨霭。我望着崇山峻岭间的苍翠松柏，再瞅一瞅那如仙女裙摆一般的彩霞，脑海里突然觉得就像做了一场梦似的，茫茫然，又有些隐隐作痛。

一切都回到了现实，又好像刚刚开始，梦里的一切萦绕在脑海。我没有办法行走，即使努力转过身子，也只能勉强看到妈妈被绑在石柱上的样子。妈妈的头无力地耷在自己的前胸，头发就像晨雾一般紧紧包围着妈妈的

[第十四章]
千年女蛇妖

脑袋。自从我发现黑色的头发遮盖住妈妈的面容的那一刻起，我就开始呼喊着"妈妈、妈妈"，但是妈妈就像睡着了似的，根本无法听见。

妈妈死了吗？我突然产生了一种可怕的念头。但是片刻之后这个毫无根据的想法就被我否定了——因为妈妈如果死去了，就没有被绑在这里的理由了。

妈妈为什么被绑在这里？妈妈曾经告诉我，当初两头粗壮的黑牛从村子里把她和爹爹驮出罗家庄的时候，爹爹就失踪了，而妈妈就被绑在了这个高高的石柱上。妈妈也不知道自己为什么要在这里受苦，没有人告诉她，更没有人能告诉我。

师父给我的理由是，妈妈是一个千年蛇妖，因为在下界犯下了吸食人血、吞食幼童的恶行，所以天神要师父在这里看守着她，以便让她祈祷和忏悔。

可是，我怎么能够相信这一切呢？再说，我妈妈是天上的铁扇公主，怎么会是蛇妖呢？

太阳从地平线上一边伸着懒腰，一边在我的面前调皮地嬉戏的时候，山上突然刮过了一阵风，这阵风就像妈妈教我的旋风掌一般，在山间来回地盘旋着，片刻之后，就刮到了我的面前。因为风中夹杂着一些沙粒和尘土，我不得不闭上眼睛。

这股风在我身前身后歇斯底里地刮过之后，我的面前就风平浪静了。尘土遮住了我的整个面孔，当我摇晃着脑袋，试图想睁开眼睛的时候，可以清晰地感觉到尘土从我的面庞上向下坠落。

我睁开眼睛，由于尘土在我的眼睫毛上向下落着，我不得不又闭上了眼睛，接着使劲儿地摇晃着脑袋，当我感觉那些可恶的尘土被我摇去大半的时候，才再次睁开了眼睛。但是，让我惊讶的是，我看到师父和绝飞、绝目、绝美依次站在我的面前，就像在迎接我或者是在审判我似的。

"师父——"

我本来想接下去说"我妈妈怎么样了"的时候，绝美大声喝道："闭嘴，你不是已经背叛师父，要认这个千年蛇妖当妈妈吗？"

"不是的，绝美，她真的是我妈妈！"

"你是被这个蛇妖迷惑了——你上当了猫孩儿，你知道吗？"绝美声嘶力竭地喊着。

"不！她就是我妈妈！"

这一刻，我感慨万千。我要承受这样一个现实：当我妈妈就站在我的面前的时候，我却不能拥抱她，更要忍受别人对我妈妈的诬蔑，说我妈妈是个妖精。这是一件多么痛苦的事情，但是就是这种现实，压迫着我的神经，使我高度地紧张起来。

这时，随云真人走上前来，他看到我身上的灰尘，竟伸出手来在我的衣襟上轻轻地拍了拍，然后才意味深长地说："猫孩儿，我知道你从小失去父母，没有得到应有的父爱和母爱，但是为师的为什么要骗你呢？这绑在石柱上的如果真的是为人生母，为师的为什么会这么残忍地把你们分开？你仔细想一想，一个普通的人即使犯下滔天大罪，也不用被绑在翠云山上经受风吹日晒？你再仔细想一想，如果绑在这石柱上的是一个普普通通的人，不要说被绑在这里十年，即使是两三个月，也早已死去了，而她，为什么会活到现在？"

"不，师父，她就是我妈妈！我外公外婆都来过的，他们一眼就认出了她就是我妈妈！而且我的二婶也来看过她，也一眼认出她就是我妈妈！不是蛇妖！"

随云真人长长地叹了一口气，然后说道："猫孩儿，事到如今，你还执迷不悟！你不但认妖为母，而且还把你的三位师兄都绑了起来。如果你再这样下去的话，为师的绝饶不了你！"

"你们都有妈妈，为什么不让我找到自己的妈妈！"

"住嘴！她哪里是你妈妈，她分明就是一个修炼成精的千年蛇妖！"

"不，我不相信！我不相信！"

"好，为师的就让你看个清楚！只是当你发现你认妖为母以后，不要让师父再次失望，若再做出大逆不道的事情，我定灭你！猫孩儿，你看——"

[第十四章]
千年女蛇妖

说着,随云真人就从自己的衣襟里拿出一块如金条一般的东西,接着他又把金条轻轻地向天空中一甩,这块金条刹那间就化成了一片片金灿灿的如雪片大小的纸片,这些纸片一直落到我妈妈身上,然后就紧紧地吸附在她的身上。

随着时间的推移,黄色的纸片越落越多,而且是均匀地落在我妈妈的身上,直到把我妈妈全身都包裹成金黄色的时候,随云真人大声对我喊道:"猫孩儿,你看好了!"

随云真人话音未落,我妈妈突然伸了伸自己的脖子,"嚯"地脖子就长了十倍,再伸一下,我妈妈的身体突然挣破了自己的衣服,转眼间就便成了一条金黄金黄的巨蛇。这条蛇,虽然紧紧地被绑在石柱上,但是它的头和尾巴都努力地挣扎起来,并且大声怒吼着,甚至要把铁链挣断一般。那蛇头就如一间房子那么大,而且面目狰狞,似乎准备挣脱束缚,或是要吃掉我们一般。那长长的舌信子,还随着喉咙里的精气向天空吞吐着,有的时候还会伸向我们,吓得绝美紧紧地藏在随云真人的身后。

我看到这一幕,怎么能相信这是真的,这不是在做梦?妈妈,妈妈,她怎么会是一个蛇妖?不,不会的!此时,我亲眼看着这条闪闪发光而且怒吼着的巨蛇,我有什么理由不相信?又有什么理由可以不相信?那一刻,我突然发现自己失去了方向,感觉一切都是那么的茫然,我十二年来所有获得的知识和接受的常识,完全被颠覆了。虽然直到现在我依然不敢相信那石柱上的不是我妈妈,但是我怎么解释眼前的这一切?我真的想跑过去,问一问这条巨蛇,你到底是谁?但是我的双脚却不能移动。每次当我回头去瞅那条蛇的时候,那蛇都吐着粗气在怒吼。我怎么能够相信,自己的妈妈竟然是如此这般的凶恶呢?

"猫孩儿,你还有什么话可说?"随云真人问道。

我泪流满面,我痛心疾首,我捶胸顿足,我不知道应该怎样解释,却也无法相信。我不能坦然面对,更不能接受现实。当我想到,随云真人是用金黄色的纸片才使得我妈妈变成蛇妖的时候,我突然感觉这不是真的!是的,

这怎么是真的呢？

"不，师父，你在骗我！"我大声反驳道，"你施展了法术才让我妈妈变成了千年蛇妖！师父，你在骗我！"

随云真人走上前来，用手摸了摸我的脸颊，感慨万千地说道："傻孩子，金黄色的纸片不是我的法术，而是这蛇妖身上的鳞片啊！"

我听到这里，突然无可辩解，再回头瞅一瞅那挣扎着的巨蛇，依靠在随云真人的身上，大声抽泣了起来。

当天上午，我就被师父带回了翠云观。这一天，我怎么也不能平静下来。我不能相信那绑在石柱上的不是我妈妈，但是听着她在山顶上大声地怒吼着，我哪里还有理由让自己相信她不是蛇妖，而是我妈妈呢？

师父害怕我再次爬到山顶上，于是把我牢牢地关在房间里。其实，我哪里都不想去，再说我还能去什么地方？

我躺在床上，回想着和妈妈生活的每一个瞬间，仔细想来，我并没有感觉她对我有多么的亲切，或是有多么深的感情，尤其当我想到我第一次亲眼见到她的时候，是她亲口告诉了我，她就是我妈妈，而在此之前，我并不知道我妈妈在什么地方，更不知道我妈妈长得什么样，因此，我就信以为真了。

但是我外公外婆为什么不能认出自己的女儿，还有二婶？想到他们，我突然想到，翠云山旋转起来之后，他们都到哪里去了？当我清醒之后，我还站在山顶，而他们却不见了踪影。

我的天啊，这究竟是怎么一回事？我突然意识到生活在这个世界上是一件多么可怕的事情！

晚上，看守我的小道士在我的窗前昏昏欲睡，我瞅着外面的月光仔细回想着，试图想明白这变幻莫测的世界所带给我的迷茫和压抑，但是我怎么也想不出随云真人施展移山倒海的法术之后，到底发生了什么？

大约到了二更时分，窗外突然传来一声鹤鸣，我正躺在床上似睡非睡，整个脑海游离在现实与梦境之间。那一声鹤鸣突然让我清醒过来，我一骨碌儿从床上爬起来，仔细一听，又是一声鹤鸣："咯——"

第十四章
千年女蛇妖

是白灵鹤？

我赶紧来到窗前，向外一望，只见一只白鹤在翠云观的上空来回盘旋着。外面虽然朦朦胧胧，但是凭感觉我可以清楚地判断出，她就是白灵鹤。

白灵鹤大约也看到了我，她轻轻地飞到院子里。我打开窗子，白灵鹤把头伸了进来。

"白灵鹤，你怎么来了？"

"咯咯咯！"白灵鹤还是小声叫着，"山上绑着的人怎么变成了一条金黄色的大蛇？"

"我也不知道这究竟是怎么一回事。唉，你知道外公外婆和萱儿到哪里去了吗？"

"咯咯咯！随云真人施展法术以后……"

"你小声点儿，别把他们吵醒了。"

"咯咯咯！要不我驮你回罗家庄吧，看看你外公外婆是不是回去了？"

我急忙点了点头。

于是白灵鹤轻轻转过身子，我搬过一个凳子，踩在上面，爬到窗户上，轻轻地向她身上一扑，白灵鹤便迅速地向院子里飞去。眨眼的功夫，我们又从院子里飞到了半空中。那时，虽然月光洒满了大地，但是整个翠云山还被包裹在浓浓的夜色当中。我回过头来向山顶瞅去，只见那石柱上的蛇妖身上闪着金色的光芒，不时地还发出一阵令人胆战心惊的怒吼。

我紧紧地趴在白灵鹤的背上，白灵鹤也紧张地呼扇着她那对硕大的翅膀。直到我们来到山下的时候，我才敢张开嘴巴问道："白灵鹤，你不是每天都要给我妈妈送饭吗？你知道不知道她到底是蛇妖还是铁扇公主？"

"咯咯咯！以前她是铁扇公主，现在是蛇妖。"

"这是什么话！等于没说！那你为什么给她送饭？"

"咯咯咯！她被绑在翠云山上的第一年——那时她虽然被绑着，还能够施展一些法术。有一天，我从翠云山经过，不知什么时候被山下的猎人发现了。那是一个很有经验的老猎户，我刚想飞高一点儿，或是飞到树丛中，他

的箭就射了过来。当我想躲避的时候，箭已经射到了我的翅膀上，于是我落到了石柱下面。片刻之后，老猎人就赶了过来。他一看到我趴在地上有气无力地呼扇着翅膀就微笑着向我走来。这时，石柱上的那个女人就大声喊道：'老人家，把这只白灵鹤送给我好吗？'那个老猎人这才发现，石柱上还绑着一个女人。于是就问道：'你是什么人？怎么被绑在了这里？'那个女人就解释道：'我本来是天上的铁扇公主，因为触犯了天条被绑在这里受苦。老人家，你得了这只白灵鹤，只不过可以饱餐一顿，但是我得到了她，就可以让我饱餐十年。'听到这里，老猎人疑惑地问道：'这又是为什么？'女人回答道：'老人家，你看我被绑在这里，即使风吹不死我，太阳晒不死我，也会被饿死。如果我得了这只白灵鹤，我就可以给她施展一点儿仙术，让她变得有灵性一些，这样，每天清晨可以让她给我送一些食物和水，也好让我多活几日。'那猎人思忖了一会儿，就答应了。这时，女人让我翻过身来，让老猎人把箭拔走，然后轻轻地向我吹了一口气，我翅膀上的伤口就愈合了。时间一长，我的翅膀就越长越大，而且驮的食物也越来越多。女人为了让我心甘情愿地为她送食，我每一次送食之后，她都会记着，等达到一百次的时候，她就会让我飞得更快一些，身体长得更大一些。"

"那她都吃些什么？"

"咯咯咯！我大部分时间都给她送一些鱼或是虾，有时从山上的农田里给她捡一些粮食，再到河里给她驮一些水。冬天和春天，没有办法，我就给她抓只兔子或是老鼠。这个女人，吃东西也不挑剔，我给她拿什么，她就吃什么，并没有埋怨过我什么。"

我们一边说着，一边向罗家庄飞去。

第二天清晨，太阳还没有爬出地平线的时候，我和白灵鹤就来到了罗家庄。白灵鹤落在外公家的院子里后，大声尖叫了几声。我也大声喊着"外公"，但是却没有人回答。

于是我急忙推开房门，向里屋走去。一走进房间，我再次喊了一声"外公"，但是，里面还是没有声音。于是我来到了外公的床前，外公和外婆并

[第十四章]
千年女蛇妖

没有躺在床上睡觉,但是被子里却有东西在蠕动。

我开始好奇起来!外公家并没有喂猫,还会有什么东西蹿到被子里呢?于是我伸出手掀开了被子的一角——

"啊!"刚刚掀开被角,吓得我尖叫了一声,随即就跌倒在地上。

白灵鹤不知道发生了什么事情,随即从院子里飞了过来。我哪里还有什么心思再待下去,从地上爬起来就趴到了白灵鹤的背上。

"蛇!蛇!蛇——"我大声喊着。

白灵鹤一瞅,那床上,两条手腕粗细的蟒蛇正盘坐在床上。我掀开被子的那一刹那,两条蛇突然抬起头来,如果不是我跑得快,早就被蛇咬住了。

白灵鹤一看到那两条盘在一起的蟒蛇,也被吓了一跳。她刚想驮着我飞出去,那床上的蛇却说话了——

"猫孩儿,是外公。"

我一听,真的是外公的声音,但是我环视了一下房间,根本没有外公的影子。

"外公?"我自言自语道。

"猫孩儿,躺在床上的这两条蛇就是我和你外婆啊!"

我这才意识到是床上的蛇在说话。于是,我挣扎着,努力地让自己睁开眼睛,向床上一瞅。

这时,一条蛇又说道:"猫孩儿,把你吓着了吧!我和你外婆都变成了蛇,这真是作孽啊!作孽——"

这时,外婆开始抽泣起来:"我就知道会把猫孩儿吓着!孩子,你别怕,外婆这就藏起来。老头子,你也藏起来。"

说着,两条蛇都缩到了被子里。这时我才敢从白灵鹤的背上走了下来。

"外公,外婆,你们怎么都变成了蛇啊?"我急切地问道。

外婆说道:"自从随云真人来到翠云山上施了法术,我和你外公就变成了两条蛇。我们生怕被山里的飞禽走兽给吃了,就连夜爬了回来。在家里不敢出门,也不敢走动,生怕被邻居发现了。猫孩儿,这是怎么了?我们老两

口也没有做什么缺德事，老天爷怎么就这么折磨我们呢？"

说着，外婆就小声抽泣了起来。

"老婆子，你就别哭了，如果邻居听到了，到我们家里一看，还不把我们打死！别哭了！"外公劝道。

"外公，你知道二婶和萱儿他们去哪里了吗？"

"我哪里知道，当我发现我和你外婆都变成了蟒蛇以后，我们就从翠云山上爬下来了。对了，你妈妈怎么样了？"

"我妈妈？"我惊道。

"她怎么了，孩子？"

"我妈妈也变成了一条蛇，一条很大很粗的蛇……"我说着说着，就抽泣了起来。

"作孽啊，我可怜的孩子……"外婆再次失声痛哭起来。

"外公，随云真人说，那绑在翠云山上的不是我妈妈，而是一个千年蛇妖，我也不知道是真是假——"

"猫孩儿，我和你外婆亲手把你妈妈养大的，她不是你妈妈还能是谁？再说，你看到我和你外婆都成了蟒蛇，你妈妈被随云真人变成一条蛇也就不足为奇了。只是，可怜你外婆，这么大年纪了，还要受这种痛苦！"说着，外公和外婆就开始抽泣起来。

"外公外婆，你们不要害怕，我这就去西牛贺洲找二叔，让他来救你们。"

"猫孩儿，你要快去快回啊，你外婆和我变成现在这个样子，可怎么活呀？"

"外公，这一切都是随云真人施的法术！我一定饶不了他！我这就和白灵鹤一起去请二叔。外公，你可要小心，一定要等我回来！"

"孩子，你也小心！外面的世界全乱了，你要当心！"

"哎。"我一边答应着，一边拉着白灵鹤出了房间，并且把门紧紧地关上了。

[第十五章]

火龙兽

我和白灵鹤一刻也不敢停留，立刻向西牛贺洲飞去。由于龙啸施加给白灵鹤的法力在白灵鹤的体内越来越弱，白灵鹤已经没有先前那样的飞翔速度了，虽然比我上次去的时候快了许多，但我们还是用了将近三天的时间才来到了离落日村不远的一个小镇上。

那一天，我从半空中看到那个小镇的时候，本想让白灵鹤停下来休息一下，但是从远处看，那个镇子火光冲天，而且浓烟滚滚。我不知道发生了什么事情，但是每隔一会儿就有一团火从镇子中央喷出来，使得火势越来越猛，烟雾越来越浓。

于是我和白灵鹤立即向镇子飞来。离地面近了的时候，我看到几乎镇子上的人都围在一大片空地上，男人的手中拿着刀枪，女人的手中都端着盆水。火是从人群中喷出来的，但是火喷出来以后，很快就化成了浓烟，向天空中滚滚散去。那些围观的人们每当火扑灭以后，有的人在鼓掌，有的人在敲锣，有的人在捧腹大笑，有的人表现得无比的惊讶，有的人则高兴得嗷嗷叫了起来。

由于黑烟滚滚，我从半空中看不到人群中央有什么东西，远远地只听到

哄笑声和敲锣声。白灵鹤飞到离地面很近的时候，才有人发现了我们。发现我们的人都大叫起来，于是，人们都把目光投向了我们。我仔细一瞧，人群中央躺着一条长约三十丈的乌龙，远远看去就像是乌龙老师。只见他平躺在地上，有气无力地喘着粗气，在他的周围，燃烧着熊熊的大火，乌龙不时从口中吐出一团火来，只不过，这团火一吐出来，就化成了一股浓烟，朝天空中散去了。这时，人群中还会传来一阵欢呼声。

我拍了一下白灵鹤的翅膀，生怕乌龙老师受到伤害，白灵鹤一呼扇她那双硕大的翅膀，就冲了下去，并且落到了乌龙的身旁。

从白灵鹤的背上走下来，我仔细一瞧龙头，这才发现不是乌龙老师。因为这条龙浑身上下都是黑色的，惟独龙头是金黄色的。这条龙也不知道怎么了，平躺在地上，两只眼睛闪闪发光地看着我。

乌龙的四周都是火，离火不远的地方就是人群。站在人群的四个方向，有四个老道士，他们手里拿着剑，指向乌龙，口中念念有词。

我和白灵鹤刚刚落在地上，就有一个老道士大声喊道："你是哪里的小孩子？赶快离开这条恶龙！"

我瞧了瞧这个道士，只见他和随云真人一般的打扮，不同的是他手中的那把剑闪着银色的光芒，让人感觉十分紧张。

我又瞧一瞧这条平躺在地上的乌龙，只见他的身子已经不能动了，只不过金黄色的龙头不时地喷出一团团火来。而这四个老道只要一看到乌龙吐出火来，就会把剑指向龙头。这时火就会越来越小，直到变成浓烟散到空中去了。

"这条乌龙怎么了？"我问其中一个面善的老道。

老道回答说："你这个小孩，赶快离开这里！你身边躺着的是一条会吃人的恶龙！"

他这么说，我却是不相信，因为这条龙连动都不能动，哪里会吃人。

"可是它根本动不了，怎么吃人？"

"你这小娃，不知天高地厚，这条恶龙就是落日山上的那条火龙兽！它

[第十五章]
火龙兽

吃光了落日山方圆十余里的人，今天才被我们师兄四人用法术困在这里。你赶快离开，也好让我们为民除害！"

听老道这么一说，我急忙爬上了白灵鹤的背上，白灵鹤呼扇了几下翅膀就飞出了火团，落到了一个老道的身旁。

我刚离开，那条乌龙突然挣扎了一下，试图从地上爬起来。这时，一个老道喊道："小心点儿，火龙兽好像恢复法力了！"

"我们下手吧！"

"等一会儿！"

"它好像还要吐火。"

但是就在此时，火龙兽在地上打了一个滚，龙头已经抬了起来，但是片刻之后就又摔在了地上。

火龙兽的这一抬头，可吓坏了围观的村民，有的吓得脸面发青，有的转身就跑，而当他们听到火龙兽又摔在地上的时候，又仔细地观察起来。

为了牢牢地困住火龙兽，四个老道一边紧握宝剑，一边念着咒语，两只眼睛紧紧地盯着龙头。

我虽然在落日村听说过，有一只龙，先吃小孩子再吃女人，最后吃男人和老人，但是却没有见过。现在，当这条恶龙就躺在身边的时候，我非但没有厌恶之情，反而感觉它有几分可爱。再加上四个老道不知施展了什么法术，把火龙兽紧紧地围困在这里，我甚至产生了怜悯之情。

穿过燃烧着的火焰，火龙兽冲我眨了眨眼睛，似乎有话要说，却欲言又止。而老道们生怕火龙兽恢复了法力，都加紧念着咒语，想早点儿把火龙兽杀死。

我瞅着有气无力的火龙兽，突然想起了妈妈教我的碎心术，可是碎心术只能用于比我的法术低的人，而这条火龙兽也不知道修炼了多少年、吃了多少人、练就了多少法术或仙术，现在看到它平躺在地上，甚至连移动一下身子都变得非常困难，我又感觉它没有了多大法力。

于是，我就向其中一个老道问道："用我帮忙吗？"

谁知那个老道却瞪了我一眼说："你一个毛孩子能帮什么忙，赶快走开！"

我瞪了一眼那个老道，刚想反驳，他旁边那个面善的老道却劝道："师兄，我看这个小孩，虽然十一二岁的模样，但是他却骑着一只仙鹤而来，而且浑身上下都是火红色的，想必也不是普通人。"面善老道说到这里，转过头来对我说："你如果会法术，就和我们一起把这条恶龙杀了，方圆十几里的村民都会感激你的！"

我回过头来一瞅，那些围观的村民都仔细地瞅着我，有的甚至议论纷纷——

"这个小孩能干什么？"

"看他骑着一只白鹤来的，说不定还是一个仙童呢？"

"你看他的头发，不但是红色的，而且还向天上长。"

"还真是的，头发真的向天上长！"

……

看到他们或是怀疑或是疑惑的目光，我转过头来，这时，火龙兽又朝我眨了眨眼睛，眨完之后，目光就盯在了我的身上。

我一看，这正是施展碎心术的好机会。于是，我就直直地盯着火龙兽的双目，心里默默地念着碎心术的口诀。

这也是我第一次施展碎心术。妈妈说，只要能听到对方的心跳，并且知道对方在想些什么，碎心术就能够成功。我默念着口诀，一会儿的功夫，在我的耳朵里就听到了微弱的咚咚声。虽然声音非常小，但是仔细一听，还是能够听出这是心脏跳动的声音。我想，这可能就是火龙兽的心脏在跳动。

于是我又默念起了碎心术的第二个口诀——攻心诀。念完这个口诀，我就可以和火龙兽在心中对话了。我本以为，要念几遍才能攻克火龙兽的心理防线，但是当我念完第二遍的时候，火龙兽就吐着长气说话了："你是谁？"

我告诉它说："我叫猫孩儿。"

"你怎么会碎心术？"

第十五章
火龙兽

我犹豫了一会儿,心想这火龙兽怎么知道我在施展碎心术。正当我想着是否要告诉它的时候,火龙兽又说道:"如果不是我就要死了,你是绝不会攻克我的。"

"你为什么要吃人?"这是我惟一讨厌火龙兽的理由。

"我是修炼了99999年的火龙兽,就差一年了,在这一年里,只要我吃掉365个小孩子——就像你这么大的小孩和365个青年女子,我就可以修炼成功,而成为火龙神,掌管中界的火种。可是,今天,我却躺在了这里。"

"你修炼的什么法术,还要吃人?"

"我不吃人,难道你让我吃同界的兄弟吗?不,即使我吃了他们,也炼不成火龙珠。我每吃一个小孩和一个青年女子,就会在我的身上产生一个龙凤胎的火龙珠,珠子在里面,火焰就在外面。只要我的身上生成365颗火龙珠,我就会成为火龙神,以后就不必再吃人了。"

"可是,你吃了许多男人和老人?"

"我哪里会一个一个去找?他们一见到我,老人总是护着孩子,男人总是护着女人,如果我不吃老人就吃不到孩子,如果我不吃男人就吃不到女人。"

"那你怎么会躺在这里?"

"就是这四个老道。前天,他们来到了落日山上,在我练功输血的时候,被他们伤到了龙脉。哧,就是那一剑,把我的龙脉给刺断了,我现在就要死了,所以你才能对我施展碎心术。"

"你真的会死吗?"

"不错,龙一旦伤及龙脉,即使是天神来了也救不了我们。"

"我二叔是蛟魔界的蛟魔王,他或许能够救你。"

"你是说蛟魔王,不,他也救不了我——你说,蛟魔王是你二叔,那你爹爹是谁?"

"我爹爹是牛魔王,我妈妈是铁扇公主。从记事的时候我就没有见过我爹爹。"

"这就难怪你会碎心术了，这也是一种缘分啊！"

"缘分？你说的是我们俩？"

"是啊，你知道吗，你爹爹对我有恩啊！"

"你认识我爹爹？"

"许多年前，我当时还是西牛贺洲一条普通的蛟龙，那时，你爹爹已经统一了牛魔界。而我们蛟魔界那时产生了两个巨大的蛟龙势力，一个是我们乌龙，一个是你二叔蛟龙。我们为了统一蛟魔界，都想打败对方，成为蛟魔界的主人。经过决战，你二叔打败了我，并且把我们乌龙列为蛟魔界的子民。而我，则要被处死。那时，你爹爹牛魔王在西牛贺洲的法术最高，其他魔王都畏惧他的魔法和法术。当你二叔打败我以后，西牛贺洲中七个魔界的魔王，结义成了兄弟，你二叔打算在他们结义之后，把我杀死，以绝后患。但是你爹爹见我年纪大了，而且法术远低于他们，就对你二叔说：'我看这条乌龙不会有多大法力，不如把他压在落日山下，也好成为东胜神洲和西牛贺洲的法界。'你二叔这才打消了杀死我的念头。"

"你被压在落日山下，为什么要出来吃人呢？"

"我的身子虽然被压在落日山下，但是你爹爹要我喷出火来，阻止下界的生灵进入西牛贺洲。于是我就利用我的龙头在外面的优势，修炼火龙术。当我修炼到99999年的时候，我就能摆脱落日山，获得自由，可是为了炼成365颗火龙珠，我便开始四处吃人，所以才惹来这杀身之祸。"

"这也不怪别人来杀你了——是你先产生了吃人的念头，才使得人们来杀你。"

"我哪里想到下界的人还会有如此高深的法术？"

"那你现在还能飞吗？"

"我飞不了了，恐怕我是要死在这里了。你虽然施展了碎心术，却不能让我成为你的碎心龙，可惜了！"

"我能不能把你救出去？"

"我说过了，就是天神来了，也救不了我。"

第十五章
火龙兽

"那你该怎么办？"

"我只能躺在这里等死。只是我死后，这四个老道不会轻易地放过我，他们一定会吃了我的肉，喝了我的血，即便是我的龙骨，恐怕也会被他们碾碎了熬汤喝。"

"你真的要死了吗？"

"孩子，如果有天神救我，我也许会多活几日，但是死是摆脱不掉的。你既然是牛魔王的儿子，为了报答牛魔王的救命之恩，在我临死之前，我可以把我的龙骨都交给你。"

"我要你的龙骨有什么用？"

"我已修炼了99999年，我的龙骨自然也修炼了99999年。你拿走我的龙骨，就可以用碎心术把我练就的火龙术输入到你的体内。另外，我还有360颗火龙珠，它们是在我吃掉360个小孩和女人后在我身上产生的龙凤胎的火龙珠，如果你把这些火龙珠吸进你的体内，你的身体里就会产生360种火焰。不管你遇到多么强大的妖魔鬼怪，都可以用这些火焰对付他们。你的法力越高，火焰的威力就越大。"

"可是，这都是你练就了那么长时间的法术才得来的，我怎么可以拿走呢？"

"我说过了，你爹爹救过我一命，否则，我早就在99999年前就死去了。"

"我不要你的火龙珠，我只要你活着，但是你不许再吃人。"

"你是救不了我的。"

"我妈妈铁扇公主曾经教给我一种仙术——旋风掌，我推出单掌之后，就会从我的手心处刮出一股旋风，你可不可以借助这股旋风飞起来呢？"

"旋风掌？"

"是的。"

"当然，即使我不会法术，这旋风掌也可以把我卷到空中去的。"

"那我打出旋风掌后，你就飞走吧。"

"可是，我能到哪里去呢？"

"我爹爹把你压在落日山下，你还是再去落日山吧。但是，我不许你再出来吃人！"

"你看我这个样子，还能有力气吃人吗？我回到落日山也活不了多久，如果你有时间就去山上找我，我会把我的龙骨和龙珠全都交给你的。"

"我说过了，我不要。"

"傻孩子，你不要，别人也会拿去的。"

"你怎样才能不死？"

"没有用的，我的龙脉已经断了，不可能再活下去了。"

"那我先送你去落日山吧。"

"好的，不过你一定要来找我。"

"好吧，在你死之前，我一定会去的。"

"你来到落日山下，只要施展旋风掌，我就会从山上飞下来的。"

"好的，你注意了，我开始推掌了。"

说着，我悄悄地伸出右手，在胸前重重地推了出去。只见我的面前一股旋风吹来，片刻之间就把火龙兽四周的火给吹灭了。

与此同时，这股旋风吹到了火龙兽的身旁，只听到嗖地一下，火龙兽张开大嘴吼叫了一声，就借助这股旋风飞了起来。

"不好，火龙兽要逃走了！"一个老道喊道。

"发力！"

"挥剑！"

"快挥剑！"

四个老道不断地挥舞着手中的剑，口中接连不断地念着口诀，人们看到火龙兽飞了起来，以为它又要吃人，有的随即就趴在了地上，有的吓得痛哭起来，有的转身就跑，有的踩着趴在地上的人疯狂地大喊大叫……

火龙兽飞到空中，接连叫了几声，就向落日山飞去了。

四个老道马上施展法力，一个跟头跃到空中，去追火龙兽了。我生怕火

[第十五章]
火龙兽

龙兽被这四个老道再伤着龙脉,爬到白灵鹤的背上也向空中飞去。

那四个老道也不是等闲之辈,虽然与火龙兽有一定的距离,但是他们四人在空中使劲儿挥舞着手中的宝剑,四把宝剑每当碰撞在一起,就会在空中产生一道银光,这道银光就如闪电一般向火龙兽飞去。

好在火龙兽的四周都被旋风包裹着,银光一闪进旋风圈里,就会消失得无影无踪。

火龙兽大约也知道四个老道追了过来,它转过身来,怒吼一声,就从口中吐出一团火来。这团火虽然火势不大,却出乎四个老道的意料——他们哪里想到,火龙兽这个时候还会吐出火焰来。

这团火在四个老道的身上一闪,老道们一施展法力,火团就灭了。但是此时四个老道的头发、胡子和眉毛全都烧掉了,猛地一看就像和尚一般。

我见火龙兽安全地钻进了落日山,就没有跟过去。因为这个时候,我在空中看到了一眼望不到边际的大海,而在这片海底,就是我二叔的蛟魔界。

[第十六章]

五魔相聚

　　我和白灵鹤飞到大海上空,一个跟头从半空中跳入了大海,一边念着从魔校里学来的避水诀一边向大海深处游去。

　　大海里都是蔚蓝色的海水,尤其是远处那种浓密的蓝色让我的脑海里充满了幻想。我想着,如果二叔回来了,这次就能把千年铁链砍断;如果爹爹不失踪,也许我就会和其他的孩子一样,生活在一个有爹有娘的家庭里;如果我有足够的法术,能把千年铁链砍断,也就不会这么三番五次地来请二叔帮忙了……

　　我一边游着,一边观察着哪里有发光的宫殿。因为上次我来的时候,发现二叔家所有的房子都会发光。我置身于大海之中,就像一滴水那么微不足道,上次是萱儿带我来的,可是这次只有我一人,我还真有些找不到方向。

　　就在我四处寻找的时候,突然有一条白龙从海底深处游了过来,她那白色的龙角和龙须在蔚蓝色的海水的映衬下显得特别耀眼。她的龙头不是很大,但是长得却很精致,有一种天然的稚气和娇气。

　　我还没有认出她来,她就冲我喊道:"猫孩儿,你可让我们好找!"

　　这条白龙来到我的身边一晃身子,就变成一个八九岁的小姑娘。我这才

[第十六章]
五魔相聚

认出，她就是萱儿。

"你在找我吗？"

"当然。那天随云真人施展了移山倒海之术，眨眼间翠云山就突然消失了，而后在原先的位置出现了一个大湖。我和妈妈都悬浮在空中，只是不见了你和大娘。于是我们就到处去寻找你们，我们找了三天三夜，也没找到你，这才回到了蛟魔界。事后，我以为你被随云真人杀死了，没有想到，你还活着。"说到这里，萱儿的脸上露出了笑容。

一想起那天发生的事情，我的心情就突然黯淡起来。"萱儿，你知道吗，我妈妈和外公外婆都被随云真人变成了蛇。开始的时候，随云真人告诉我说，那绑在翠云山上的不是我妈妈，随后，他就在我的面前，把我妈妈变成了一条金黄色的蟒蛇。当时我以为，那个女人不是我妈妈，但是当我回到罗家庄的时候才发现，就连我外公和外婆也都变成了蛇，我这才知道上了当。"

"那个老头儿真可恶。猫孩儿，你不要怕，我们这就去找我妈妈，让她想想办法，把大娘救出来。"

"哪有那么容易，如果能救出来，上次就把我妈妈救出来了。对了，二叔回来了吗？"

萱儿摇了摇头。

"唉——"我长叹了一口气，"我想只有等二叔回来以后，才能把我妈妈救出来。"

萱儿默默地点了点头，随即和我一起向龙宫游去。

来到龙宫，我和萱儿先拜见了龙泽、龙啸和龙饮，他们兄弟三人听我讲完我妈妈和外公外婆的遭遇后，也是无可奈何。于是我们五人又去找二婶。

我们来到她的房间的时候，二婶已经睡着了。萱儿本想去把二婶叫醒，但是被龙啸拦住了。

"妈妈为了猫孩儿的事情，已经好几天没有休息了，我们还是先等一会儿吧。"

我听龙啸都这么说了，自然不好意思把二婶吵醒，于是我们来到一座翡翠砌成的龙亭下。

龙啸叹息道："我看，这件事要等到爹爹回来以后，才能再作决定。"

龙泽点了点头说："那个随云真人和绝美，虽然都是下界的人，但是法术却很高深。那一日，只是一眨眼的功夫，一座翠云山瞬间就变成了一片湖水。想必，这个随云真人也不是等闲之辈。"

听他们这么一说，我更是心急如焚。如果他们不肯去救我妈妈，光靠我一个人的力量，怎么能行呢？

萱儿显然看出了我的心思。她站了起来，瞪了一眼龙泽就挖苦道："大哥二哥，你们都是学的什么法术，连下界的一个老头儿都打不过，怎么能管理蛟魔界？我说爹爹把你们三个都留在了家里，原来是爹爹看你们不是学法术的料，要你们留在家里免得被人欺负！"

被萱儿这么一说，龙泽很是生气："你住嘴，你一个小毛孩子知道什么？"

"我怎么不知道，你本来就是打不过绝美，人家才是一个八九岁的小女孩儿，你呢，都活了两万年了耶！"

龙泽大怒："你再胡说，我就对你不客气了！"

萱儿哪里肯住嘴，她一听大哥真的生气了，于是就把龙啸拉了起来："二哥你看，大哥打不过绝美，就想拿我来出气？！"

"行了，萱儿，不要再闹了。你又不是不知道，大哥学的是吞云吐雾的法术，而我学的是电闪雷鸣的法术，你三哥学的是生云降雨的法术，我们三人为的就是能让西牛贺洲风调雨顺，哪里想到，爹爹不在的时候，会让我们去救大娘？"

"哼——"萱儿撇着嘴巴不再说话了。

就在这时，二婶突然从房间里走了出来。她一走出来，就大声喊道："你们在吵什么？"

当二婶看到我的时候，她又是惊讶又是高兴地冲我笑道："猫孩儿，你

[第十六章]
五魔相聚

是什么时候来的？"

我急忙站起身来，一想到龙泽和龙啸刚才说的那些话，我心里就像打翻了五味瓶似的。"二婶，你快去救救我娘吧？"说着，我就依偎在二婶的身前抽泣了起来。二婶蹲下身来，一边给我抹着泪水，一边安慰我说："猫孩儿，你回来就好！二婶一定想办法把你娘救出来！"我紧紧地靠在二婶的身上，感觉就像靠在妈妈的怀里一般。

为了能够找到二叔，二婶派出了六路虾兵蟹将，分别到牛魔界、大鹏魔界、狮狞魔界、猕猴魔界、猢狲魔界和美猴魔界打听，并且通知我的五位叔叔，希望他们能够来到蛟魔界，一起商议救我娘的计策。

最先来的是牛魔界的大力金刚牛冲天、落日西山牛纯晴、皓月当空牛夜色和一阵春风牛盛开。他们四人一听说我还活着，而且又回到了蛟魔界，就心急如焚地赶了过来。

牛冲天一看到我就笑声如雷地说："我的小祖宗，这次可是西牛贺洲几百年来的一次大喜事——五魔聚首。你爹爹在的时候，也很少有这等的喜事。只是可惜了，如果你爹爹在，不知道能增添多少欢乐！再说，我们牛魔界也不会被其他魔界这么看不起！想当初，我们牛魔界在西牛贺洲可是一块神圣的宝地，其他六界的妖魔鬼怪哪个不高看我们一眼，哪个不服我们牛魔界的管理。唉，自从大王失踪以后，我们牛魔界就大不如前了！"说到这里，牛冲天长叹了一口气。这时，皓月当空牛夜色瞪了落日西山牛纯晴一眼："还不是他，想当牛魔王？"

牛纯晴一瞪眼睛："你在说俺？俺不是为了牛魔界好吗，大王失踪了，总得有人主持牛魔界的事务。"

"哼，主持事务，轮过来轮过去，也应该由大力金刚牛冲天来主持，怎么也轮不到你！"牛夜色甚是生气。

"你——"

"你什么你，别以为我不知道你的心思！"

"行了——"牛冲天大喝一声，"你们当着小祖宗的面还要再打下去吗？"

这时，一阵春风牛盛开走上前来，瞪了牛冲天一眼道："如果不是你当初不肯主持牛魔界的事务，我们牛魔界也不会是如今的模样。"

牛冲天大吼一声，如晴天霹雳一般，牛夜色见牛冲天真的生气了，也就不再言语了。

牛冲天这才平静下来，但他还是瞪着牛眼，瞅着落日西山牛纯晴、皓月当空牛夜色和一阵春风牛盛开，郑重其事地说道："既然大王不在，而小祖宗也来到了西牛贺洲，我们就应该推举小祖宗当我们的牛魔王，也让其他魔界看一看，我们牛魔界有主儿啦！"

牛夜色道："大王不在，由猫孩儿主事，我没有意见。"

牛盛开道："我也没有意见。"

这时，牛冲天把目光投向了牛纯晴，只见牛纯晴站在那里，镇定自若，当他发现牛冲天在观察他的时候，他才说道："大王不在，自然由小祖宗主事，俺同意了。"

这时他们都把目光投向了我。我一直在听他们说话，但是根本没有心思去想这些，再说我的法力不如他们，又一直生活在东胜神洲，甚至没有去过牛魔界，我怎么可以代替我爹爹掌管整个牛魔界呢？

"你们看我干什么？"

牛冲天道："小祖宗，我们牛魔界怎么会从一片圣地变成现在这个样子，就是缺少了统一的指挥。自从你爹爹牛魔王神秘失踪后，我们牛魔界就像缺了魂似的，成了一盘散沙。更为重要的是，由小祖宗出来主事儿，我想不管是牛魔界还是整个西牛贺洲，都不会有人站出来反对。再说了，过几日，你二叔蛟魔王、三叔大鹏魔王、四叔狮狔王、五叔猕猴王和六叔猢狲王就要聚首蛟魔界，到那时，我们牛魔界也应该有个主事儿啊！"

"可是，我现在只想把妈妈救出来。还有外公和外婆，如果他们都能平安出来，我才能放心地随你们一起去牛魔界。"

"这次，小祖宗你放心，我不但有十分的把握，而且有十分的信心。你想一下，你的这五位叔叔是何等的人物，他们一同去救铁扇公主，哪有不成

第十六章
五魔相聚

功的道理？"

听牛冲天这么一说，我才放心了许多。"可是那千年铁链怎么办？"

"这个，小祖宗不必担心，蛟魔王会有办法的。"牛夜色道。

一日，我在院子里听牛冲天谈我爹爹是怎么治理牛魔界的时候，突然从远处飞过来一只大鸟，只见这只鸟的翅膀足足有三丈多长，两只翅膀一呼扇，海平面上就翻起了一个巨大的海浪。大鸟的头也甚是特别，他的头呈三角状，金色的鹰嘴长在最前面，两只眼睛分别长在三角状脑袋的两侧，犹如两颗闪闪发光的龙珠。

他在龙宫上空盘旋了一会儿，就落了下来。二婶一看到他，就笑逐颜开地从房子里走了出来。

"哪个是牛大哥的儿子？"这只大鸟站在院子里，来回地走动着，并且四处张望着。

我站在亭子里看着他那凶神般的模样，虽然知道他在找我，却不敢吱声。

"哪个是牛大哥的儿子？"大鸟又喊了一声。

这时，二婶、龙泽、龙啸、龙饮以及牛冲天、牛纯晴、牛夜色、牛盛开也闻声赶了过来。二婶一看到这只大鸟，就笑嘻嘻地说道："我当是谁呐，原来是三弟。"

那只大鸟一看到二婶，一晃身子，就变成了人的模样，只是他的头还和刚才一个样——是个鹰头。我从远处看去，只见他的脖子长长地和头连在一起，鸟头的模样甚是惊人。而他的身躯却似人的样子，有四肢也有胸有背。

还没等我看清楚，二婶就转过身来冲我喊道："猫孩儿，快过来见过你三叔。"

"三叔？"我心里一惊，他就是大鹏魔王吗？我站在原地只是呆呆地望着，而龙泽、龙啸、龙饮以及牛冲天、牛纯晴、牛夜色、牛盛开却与大鹏魔王搭讪了起来。

三叔见我没有走过去，推开众人就向我走了过来，他一边走着一边笑哈

哈地说道:"你就是猫孩儿?哈哈哈,你爹长得那么魁梧,你却长得这么单薄?哈哈哈,让三叔抱一抱。"

说着,三叔走到我的身边,把我抱了起来。我突然被他的双臂抱住,一边瞅着他那大鸟的嘴脸,一边疑惑地望着二婶。

二婶也冲我笑道:"你看,你三叔多疼你!"

三叔竟然把我当成了小娃娃,一边拍着我的身体,一边笑道:"我的小牛侄儿,你爹不知道到哪里去了,你也不来找三叔,你可知道,我们兄弟七人,我和你爹那可是最要好的哥们儿。当初,要结义,还是我给你爹建议的呢!"

三叔说着,就哈哈大笑起来。

我就这样偎依在三叔的怀中,三叔虽然变成了人的模样,但是他的脖子和头却还是大鸟的模样,趴在他的怀里,我感觉就像趴在毛茸茸的羽毛上一般。

虽然我对三叔有一种心理上的恐惧,但是见三叔对我这么亲热,我就努力压抑着心中的不安和恐惧,慢慢开始和三叔说起话来。

说到上次派六只白鸽捧着铁血白刃刀去救我妈妈,他甚是后悔地说:"早知道那千年铁链如此厉害,我就亲自去了!"

而后,三叔还送给我一件礼物,那是三根羽毛。看起来,像鸽子的羽毛。我从三叔手中接过三根羽毛,疑惑地瞅了一眼牛冲天。

牛冲天走向前来,对我说道:"小祖宗,这可是你三叔最珍贵的羽毛啊!别说是三根,哪怕是一根,只要插在你的身上,你就能和你三叔一样,一抬脚就是一万八千里。这可是一种仙术,比法术更强大!你只要拥有了这三根羽毛,不需要你苦苦修炼,片刻之间就能让你掌握大鹏仙术。"

我一听,这三根羽毛竟然如此厉害,兴奋得抬起头来,瞅着三叔问道:"三叔,这羽毛是你身上的吗?"

三叔点了点头:"三叔最大的本事,就是能飞。在空中,我一呼扇我的翅膀,就能施展跟头云。我一个跟头就是十万八千里,因此,你拥有了我的

第十六章
五魔相聚

羽毛，虽然不能和我一起飞翔，但是也能一个跟头一万八千里了！"

"谢谢叔叔，谢谢叔叔！"我捧着这三根羽毛，兴奋得无以言表。

第二天，三叔正在教我怎么使用这三根羽毛，突然，从远处游过来一条长约百丈的白龙和一个人身狮面的怪物。这个怪物身高约有十丈，腰围足足有八尺，活活的就是一个肉柱子。这个狮子头，虽然也如妖魔一般，但是白皙的脸上却显得有几分温柔。头上棕褐色的狮毛甚为浓密，在海中游走，狮毛随着水流向后流动，随着他的脑袋似软骨一般，自由地摆动。

那条白龙围着那个人身狮面的怪物游了一圈过后，就直奔龙宫而来。这条白龙的龙须足足有十丈多长，两只龙角就像两棵长在龙头上的白杨树一般。他看到三叔的时候，一晃脑袋，身体就变成了人的模样，只是他的龙头还和原来一样。他来到三叔的身后，仔细打量了我一下就问道："三弟，这个孩子是谁？"

三叔一听就生气了："你这老龙王，把我招来了，竟然不知道他是谁？"

这时，老龙王再次打量了我一下，刚要说话，那个狮子头也来到了我的面前。他一挥手细声软语地说道："不用问了，他就是猫孩儿！"

"还是你这头狮子有眼力！"三叔笑道。

我猜想，这个老龙王便是二叔蛟魔王了，而那个人身狮面的怪物就是四叔狮狑王。我刚要向他们打个招呼，谁知二叔突然拉起了我的手——二叔的手是三根手指头，并且细腻柔滑，就像鱼皮一般。我突然接触到这只手，心里甚是怵得慌。

二叔说："你这个小牛犊呀，可让二叔担心啦！你妈妈还好吗？"

我虽然有些怕生，但是一想到这个人就是我把希望寄托在他身上的二叔，也就勉强壮了壮胆子。

"二叔，我妈妈还被绑在翠云山上，而且还被随云真人变成了一条蟒蛇。二叔，你和三叔四叔快去救救我妈妈吧？"

"猫孩儿，你别着急。等你五叔和六叔来了，我们商量个万全之策，这次一定要把你妈妈救出来。"二叔道。

这时，三叔伸出一只胳膊把我紧紧地抱在了怀里。而四叔却蹲下身来，用手摸了摸我头上的那两个角，说道："嗯，果然是牛魔王的孩子！四叔虽然第一次见到你，但是四叔向你保证，这次四叔即使是用牙咬，也要把那条千年铁链给咬断了！"

这时，二叔却叹了口气。"孩子，你哪里知道，早在十年前，你妈妈被绑在翠云山上的时候，我们兄弟五人就去过翠云山。"

听到二叔这么一说，我突然意识到，可能有特别的事情发生过，于是问道："二叔，那你们为什么那个时候不把我妈妈救出来？"

二叔长叹了一口气，陷入了沉思当中，不言不语了。我抬起头来，瞅了一眼三叔，三叔也摇了摇头，并且抚摸着我的猫耳朵对我说："就是因为那条千年铁链！"

"那就没有什么东西可以把千年铁链砍断吗？"我又问道。

三叔轻轻地把我抱了起来，一边叹着气，一边给我解释道："听那个随云真人说，这条铁链就是上界的天神专门用来对付你妈妈的。因为你妈妈是上界的铁扇公主，而你爸爸却是中界的牛魔王。上界本来就不允许佛仙圣和我们魔妖鬼结合，再加上，你妈妈因为怀了你，耽误了制造铁扇的时间，所以，上界的天神就打造了这条铁链。"

"那什么时候，天神才会把我妈妈放开？"

"它为什么叫千年铁链，猫孩儿，那就是说你妈妈要在翠云山上受苦一千年。"说到这时，三叔把我放在了地上。

"什么？一千年？"我的天啊，难道我妈妈要在翠云山绑上一千年才能被释放吗？我真的不敢相信，这个世界上竟然有如此恶毒的惩罚。

二叔大约害怕我失去了救母的信心，就给我说道："猫孩儿，你放心，明天你五叔和六叔来了，我们好好商量一下，想一想，有什么办法，可以把这个千年铁链砍断！"

第二天中午，我和二叔、三叔、四叔一起在龙宫里商量着怎么去救我妈妈的时候，突然龙泽和龙啸走了进来，在他们的身后，还有两只面目狰狞的

第十六章
五魔相聚

猴子紧随其后。

这两只猴子虽然同属一个种类，但是长相却大有差别：一个长得面庞细长，耳朵细小；一个长得凶神恶煞一般，耳朵足足有三尺长；一个身材矮小，手臂细短；一个身材高大，手臂粗长；一个腰佩一把短剑，嘴里不时念叨着什么；一个手持木棍，挺着前胸，缄默不语。

二叔、三叔和四叔看到这两个猴怪，都站起身来。

四叔道："五弟六弟，每次你们都是结伴而来，并且肯定是最后来到。"

二叔道："快快坐下吧！"

三叔没有与他们搭讪，他把我拉了起来，指着那个面目细长、身材矮小、腰佩短剑的给我介绍："猫孩儿，这个就是你的五叔猕猴王。"

五叔一看到我，两只小眼睛就像豆子似的骨碌儿一转，而后使劲眨了眨，这才不紧不慢地走到我的面前。"哎哟，孩子呀，你长得可真像我大哥啊！"

三叔道："不像大哥像谁？见到牛侄儿，你怎么也不送份见面礼？"

五叔道："我本来预备了一份，可是又听说要去救大嫂，不便带来。等把大嫂救出来，我带牛侄儿去取。"

三叔道："到时，我随牛侄儿一起去，我要看看你给猫孩儿什么宝贝！"

五叔听到这里，就冲我嘿嘿笑了起来。这时三叔又把我领到那个身材高大、耳朵也长的猴子旁边说道："猫孩儿，这个是你的六叔猢狲王。"

"六叔。"我叫道。

"牛侄儿，"六叔一说话就像打雷一般，吓得我一哆嗦，"六叔没给你带什么礼物，等把你娘救出来，我教你一套法术！"

这时，二叔站了起来，一边招呼着大家坐下，一边踱着步子。等大家都安静下来，二叔站在中央才说道："既然大家都来了，那我们就议一议，怎么把大嫂救出来？"

四个叔叔听二叔这么一说，突然不言语了，而且都皱着眉头。三叔虽然也沮丧着脸，但片刻之后他就舒展开了。

"能救出大嫂当然最好！可是十年前我们五人就没能把那条千年铁链砍断，如今，想必也没有什么好法子。"

　　"三哥说得对，"四叔接下去说，"我们的关键是砍断千年铁链！"

　　说到这里，五位叔叔又沉默了起来。二叔也坐到了龙椅上，深思了起来。

[第十七章]
落日山下

五位叔叔一连想了几天,也没有想出一个法子可以砍断千年铁链。等到第四天的时候,三叔终于想出了一个办法。他建议五位叔叔每人都打造一种兵器,这种兵器要选用最好的材料,并且用心锻造,然后拿着这五种兵器,去翠云山救我妈妈。

三叔还说,五种兵器要选用五个魔界特有的材料,并且要利用自己最高的法术去锻造,即使打造出的兵器不能救出我妈妈,也无愧于我爹爹和我妈妈。

二叔虽然感到这不是个稳妥的办法,而且大家都不知道什么质地的材料才可以砍断千年铁链,但是又想不出更好的办法,于是便约定三个月以后,打造出兵器再聚到蛟魔界,一起去救我妈妈。

于是四位叔叔纷纷地离开了,而二叔也开始思考用什么东西来打造兵器。开始的时候,二婶建议用珊瑚,但实施了几次,那珊瑚都经不起碰撞,于是就被二叔否定了。后来,萱儿建议用龙骨,但是二叔却不同意,虽然有些蛟龙死去了,但是要拿同类的骨头去造兵器,自然是不符合情理的,但是后来一想,龙骨是蛟魔界里最坚硬的东西,而且都含有蛟龙的霸气和灵气,

如果用龙骨打造一把龙骨枪，自然比一般的兵器要锋利许多。于是二叔下令用龙骨打造兵器。

五六天后，三叔派六只白鸽前来送信。我和萱儿一见到她们，就认出是那六只手持铁血白刃刀的白鸽。只是这次，她们的手中没有拿任何武器。她们一见到我，就飞过来对我说："猫孩儿，大鹏魔王让我们告诉你，他想出一种办法，或许可以救出铁扇公主。"

我急忙问道："什么办法？"

一只白鸽飞到我的面前说："魔王说，上次我们去救铁扇公主，我们的铁血白刃刀虽然是大鹏魔界最锋利的武器，但是由于我们六人个头小，再加上刀柄也小，力量不够，才不能砍断千年铁链，魔王要把这六把铁血白刃刀熔化成铁水，重新锻造，并且加入大鹏魔的乌金，打造一把长约一丈的大鹏魔刀。"

听完这只白鸽的讲述，我激动得流出了热泪，竟不由自主地伸出双手，让这只白鸽站在我的掌心。我又问道："三叔说什么时候可以造出兵器？"

那只白鸽道："魔王说，少则两个月，多则三个月，就可以造出大鹏魔刀了。"

听到这里，我又回过头来瞅了一眼萱儿，萱儿也兴奋地瞅着我，两只眼睛不时地眨了又眨。

"猫孩儿，三叔的这个办法一定可以砍断千年铁链！"

我点了点头。

而后，四叔也差人来送信，说他正在打造狮狞斧。四叔从狮狞魔界找到一块乌金，这块乌金只有木枕一般大小，但是却重得出奇。两头身强力壮的狮子竟然抬不起这块乌金。后来，四叔派出了十二个大力士，才用车把这块乌金抬到了兵器库里，并采用狮狞魔界的阴阳魔法来锻造。

五叔则造了把宝剑，这把剑是用猕猴魔界所特有的金刚石造成的。这块金刚石在猕猴山石洞里被人发现的时候，闪耀着夺目的亮光，把整个石洞照成红色。于是，五叔就把这块金刚石当成了猕猴魔界的宝物，若在夜间拿出

[第十七章]
落日山下

这块金钢石放在山顶，整个猕猴山竟然似月亮俯照一般，甚是明亮。五叔从蛟魔界回去之后，想来想去也想不出用什么材料打造宝剑。后来，当他看到那块金刚石的时候，才想出用这块宝物打造出一把宝剑，并且把这把剑命名为猕猴魔剑。

六叔派人送信来说，他不会打造刀剑枪之类的兵器，他一生只会用棍，于是就用(犭禺)猕魔界最古老的一棵枣树做了一根木棍。据说，这棵枣树已经有一万三千年了，需要十几只猴子才能把这棵枣树围抱过来。六叔又怕造出的木棍太脆，经不起摔打，就用法术把枣木里的水分都吸了出来，用法术把银粉输入到木棍里面，这样一来，木棍里融入了银粉，自然坚硬无比。

至此，五位叔叔都用心打造兵器。按照二叔的推算，最快的兵器两个月就可以打造出来，最慢的三个月也可以锻造出来。

这段时间里，我却无所事事。因为我的法力不高，而且不会打造什么兵器。不过萱儿却计划着要造一把宝剑，只不过一直没有找到造剑的材料。

我看到整个龙宫的人都火急火燎的，似乎每一个人都在造兵器，而他们都是为了救我妈妈，但是我却不能做些什么。

一日，我躺在床上突然想到了火龙兽，不知道它怎么样了。我来蛟魔界已经一个月了，不知道它的伤好了没有。记得我曾经答应过它，要去落日山看它的，虽然我并不想要它的龙骨和火龙珠，但是一想到它的伤势，就为它担心起来。

于是，我决定第二天到落日山去看一看。萱儿听说我要去落日山，自然是吵着闹着要去，我争执不过她，也就答应了。

我们来到海岸上，白灵鹤看到我出来了，在空中盘旋了一会儿就落在了我的旁边。

落日山离海非常近，我站在海边就可以看到山上乌云密布，火光冲天，似乎火山爆发一般。这座山并不太高，但是在它的周围，只有这一座山，既显得非常突兀，又非常耀眼。火龙兽说，我爹爹让他阻止下届的生灵越过落日山到达西牛贺洲，可见这座山就是下界和中界的分界点。

我和萱儿趴在白灵鹤的背上，白灵鹤一呼扇她那双粗大的翅膀，一边叫着一边向落日山飞去。从空中看，落日山上只有在山脚和山腰上有一些零碎成片的树林，而从山腰到山顶既没有树木，也没有杂草，光秃秃的全是悬崖峭壁，山上的石头也大多是两三丈长的巨石。山顶处如天火落下一般，又似乎太阳藏在了那里，使得山顶四周光芒四射，火光冲天。

我们来到山下的时候，可以清楚地听到轰隆隆的声音，这声音似乎是从山顶上传来的，又似乎是从空中传来的。每当这轰隆隆的声音响起的时候，山顶上的火光就像刚刚添加过燃料一般，火焰更大更明亮了。

我骑在白灵鹤的背上，轻轻地推出了单掌。这时，从我的掌心处就生成一股旋风，这股旋风在山脚处越吹越大，越吹越猛，然后在半空中打着转，就向山顶上吹去了。不多时，风就停了。萱儿问我为什么要使用旋风掌，我就把和火龙兽的约定告诉了她，但是让我奇怪的是，旋风掌打出之后，火龙兽并没有出现。落日山上平静得就像什么事情都没有发生过似的。

萱儿等得着急，便转过头来瞅了我一眼说："火龙兽是不是死掉了？"

虽然我也有些担心，但是我却不敢告诉萱儿。萱儿看出了我的心思，并且提议道："或许火龙兽没有看到旋风，要不你再打一掌。"

我点了点头，再次推出了一掌。这一掌推出去之后，整座山都被吹得呼呼作响。这股旋风在山脚处的树林里肆虐了一阵，吹断了一些树木，刮断了一些大树之后就向山顶盘旋而去了。

旋风刚刚刮上山腰，一声巨吼从山顶传来，这声吼叫犹如惊雷一般，吓得山上的飞鸟匆忙起飞，毫无目的地在空中盘旋起来。

吼声过后，一条金黄色的火龙从山顶上飞了下来。我一瞅，虽然知道它就是火龙兽，但是上次我见到它的时候，它只是龙头是金黄色的，全身却是乌黑的，而此时，整条龙就像刚刚被烧着似的，金灿灿的。

火龙兽一跃到空中就向四周吐着火，不时地怒吼着。看样子，它非常生气，甚至是恼火。它看到我也不理不睬，甚至还向我吐来了一团火，幸好白灵鹤躲得快，要不然，白灵鹤身上的羽毛非得给烧光了不可。

[第十七章]
落日山下

火龙兽就像着了魔似的，在空中吐着火，这些火有的落在了大海里，瞬间就熄灭了；有的落在了山脚处，把树林烧成了一片火海；有的落在空旷的田野上，田野瞬间就烧成了一个火场；而更多的火则落在了山顶上，这些火越落越多，山顶上就如火山爆发一般，越烧越旺，火团不断地向下滑落，所到之处，就是一片火海。不一会儿的功夫，整个落日山都燃烧了起来。

我瞅着眼前的一切，哪里肯相信这都是火龙兽干的呢？

我一拍白灵鹤的身子，就从地上飞了起来。飞近火龙兽的时候，我这才发现，从山顶处飞过来四个老道，他们一起追上火龙兽，有的挥剑，有的念咒语，有的施展法术，把火龙兽打得遍体鳞伤。火龙兽一边躲着这四个老道，一边向他们喷着火。但是火龙兽显然没有能力打败这四个老道，只好一边躲着一边向四周喷火。

这四个老道却紧追不舍，他们既不怕火龙兽喷出来的火，也不怕火龙兽锋利无比的爪子。一个老道马上就要追上火龙兽了，他举起手中的宝剑就向火龙兽的尾部刺去，火龙兽只想着逃跑，哪里有心思顾及自己的尾巴。那把剑瞬间就刺进了火龙兽的体内。火龙兽大吼一声，伤口处血流如注，痛得火龙兽叫声不止。

火龙兽转过身子张开大口一边喷着火一边吐着血，要与这四个老道拼死搏斗。这四个老道见火龙兽不跑了，也十分震惊，他们分别飞到火龙兽的四个方向，持着宝剑就要向火龙兽的身上砍。

"住手！"我看到火龙兽被刺得浑身是血，整个天空几乎都快被染成了红色，急忙命令白灵鹤飞了过去。

那四个老道哪里肯理睬我，四个人一使眼色就一起向火龙兽的龙头刺来。火龙兽已经没有了力气，盘旋在空中不时在降落着，这倒给四个老道一个机会，他们可以居高临下地去砍火龙兽。

就在此时，我猛地推出双掌，这一掌，我使出全身的力气，旋风从我的两只手掌心里刮出，直奔四个老道而去。这四个老道虽然看到我骑着白灵鹤

飞了过来，大概没有想到我会去救火龙兽，当他们发现这股旋风是冲着他们来的时候，他们已经被卷进了风的漩涡。

"啊——"

只听到四个老道的四声尖叫之后，就被这股旋风在空中卷着转了一个圈之后落在了地上。

这时，火龙兽才把目光瞅向了我。我急忙向它飞去，但是火龙兽一边冲我眨着眼睛，一边向地面上降落，开始我以为是火龙兽的伤势太重，飞不动了，后来我才发现，火龙兽不是在降落，而是失去了重心向地上摔去。

"火龙兽！"我大声喊着，从白灵鹤的背上跳了下来，施展着步步登云的法术向它飞去。

火龙兽看到我，无力地眨着眼睛，它已经不能控制自己的身体，更让我痛心的是，它身上有好几处伤口都在向外涌血。

"火龙兽！"我一边喊着一边迅速向它飞去。我飞到它的身边，紧紧地抱住它的龙头，想把它抱起来，但是我发现，仅凭我自己的力量是无法把火龙兽托起来的。

火龙兽瞅着我不言不语，不时地吐着粗气。

"火龙兽，你怎么了？"我紧紧地抱着它的脖子，想尽量把它托起来。

突然，火龙兽巨大的身体"扑通"一声摔在了地上，幸亏我抱着火龙兽的身体，否则我也会被摔在地上。我从火龙兽的身上爬下来，我发现它身上都是血。

再抬头一瞅龙头，火龙兽的眼睛里也开始流血。我急忙跑过去，紧紧地抱住了火龙兽的龙头。就在此时，四个老道也手持宝剑走了过来。

当宝剑把阳光反射到我的眼睛里的时候，我才抬起头来，瞅着这四个老道。只见他们都目光犀利地瞪着我，好像我是他们的仇人似的。

"你们为什么要杀它！"我站起身来失去理智地大喊道。

这四个老道，瞅了我一眼，其中一个道："你这个猫孩儿，不帮助我们杀死恶龙也就罢了，竟然还帮助它对付我们！"

第十七章
落日山下

"火龙兽都伤成这个样子了，你们为什么还不肯放过它？"

"你这个孩子，你知道它吃了多少人吗？"

"可是它答应过我，从此不再吃人了！而且你们伤了它的龙脉，它已经活不长了，你们为什么还要这么残忍！"

"残忍？小娃，你知道它吃了多少人吗？光小孩和女人就吃了720个，更别说男人和老人！"

"可是，它已经答应过我，不再吃人了！"

就在这时，一个老道却不耐烦了，他转身对刚才那个与我说话的老道喊道："师兄，别理这个毛孩子，先把恶龙杀了再说！免得它再跑了！"

那个老道点了点头，并且举起宝剑就向我和火龙兽走来。可怜的火龙兽这时竟然连动一下身子都不能，它只有无助地瞅着我和四个老道。

我急忙站起身来，伸出双臂拦住了那个老道士。"不行，你们不能杀了火龙兽！"

"你这个毛孩子，不要多管闲事，不然贫道对你不客气！"

我看到这个老道士根本不听我的劝说，我稍微一用力，打出一个旋风掌，这个老道哪里有准备，一下子就被旋风卷了起来，并且摔在了一里地之外。

"小子，你是谁？"那三个老道见我伤了他们的师兄，顿时都瞪大了眼睛。

"你可知道我们的厉害！你再胡闹，别怪我们心狠！"

"你别忘了，我们师兄四人连这条恶龙都能打败，对付你这个小娃那不过是小菜一碟！"

这三个老道你一言我一语地冲我喝道，我根本不去理会他们。就在这时，那个老道又施展法术，飞了过来。

这四个老道站在我的面前，就像一堵墙似的，我从来没有和大人打过仗，心里有些发虚。好在这时，萱儿和白灵鹤飞了过来。

萱儿一瞅这四个老道，怒气冲天地说："你们这四个老头儿，最好老实

点儿！不然我让我爹爹扒你们的皮，废了你们的法术！"

"你这个小姑娘，不知道天高地厚！你可知道我们是什么人？"

"管你是哪里的糟老头儿？把本姑娘惹急了，本姑娘就把你吃了！"说到这里，萱儿一发怒，整个脑袋刹那间变成了一个龙头，朝四个老道怒吼了一声之后。就变回了原来的模样。

这时，一个老道笑道："我当是什么怪物，原来是条小白龙。我刚才还想着，这条恶龙身上的火龙珠不够我师兄四人分的，现在再加上你这条小白龙，足够了！"

老道的话音未落，萱儿就从口中吐出一股海水，一下子全浇到了这个老道的头上，气得这个老道都快要跳起来了。

我和萱儿看到他手忙脚乱地抹着脸上的海水，忍不住笑了起来。

那个老道哪里肯放过萱儿，他提着宝剑就要向萱儿刺。其中一个年长的老道挡住了他。自己却向前走了一步，上下打量了我和萱儿，叹了口长气才说道："你们只是一条小白龙和一头小乳牛，虽然你们有些法术，可是你们是打不过我们的。你们看，这条恶龙修炼了将近十万年都快被我们刺死了，更别说你们两个毛孩子了。"

另一个老道也走上前来，劝道："小娃，快快走开。回到家中，问一问你爹娘西山四道士，你们就知道我们的厉害了。"

萱儿听后，微微一笑："我当是谁呢，原来你们就是李追云、李追日、李追风、李追月四位老道长。"

那四个老道一听，都笑逐颜开起来。其中一个一边笑着，一边冲萱儿说道："看来还是你这条小白龙明白事理！既然你知道我们师兄四人的法术，就赶快离开吧！"

萱儿一撇嘴巴，道："听说倒是听说过，但是我听我大哥说，你们四个老头儿也不是什么好东西。"

"你——"其中一个老道一瞪眼睛，手中握的剑都被气得打颤。

萱儿不慌不忙地又问道："你们还不服气是吗？那你们谁是李追云？"

第十七章
落日山下

"贫道便是。"那个最年长的老道答道。

萱儿瞅了一眼李追云，笑道："你就是那个为了练功，把自己的妻儿都杀死的臭道士吗？"

听萱儿这么一说，李追云的眼睛都气得快喷火了。"你这个小姑娘，再胡说，老夫一定饶不了你！"

我也被萱儿弄糊涂了，轻轻地一拽她的衣角小声问道："萱儿，你怎么知道的？"

萱儿一撇嘴巴，对我说："我早就听大哥说过下界有四个老道士，一个叫李追云，跟一个老尼姑练法术。那个老尼姑大约也是一个心理变态之人，她告诉李追云，如果要跟她学法术就必须杀了自己的妻儿，这个李追云就真把自己的老婆和孩子都杀死了。一个叫李追日，乃是一个偷盗之人，也不知道听了谁的话，就当起了道士，他学了一门法术，可以把太阳和月亮给定在空中，为的不是别的，目的就是想在夜里到处行窃。一个叫李追风，他的师傅见他天性愚笨，不适合学法术，就没有教他高深的法术，于是李追风就怀恨在心，最后把他师父给杀死了，才偷来了师傅口袋里的追风要诀。还有一个叫李追月，乃是一个好色之徒，在下界，他不但欺负良家妇女，还竟然做出了乱伦之事，想要他的亲姐姐为妻，他的姐姐不肯，就自杀了，他这才当了道士。猫孩儿，你看，这四个老头儿虽然法术高强，但都是忘恩负义、贪财好色之徒，也不是什么好人！"

经萱儿这么一说，我再仔细一瞅这四个年过半百的道士，李追云的脑袋长得细长，就像一个玉米似的，天性的狡诈；李追日长得十分矮小，我和他站在一起，他最多高我一头，就像一个侏儒似的；李追风的身体就像高粱秆似的纤细，似乎风一刮就能把他吹起来；最丑的要数李追月，他的额头上长着一个大大的疙瘩，就像一个肉瘤子似的，走起路来还左右摇晃。

这四个老道被萱儿这么一数落，都气得火冒三丈。他们见萱儿把他们的家底都搬了出来，个个都如狼似虎地死盯着萱儿。

那李追月更是气恼，他提起宝剑对我说道："你，是不是也和这个小白

龙一起和我们作对？！如果你和她是一伙的，老子今天就大开杀戒！如果你懂得好歹，就走到一边去，今天老子不但要杀了这条恶龙，而且还得把这条小白龙的皮给扒下来泡酒！"

我瞅了一眼李追月，又转过身来瞅了一眼火龙兽，只见它有气无力地眨着眼睛。我知道它伤得太重了，就在我转身的那一刹那，火龙兽突然张开了嘴巴，对我说："猫孩儿，你们是打不过他们的，还是快快离开吧！"

"不行！我绝对不能让他们伤害你！"我斩钉截铁地说道。

"好，你们这两个小娃就别怪我们四个老头儿没提醒过你们！"说着，李追月就提剑向萱儿刺来。

萱儿一闪就飞到了空中，并且张开大嘴就向他身上喷水。虽然这水势不是很大，但还是把李追风浇得浑身上下像只落汤鸡似的。

李追风大笑一声："哈哈哈！我看你这条白龙也没有什么本事，就会吐水！看剑！"

说着，李追风提起剑来飞到空中就向萱儿刺来。我急忙推出单掌，一个旋风就把李追风卷了起来。但是这个老道却没有被刮走，他一念咒语，旋风就从他身边刮过去了。

我一看，这个老道不知道施展的什么法术，竟然让我推的旋风调转了方向。

而李追月不管三七二十一，也把剑向我刺来，并且喊道："你这头小牛也没有什么本事了吧？"

我不会别的法术，只好用力推出双掌，这时旋风骤起——这股旋风刮得虽然厉害，但是吹到李追日、李追云和李追风的身上，他们一念咒语，旋风就从他们身边迅速刮过去了，而他们的身体却没有丝毫的摇晃。

这下，我可慌了神。天空中，李追月紧追着萱儿，萱儿自然打不过他，只好转身就跑。于是，李追月就手握宝剑向萱儿追去。好在这时，白灵鹤飞了过去，她驮着萱儿一溜烟就飞远了。

而在地面上，三个老道见我没有了其他法术，三把利剑都向我刺来，我

[第十七章]
落日山下

回头一瞅,如果我躲开了,这三把剑势必会砍在火龙兽的头上,但是如果我不躲开,三把剑必然会刺在我的身上。

就在我不知如何是好的时候,火龙兽突然张开了大嘴,向三个老道吐出一个大火球来。这火球真是厉害,它一出来就在地上变成一间屋子般大小,说话间就冲三个老道滚去。这三个老道哪曾想火龙兽还会有力气吐火球,没有来得及闪开,于是就用宝剑顶住了火球。

这火球的力量也大得惊人,把这三个老道顶得直向后退,三个老道使出浑身解数,才把火球给稳住。

就在这时,火龙兽对我说道:"猫孩儿,我快要死了,你是打不过他们四人的,你快把我的龙珠都吞到你的肚子里。"

"火龙兽,我不让你死!"

"快,你吃了这些龙珠,就能像我一般向外吐火珠了。不然,我和你都会死在这里的!"说着,火龙兽张开了大嘴,这时我看到在火龙兽的舌头上,有许多密密麻麻的小龙珠。

火龙兽看我愣在那里,急忙喊道:"快张嘴!"

而三个老道也看到了龙珠,惊讶地喊道:"龙珠,我的龙珠!"

说着,他们就把手中的宝剑刺进了火球,三个人从地上跃过火球,就向我飞了过来。

我看到这三个老道就像饿狼捕食一般扑了过来,再瞅一眼火龙兽,才张开了嘴巴,这时,火龙兽轻轻地吐出了一口气,那大大小小的龙珠就吹进了我的嘴里。

我感觉自己的嘴里就像燃烧着一团火一般——这些龙珠如烧红的钢铁,把我的嘴巴烫得通红,瞬间还起了许多水泡。我无意识地咽了一口唾沫,这些龙珠就哗啦啦地向我的肚子里滚去。

这些龙珠钻进我的肚子里,就像燃烧起来似的,我感觉我的肚子就像一团火一样,那种感觉,仿佛我的肉体被熊熊烈火炙烤着。于是我想把这些龙珠吐出来,我用力吐了一口气,谁知吐出来的不是气,而是一团火。

这着实吓了我一跳,更惊得三个老道目瞪口呆。这时,天空中的李追月也飞了下来。他提着宝剑,冲我嚷道:"你吃了我的龙珠,我非把你杀了不可!"

说着,他就举起宝剑向我砍来。我哪里会还手,肚子里的火珠越来越热,越来越大。突然间,我的鼻子和喉咙里开始向外冒烟,我以为是我的肚子着起了火,于是我就使劲向外吐,可我一吐,吐出的不是烟了,而是一团又一团的火。这一团团的火正好吐在李追月身上,片刻间,李追月浑身上下都燃起了大火,就连他手中的宝剑也燃烧了起来。李追月被火烧得鬼哭狼嚎,在地上打了几个滚,就死去了。他的肉身在地上燃烧了一会儿,就化成了一堆灰,他手中的宝剑也化成了一股铁水。

李追云、李追日和李追风都吓了一跳。他们重新打量了我一下,李追云惊道:"他吃了龙珠!"

李追日和李追风吓得后退了一步,两个人一对眼神,就向后跑去。李追云见他们跑了,他转过头来,冲我哈哈大笑起来。那种神情就像是疯了一般。等他笑够了,才盯着我说:"我苦苦寻找了十年的龙珠!"

我听他这么一说,疑惑地惊道:"啊——"就是这么一声,我的嘴里再次吐出一团火来,直奔李追云而去。李追云见势不好,就飞到空中去了。

他在空中俯视着我,气得手中的宝剑都颤抖了起来。过了一会儿,他才向远处飞去了。

我见他们都走了,这才想起萱儿,谁知向四处一扫,竟然不见了她的踪影。而地上的火龙兽却喘着粗气,两只眼睛死死地盯着我。

于是,我急忙跑了过去。火龙兽看着我,即使是眨眼睛的速度也慢了许多。

"火龙兽!火龙兽!"我大声叫着。

火龙兽喘了一口粗气才说:"多好啊……你吃了我的龙珠!"

"火龙兽,我不要龙珠,我这就把龙珠吐给你!"说着,我就向外吐,可吐了一口不是龙珠,而是一团火,这团火幸亏是向半空中吐的,不然一定会

第十七章
落日山下

把火龙兽烧着。

火龙兽又说:"不……猫孩儿,我说过……我会把火龙珠和我的龙骨都送……送给你的。"

"我不要龙珠,我只要你活着!"

"我就要……死了,猫孩儿……等我死了,你……就吐出一团火,把我的肉体……烧……了……"

"不,我不会的!火龙兽!"

"你一定……要这么做,否则……我的肉体也会被别人吃掉。我的肉体烧烬了,你……可以把我的龙骨捡起来,施展碎心术,把我的法术都吸入你的体内……也不枉我练了九万……九千……九百……九十……九年……"说着,火龙兽把头抬了起来,它大约想用嘴巴亲吻一下我的脸,但是龙头刚刚抬了起来,就掉下去了。

我看到火龙兽的眼睛停止了转动,而且不再眨了。

"火龙兽!火龙兽!"我大声喊道。但是火龙兽却一动也不动了,这时我才相信,火龙兽死了。

此时,白灵鹤驮着萱儿从远处飞了过来。我紧紧地抱着火龙兽,放声大哭了起来。这是我第一次有一种生离死别的感觉。我虽然与火龙兽认识时间不长,但是火龙兽对我的那种无私的关爱和信任,让我感受到了一种温情。尤其是当火龙兽把火龙珠吐给我以后,我更加相信,如果我和火龙兽早一点儿相识,也许我与它就会像白灵鹤一样亲密起来。但是火龙兽现在死了,它死得是那么的可怜——浑身是血,身体上有十多条被剑刺穿的伤口。

萱儿走到我的身边,轻轻把我扶了起来。

我抽泣着对萱儿说:"火龙兽死了。"

萱儿却问道:"那四个老道呢?"

"一个被火烧死了,其他三个都跑了!"

"活该!就该把他们全烧死!"

"可是,火龙兽也死了!"

"你不是说,它早就被这四个老道伤到了龙脉吗?龙一旦伤及龙脉,必死无疑啊,猫孩儿!"

"可是它已经答应我不再吃人了!"

"我也说不清楚,也许,这就是火龙兽的归宿吧……"

尔后,我按照火龙兽的要求,吐了一团火,把火龙兽的肉体都化成了灰烬。让我惊奇的是,火龙兽的龙骨却一点儿也没被伤着,肉体被烧烬后,火自然就熄灭了。这时一副庞大的骨架赫然出现在我的面前。

这副龙骨就像是被硬化了似的一样坚挺。我一边瞅着龙头,一边默念着碎心术,不一会儿的功夫,这些龙骨就消失得无影无踪了,而我身上的那种灼热的感觉,也顿时消失……

[第十八章]
火尖枪

　　我和萱儿回到龙宫，把火龙兽的事情向二叔一说，二叔大吃一惊，他上下打量了我一下，然后大声喊道："猫孩儿，你娘有救了！"

　　"二叔，您说什么？"我被二叔弄得摸不着头脑。

　　二叔笑道："你可知道，这条火龙兽可是我们蛟魔界最年长的一条乌龙，它比我还要大一千岁。你爹爹还没有统一西牛贺洲的时候，我们蛟魔界乱作一团，谁都想当大海之中的蛟魔王，但是打来打去，拼到最后的就只有我和火龙兽。这个火龙兽，最大的法术就是能自生火种，并且能连续从口中向外吐火；而我当时最高的法术是自生雨水，能连续不断地向外吐水。我们两个人是水火不容，但是法术又相当，任何一方都不能轻易地战胜对方。但是为了统一蛟魔界，当上蛟魔王，我们俩又不肯放弃，更不愿意臣服对方。于是我们约定在大海之中决战，胜者为王，败者自刎。当时我选择在海中决战的时候，我就知道自己能够胜他，因为我的法术是水，他的法术是火，在水中作战，他的火术自然要大打折扣。当时，火龙兽也意识到了这一点，但是我们是在争当大海之王，不在海中作战，难道还要到陆地上作战吗？所以，火龙兽败在了我的手中。按照我们的约定，败者是要自刎的，但是你爹

爹见火龙兽也是一方神圣，于是就命令他，盘踞在落日山下。我知道这条乌龙甚是厉害，尤其是被你爹爹压在落日山下以后，他就潜心练习火龙术，并且苦练了99999年！猫孩儿，它吐给你的那360颗龙珠可是他一生的心血！有了这360颗火龙珠，再加上他的龙骨，我们就一定可以砍断千年铁链！"

"真的吗，二叔？"

"这是当然。但是你必须把他的龙骨再吐出来，把我锻造的蛟魔枪和你三叔的大鹏魔刀、你四叔的狮狩斧、你五叔的猕猴剑、你六叔的(犭禺)狨棍和在一起，用火龙珠喷出来的火，重新打造一种兵器，就一定能把千年铁链砍断！"

"二叔要打造什么兵器？"

"火尖枪。"

"火尖枪？"

"对，只要有了火龙兽的龙骨，融合在我和你四位叔叔的这些兵器中，就一定可以锻造出一把火尖枪。这把火尖枪，主要以火龙兽的火龙珠为主，突出它的火术，再加上火龙兽的龙骨，就一定可以打造成功。另外，这种兵器虽然叫火尖枪，但是你随时可以把枪变成刀、斧、剑、棍，但是只有五种兵器合在一起化成一股以火为体、以龙骨为魂、以龙角为枪尖的时候，才能发挥出它的最大威力。我这就去召集你的四位叔叔，让他们不必打造完各自的兵器，只要把原料拿出来就可以打造火尖枪了。"说着，二叔兴奋地走了出去。

次日，四位叔叔就匆匆带着还未打造完的兵器来到了龙宫。二叔要我再施展碎心术，出乎意料的是，当我再次默念碎心术口诀的时候，火龙兽的龙骨片刻间又出现在我的面前。那是一副干枯的骨架，三叔围着这副骨架走了一圈，才来到我的身边说道："果然是火龙兽！猫孩儿，这真是你的造化！"

其他几位叔叔也很吃惊。因为他们知道火龙兽曾经是西牛贺洲的一条法术高强的乌龙。当这条乌龙的龙骨展现在他们面前的时候，他们怎么不为之震惊呢？

[第十八章]
火尖枪

　　为了打造火尖枪，二叔专门用海底的千年珊瑚砌成一座专门用来锻造火尖枪的珊瑚洞。这个珊瑚洞就像是一个兵器室，更像一个大火炉，因为二叔把他的蛟魔枪和三叔的大鹏魔刀、四叔的狮狞斧、五叔的猕猴剑都放在了室内，并且让我吐出那360颗火龙珠。这火龙珠被我吐出后体积就越变越大，而且火势也越来越强。不到片刻的功夫就把四种兵器融化在了一起，并且融合成一锅似火一般的溶液。二叔说，当这一锅火水，被火龙珠煅烧成一个碗大的火珠的时候，就可以用六叔的猢狲棍当枪柄，用九颗火龙珠当红缨，以融化了的火水当枪尖，并且在围满烈火的龙骨之中炽烤九天九夜，这火尖枪就算是打造成功了。

　　但是我却有些担心那满满的一锅火水到何时才能熬成一个碗大的火珠呢？那咕咚咕咚的大锅里，就像是在敖着一锅粥似的，不时地向上冒着泡。二叔说："只要三天三夜，这锅火水就可以融成一把密度最大、有影无形、力量超群的火尖枪了。"

　　二叔、三叔和四叔虽然也知道其中的道理，却也没有十分的把握。他们皱着眉头，仔细地瞅着那锅中的火水，就像瞅着一个让人发愁的孩子似的。而五叔和六叔对二叔的造枪的方法深信不疑。

　　三天后，当我们再次去看这锅火水的时候，这锅火水果然变成了一个如石碗大小的椭圆形的火珠，360颗火龙珠在火珠的下面燃烧着熊熊烈火，这个火珠却在上面左右流动，并且没有丝毫要分离或是要变形的意思。二叔冲我哈哈一笑，并且拍着我的肩膀说："猫孩儿，现在你可以把火龙珠收回去了，只是你要留下九9颗火龙珠做火尖枪的红缨。"

　　于是我就张开嘴巴，把那351颗火龙珠吸进了嘴里。火势逐渐变小，那火珠顿时滚到了中间，二叔伸出右手，在火珠的上面一施法术，椭圆形的火珠顿时化成了一个三角状。

　　"拿猢狲棍！"二叔喊道。

　　这时，六叔把猢狲棍拿了过来，二叔接过来之后，右手猛地向上一提，那9颗火龙珠就如长了根似的齐刷刷地扎进了猢狲棍的末梢。火龙珠与猢狲

棍一接触，就冒出一股浓烟，发出滋啦啦的声音，但是片刻过后，火龙珠似乎被法术拉长了几十倍，就像一个飘扬着的红丝带似的，一头扎进了猸狁棍里，一头在猸狁棍的左右飘扬着。

二叔又用手掌把变成三角形的火珠提起，一用力，就把火珠插在了九颗火龙珠的中间。火珠与火龙珠相互接触的那一刹那，迸射出道道火光，就像天上的流星似的，一眨眼的功夫就消失了。这时，只见三角状的火珠与火龙珠融合在了一起，并且把猸狁棍紧紧包裹着，形成了一把三棱状的红缨枪。

二叔把火尖枪组合完后，长长地吐了一口气，转过身来，把火尖枪放进了珊瑚洞里的火龙兽的骨架中央。

"猫孩儿，你再吐出九九八十一颗火龙珠，把这副龙骨点燃，九天九夜后，火尖枪就会显示它应有的锋芒。"

于是，我吐出81颗火龙珠，平均分布在火龙兽的骨架四周，而火尖枪的枪尖就紧紧地依偎在龙头上。

"好了，我们休息去吧。"说着，二叔就拉着我的手向龙宫走去。

煅烧火尖枪的第三天，二叔把我和几位叔叔召集在了一起，并且商议六天后怎么去救我娘。

二叔首先说道："有了这把火尖枪，我们就有可能把大嫂救出来。只是那个随云真人也不是一个普通的道士，十年前，我们与他交手的时候，我就感觉出他不是一般的凡人。"

四叔道："难道我们兄弟五人还怕他不成？"

"这倒不是。我们这次去救大嫂一是要确保救人成功，而是要考虑到有一个统一的指挥，不要在下界显露了我们的原形，更不能被下界的人们发现是我们西牛贺洲的五大魔王奔赴翠云山救出的铁扇公主。"

三叔却不理解，他一皱眉头，并且瞅了我一眼问道："这是为什么？十年前我们兄弟五人也一同去过翠云山，也没有这么多规矩啊。"

二叔解释说："你可不知道，现在下界有些人的法术不在你我之下，万一被他们知道了我们的行踪，对整个西牛贺洲都不利。那下界的道士、和

[第十八章]
火尖枪

尚，有的已经修炼了几千年，法术十分高强，再说，大哥也一直没有找到，原来还有一个火龙兽镇守着下界与中界的边界，下界的人不会越过落日山进入到西牛贺洲。如果他们知道西牛贺洲是那么的广阔富饶，要迁徙过来，那么对我们七界都是很大的威胁。"

"二哥说的对，我们这次去翠云山，最主要的目的是去救大嫂。只要随云真人肯放了大嫂，就相安无事，否则就别怪我们！"五叔激动地说，"关于统一部署的问题，既然大哥不在，我们就都听二哥的吧！"

五叔这么一说，三叔和四叔都愣住了，他们虽然没有说什么，但是目光却恍惚了起来。

二叔显然看出了三叔和四叔的心思，他仔细瞅了他们一眼，也没有言语。六叔见大家都不说话，就站起身来道："我看就听二哥的吧，不都是为了救大嫂吗？"

四叔听到这里，背对着二叔踱了几步，才扭过头来道："既然都是为了救大嫂，那么只要火尖枪能够砍断千年铁链，不用你们去，就我一个也能把大嫂救出来！"

三叔虽然默不作声，但是他却没有反对，思忖过后，他才说道："不管怎样，把大嫂救出来就好！"

"但是我也不能保证火尖枪百分百地能把千年铁链砍断。"二叔叹息道。

……

六天后，我们再去珊瑚洞的时候，火龙兽的龙骨都被烧成了灰烬，但是一把明晃晃、亮晶晶、红缨吐火、枪尖如针的火尖枪就出现在了我的面前。这把枪，九条红缨看似红绸，实为火苗；枪尖直立，三面成锋；枪柄圆润，轻重有度。真是火中有刺，刺中有火。火中有刺，远远看上去，火尖枪的红缨就像红绸子似的紧紧地扎在上面，仔细一看，却是一股股的火苗在燃烧着，这些火苗虽然是火，却很柔软，就像绸缎一样，自由飘摆，并且火苗还随着枪尖的转动而转动着。刺中有火，九条火苗的中央就是枪尖，枪虽然是枪，但是虚实有度，说它是枪就是坚硬无比的枪，说它是火——这枪尖本来

就是一个火珠融化而成的,自然带着火气,远远看去,枪尖就像一团直立起来的火似的——便是一团炽热无比的火焰。

五位叔叔看到这把枪,都惊喜得睁大眼睛,嘴里念念有词。二叔走上前去,把火尖枪拿了起来,并转过身来对我说道:"猫孩儿,从今天起,这把枪就属于你了!这是我和你四位叔叔送给你的最珍贵的礼物!你要亲手拿着它,把你妈妈解救出来。"

听二叔这么一说,三叔把我向前推了推,我这才激动不已地走到二叔的面前。

"来,试试。"说着,二叔把枪向我面前一推。一想到它可以把千年铁链砍断,我就迫不及待地从二叔的手中接过了这把枪。谁知,我双手接过之后才发现,这把枪看起来不是很长,但是却十分地沉重,二叔放手的那一刻,我差一点儿没把枪摔在地上。我再仔细瞅这把火气冲天的火尖枪,这才发现,枪柄上有一条火龙兽的刻像。我真的有些怀疑,是那副龙骨躺在了这把枪的枪柄上。

火尖枪下沉的那一刹那,我弯下了身子,把枪紧紧地抱在了怀里。

几位叔叔看到我还没有这把枪长,而且双手还提不起这把枪,都哈哈大笑起来。三叔走上前去对我说:"猫孩儿,在你没有去救你妈妈之前,你要好好摆弄一下这把火尖枪!明天,我再教你一套枪法。"

这火枪虽然沉重得很,但是只要我提起丹田之气,把力量用在手腕上,我还是可以把它举得起来的,只是要我把这条枪舞起来,却要费很大的力气。

在回龙宫的时候,几位叔叔在前面走,我扛着火尖枪在后面越走越慢,六叔见我累得满头大汗,就走过来对我说:"这把火尖枪可真是一个难得的宝物,但是你如果连扛着它都费这么大力气,还怎么用它?"听到六叔这么一说,我忽然有些灰心丧气。也奇怪了,我天生就力大无比,但是双手提着这把枪却有些吃力。三叔知道我的心思,他转过身来就对我说:"这火尖枪上有九颗火龙珠,火龙珠在你的嘴里是很小的,但是它被你吐出来之后,就

第十八章
火尖枪

可以变得很大。我想，如果你能把火尖枪的九颗火龙珠变得小一些，这枪自然就会轻便许多。"

虽然三叔说得有道理，但是怎么才能把火尖枪上的火龙珠变得小一些呢？我摸着头皮却不知道所以然。

三叔又对我说道："你已经用碎心术把火龙兽给制服了，而火龙珠是火龙兽身上的宝物，你只要对火尖枪施展碎心术就可以自由地把火尖枪变大变小。"

听三叔这么一说，我才茅塞顿开。于是我盯着火尖枪，默念碎心术的口诀。谁知我还没念完口诀，一个声音就从火尖枪里传了出来——

"我终于可得法了！"

我仔细一听，却不知道是什么意思。于是我又念了一遍碎心术的口诀。

"啊，我又活了。"还是那个声音。

"是谁在说话？"我默默地问道。

但是，那火尖枪就像有灵魂似的，刚才那个声音就回答道："猫孩儿，我是火龙兽的灵魂。"

"可是，你在哪里呢？"

"我就在你的火尖枪里呢。"

"你是火龙兽吗？"

"我已经死了，但是我的灵魂却存在于我的龙骨和火龙珠里。你把我的龙骨都融进了这把枪里，我的灵魂自然也就进入了火尖枪里。"

"这么说，火龙兽你还活着？"

"我的灵魂还在，猫孩儿，但是我永远都不可能再生了，因为我已经融进了这把枪里。猫孩儿，我谢谢你让我得法，否则，我的灵魂也会随着我的肉体和龙骨的分散而破碎。我让你收起我的火龙珠和龙骨，就是想让你留住我的灵魂。"

"真是太好了，火龙兽，你现在是不是就变成我的火尖枪了？"

"不，猫孩儿，是我的灵魂存在于火尖枪里。"

"那你可以告诉我,我怎么才能让火尖枪听从我的话吗?你也看到了,现在我连扛着它都十分吃力。"

"这个不难,你的嘴里有我的火龙珠,你想让火尖枪变成什么样子,都可以告诉火龙珠,你嘴里的火龙珠就会和火尖枪上的火龙珠按照你的心意,随意地变化。"

"真是太好了,火龙兽。"

……

我按照火龙兽的话,把我的想法通过碎心术告诉我嘴里的火龙珠,我手上的火尖枪果真可以变成我需要的模样。并且拿起来,轻松自如。

火龙兽还告诉我,这把火尖枪一共可以有八种变化:变重、变轻、变成刀、变成剑、变成斧、变成棍、变小十倍、变大十倍。

当我把这些变化演示给萱儿看的时候,把萱儿惊得目瞪口呆。不仅是她,就连我的那几位叔叔,也不断地称奇叫好。

得到火尖枪,我就像得到了一把通向理想之门的钥匙,同时火龙兽还可以每时每刻地陪伴在我的身边,我不但拥有了一把神奇的兵器,而且也多了一个可以随时说话的朋友。虽然他不能显示出他的身影,但是我就把这把火尖枪当成了他的肉体。

我每天都紧紧地握着火尖枪,即使晚上睡觉的时候,也要把它放在我的床上,让它和我一起进入梦乡。

几天后,三叔果然教了我一套枪法——飞龙夺命枪。这套枪法虽然简单,但是却很实用。三叔说,尤其是在救我妈妈的时候,非用这套枪法不可。

[第十九章]
大战翠云山

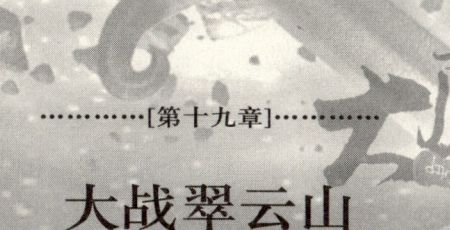

时间不久,二叔见我能够自由使用火尖枪的时候,他就开始清点人马,准备去翠云山上救我妈妈。

因为这次有五位叔叔前去,再加上有火尖枪,救出妈妈自然是在情理当中的。但是一想到绝美,二叔决定还是邀请大力金刚牛冲天、落日西山牛纯晴、皓月当空牛夜色和一阵春风牛盛开一同前往。

而龙泽、龙啸和龙饮三兄弟,则被留在了蛟魔界。萱儿虽然吵着闹着要去,但是二叔却不允许。二叔说,虽然这次极有可能把我妈妈救出来,但是免不了与随云真人一场恶战,萱儿去了,不但帮不上忙,还会生出一些麻烦。萱儿是最怕二叔的,虽然她几次都吵着让我向二叔说情,但是二叔都没有同意。

为了不过多地引起上界和下界的注意,二叔只允许三叔、四叔、五叔、六叔、牛冲天、牛纯晴、牛夜色、牛盛开和我一同前往。

当我们一行十人从龙宫来到海平面的时候,我远远地就看到了在天空中飞翔着的白灵鹤,而白灵鹤也从空中看到了我。我轻轻向她一挥手,她就俯冲过来。

二叔看到白灵鹤，紧锁眉头，片刻之后才问我说："猫孩儿，这次去救你娘，就不要带她去了。"

白灵鹤一听，咯咯地叫了几声，我当然知道她的意思，于是就给二叔解释说："二叔，你可不知道，在我认识她之前，就是她每天给我娘送食物和水，才让我娘活到了现在。再说，随云真人把我娘和我外公外婆都变成了蛇，把白灵鹤带过去，也多一个识路的。"

二叔这才答应了。

为了统一行动，三叔一上岸就展出了他那一对长约十丈的翅膀。我们都站在了三叔的后背上，一起向翠云山飞去。三叔飞得很高很高，可以穿过云层，飞过高山，地上的人们根本看不见我们的身影。三叔飞得又高又快，我们趴在三叔的身上，仅仅过了一顿饭的工夫就来到了翠云山下。

因为外公外婆都变成了蛇，二叔决定先派白灵鹤和三叔去一趟罗家庄，以便把我外公外婆变回来。

于是三叔变成了人的模样，和白灵鹤一起飞向了罗家庄。

我和二叔则向翠云山山顶飞来。我们飞过翠云观的时候，我看到师父正在院子里散步，当他无意中抬起头来，才发现了我们。他一皱眉头，马上就叫上绝飞、绝目和绝美向山顶上赶来。

当我们来到山顶上的时候，师父紧随其后飞了上来。出乎意料的是，除了绝飞、绝目和绝美之外，还有李追云、李追日和李追风。他们三人飞到山顶上之后，看到我也大吃一惊，并且互相示意着什么。

我虽然也很吃惊，但是让我更为吃惊的是，那石柱上仍然是一条凶恶无比、并且在奋力挣扎着的金黄色的巨蛇。

我怎么也想不通，妈妈怎么会变成一条蛇，而且是一条金黄色的蟒蛇。我急忙拽了拽二叔的衣角，二叔转过身来，我急得如热锅上的蚂蚁一般，几乎都要跳了起来："二叔，你快把我妈妈变回来吧！你看啊——"

二叔自然也看到了石柱上的巨蛇，但是他却不慌不忙地对我说："猫孩儿，你知道吗，你妈妈就像你现在看到的一样，就是一条金黄色的蟒蛇。"

第十九章

大战翠云山

"可是……这怎么会呀，二叔？"

二叔冲我摇了摇头，并且按住了我左摇右摆的胳膊："猫孩儿，你娘可能还没有告诉你，在你娘还没有来到上界之前，她就是一条蟒蛇。后来，她修炼成仙后，才到了上界，成了铁扇公主。"

听到二叔这么一说，我再转过头来仔细一瞅那被绑在石柱上的巨蛇。只见她面目狰狞，而且脖子在左右地摆动，那吓人的身体和头部都让我难以相信，她就是我妈妈？

"可是，可是二叔……"我急得满头大汗。就在此时，随云真人和李追云、李追日、李追风、绝飞、绝目、绝美来到了山顶上。随云真人两脚一着地，就冲我们哈哈大笑起来，那笑声响彻山谷，而且甚是刺耳。

"想不到，西牛贺洲的四大魔王又来到了翠云山。"笑完，随云真人捋着胡子不慌不忙而且又很傲慢地说道。他的样子竟让我想到，我曾经还是他的徒弟。一想到这一点，我竟然从心里还有些怵他。

"不错，十年前我们是为救铁扇公主来的，十年后，我们还是为救铁扇公主来的。"二叔向前走了一步，并且也十分傲慢地说道。

"噢——"随云真人故作吃惊，"难道蛟魔王已经锻造出能砍断千年铁链的武器了？"

二叔没有回答，他回过头来瞅了那巨蛇一眼，然后转过头来对随云真人说："我与随云真人并没有什么恩怨，只是这绑在石柱上的是我的大嫂，我不能不救。而你，随云真人是派来看守我大嫂的。我还是那一句话，只要我能砍断这千年铁链，我就把人带走；如果我砍不断，也不需真人动手，我们西牛贺洲的人，片刻之后就消失在你的视野。"

随云真人捋着自己并不很长的胡须，环视了一下二叔身后的人。当他看到我的时候，他的眼睛一瞪，似乎要对我说些什么，但欲言又止。

我被他这么一瞪，心里就忐忑不安起来。尤其是当绝美瞅到我的时候，我的内心更是不能平静。我看到绝美的目光中带着仇恨和不安——她曾经被我困在了冰块里，自然对我有仇；但是我和她毕竟相处了很长时间，在这段

时间里，她不但教了我一些学习法术的捷径，而且与我产生了友情。所以，当我的目光与她的目光相遇，我就有一些愧疚。

李追云、李追日、李追风三人早就发现了我，只是随云真人在和二叔对话，他们自然插不上嘴。

随云真人思忖了一会儿，又说："这蛇妖触犯了天规，自然要受到应有的的惩罚；上界的天神秦明子让我在翠云山上看守她，自然也是有道理的。上次你们来救人，我是说过，只要你们能砍断千年铁链，人你们就可以带走。但是十年后的今天，贫道却不能这么轻易地放你们离去。"

四叔一听，哪里管二叔的眼神，他狮头人身的模样本来就长得吓人，见随云真人又这么强硬，他张开大嘴，大吼了一声道："难道你还要动手不成？"

随云真人摇了摇头，笑道："那倒不是！只是有一事，我却不能答应。"

"什么事？"

"你们只要把铁链砍断，人还是可以带走。但猫孩儿是我的徒弟，他必须留下。"

"这是什么道理，"四叔的狮子头一晃，两只眼睛就像要放电似的，"你放了铁扇公主，却要我们把她的儿子留下？这是什么道理？老子不管，铁扇公主是我的大嫂，猫孩儿是我的侄儿，这两个人，今天，我们必须带走！"

"那就别怪贫道翻脸无情——"

"老子还怕你不成？"说着，四叔就要冲到前面，要与随云真人斗上几个回合。

二叔伸手拦住了四叔，并且示意让他后退。四叔虽然十分的不愿意，但是他也不好拨了二叔的面子，叹了一口长气，瞪着随云真人道："老子一会儿再收拾你这个臭道士。"

随云真人听后，却只是笑而不语。

李追云、李追日、李追风这才有机会对随云真人说道："杀死追月师弟的就是那个猫孩儿，道长，一定不能放他走！"

[第十九章]
大战翠云山

"噢？"随云真人哪里会想到，我能把李追月烧死。他再次把目光投向了我，我站在二叔的身边，瞅着他那犀利的目光，胆怯地把火尖枪向二叔的背后藏了藏——毕竟他曾经是我的师父。

"如果是那样，猫孩儿就更不能走！他既然步入了我的师门，就必须谨遵师命！"随云真人斩钉截铁地说。

二叔听后却哈哈大笑起来，他的龙头虽然很大，但是他一大笑，眼睛就闭上了一般，而龙须也在不断地随着笑声前后左右晃动着。

"你一个道士，有什么本事可以当我侄儿的师父？我先不与你计较，先把铁扇公主救下来再说。"说着，二叔向天空一挥手，右臂上的袖袍在二叔的头顶上就哗啦啦作响，片刻之后，一条白龙突然从二叔的袖袍里钻出，只见它有一丈多长，细小的身子，但是行走的速度却很迅速。它在二叔的头顶盘旋了一会儿，然后就飞向了石柱，它一来到石柱旁，就由下向上盘旋而上。这时，奇迹出现了，凡是由这条小白龙盘旋过的地方，蛇身片刻之后就变成了人体，当白龙的身体盘旋过蛇头的时候，整条蛇瞬间就变成了人的模样。

"妈妈？"我瞅着这一幕，怎么也不敢相信。

妈妈也看到了我，大约想伸开双臂，但是她的双臂左右一摇晃，她才意识到自己被紧紧地绑住了。

"猫孩儿，妈妈吓着你了。"

"妈妈？"此时此刻，我还是不敢相信，妈妈曾经真是一条蛇？

"孩子，妈妈让你失望了。"说着，妈妈的眼眶里淌出了两股泪水。

"妈妈——"我轻轻地叫着。

"猫孩儿，你还不去救你娘！"二叔大声冲我喊道。

我听到二叔这么一喊，急忙施展步步登云的法术，向石柱上飞来。可就在这时，绝飞突然出现在了我的面前，并且大声喊道："绝力，你还认识我吗？"

"大师兄？"我惊叫道。可我的话还没有说完，牛纯晴也飞到我的面前，

并且冲我喊道："小祖宗快去救铁扇公主，这里有俺落日西山牛纯晴。"

我点了点头，想飞得更高一点儿，但是绝飞却又呼扇着两只硕大的翅膀挡住了我的去路。落日西山牛纯晴气得两只牛眼睛都快突兀了出来，他大叫一声："你这小儿，也敢拦俺小祖宗！"说着，就直冲过去，与绝飞厮打起来。

我躲过了绝飞，手中紧紧地握着火尖枪，向石柱飞来。可是就在我要拿着火尖枪向石柱上刺的时候，一团烈火突然从我的背后冲过来，于是我向右一躲，火团从我身旁滚了过去。我转过身来一看，原来是绝目。绝目看到我，气得脑袋都在颤抖："绝力，你背叛了师父，我要杀了你！"

说着他的眼睛里又喷出一团烈火，这团火来势汹汹，而且浓烟滚滚，我如果躲开了，火必然会烧到石柱上的妈妈，但是如果我不躲开，我只能用自己的身体去阻挡。

好在这时，一阵春风牛盛开突然飞了上来，他张开大口吐出一口气，就把火团变成了一块巨大的冰块。并且挡在绝目的面前。绝目喷出的火正好喷到冰块上，被火喷到的冰块则慢慢地化成了水，从空中飘了下来。虽然牛盛开努力施展法术，但是冰块一遇到火，瞬间就融化了。绝目看到牛盛开快要抵挡不住了，就在空中捧腹大笑起来，那火势也随着他的笑声越来越大。

就在这时，皓月当空牛夜色也飞了过来。他来到牛盛开的身边，手中一挥，就发出几把小刀直冲绝目而去，绝目一瞅，却无半点儿畏惧，他左喷一团火，右喷一团火，那些小刀就在团团烈火中烧成了铁水。而此时，牛盛开却有了功夫，他吐出的冰块越来越厚，越来越大，把绝目的火势压了下去。

李追云见牛盛开和绝目一个喷火一个口吐冰块，打得好不热闹，他一个跟头也冲了过来，并且大声冲我喊道："猫孩儿，你杀了我师弟，拿命来！"

李追云飞上来的时候，双手拿着两把宝剑，而且气势汹汹，一出剑就直指我的喉咙。我正要转过身拿火尖枪去挡，大力金刚牛冲天就挡住了李追云的去路。李追云见牛冲天赤手空拳的，不禁哈哈大笑起来："你这头黑牛，可识得我手中的这把宝剑？"

第十九章
大战翠云山

牛冲天不管三七二十一，他双手一抖，手中猛然出现一块八丈长五丈高的巨石。这可把李追云吓了一大跳，他还没有反应过来，牛冲天大喊一声："去你的——"巨石就向李追云飞了过去。李追云面色紧张地提起双剑，猛地向巨石一砍。这块石头就被斩成了两块，向山下坠去。

牛冲天气得嗷嗷大叫，于是双手再一抖，手中竟然托起了一座大山，就直奔李追云飞了过去。李追云虽然表面看上去很镇静，但是却吓得脸色发青。

随云真人背后的李追日、李追风见大师兄抵挡不住，也拔出宝剑向牛冲天而去。牛冲天大喝一声："嘿——"就把一座山砸向三个老道士。

三个老头儿排成一列，当整座山被扔过来的时候，三个老头儿的宝剑分别刺向了山顶、山腰和山脚。只听轰隆一声，整座山哗啦啦就被三个老头儿刺断，碎石块哗哗啦啦地向翠云山下坠去。而李追云、李追日和李追风则手持宝剑分别从山顶、山腰和山脚穿了过去，把一座山砍得七零八落。

山顶上，二叔、四叔、五叔和六叔都瞅着面前的随云真人，他们见我爹的四大将军在天空中打得正热闹，也不去插手。而随云真人显然在人数上占了弱势，他见绝飞、绝目以及三个老道士在天空中虽然一时半会儿不会败下阵来，但是绝没有可能取胜。于是他一边捋着胡须一边对二叔说道："既然四位魔王是有备而来，那我倒要看看，你们用什么兵器砍断那千年铁链？"

二叔回头瞅了我一眼："猫孩儿，火枪！"

我知道二叔是在催我，于是我来到妈妈的身后，举起火尖枪向那千年铁链上刺去。虽然我知道火尖枪不是一般的兵器，但是它究竟能不能斩断千年铁链，我却没有把握，于是我就使出浑身力气，向铁链上刺。

"磅"的一声，火尖枪刺在了铁链上。顿时火星四溅，犹如一群流星滑了过来。我下意识地闭上了眼睛，但是火星还是肆无忌惮地溅到我的身上，立刻把我身上的衣服烧出了十几个窟窿。火星散去，我再睁开眼睛去瞅那铁链，却惊奇地发现，铁链没有一丝一毫地损伤，只不过火尖枪刺到的地方被刺得通红，犹如被烈火烧过一般。

"这——"由于在此之前,二叔有十足的把握火尖枪可以砍断千年铁链,但是当我刺过之后,铁链根本没有松动的意思,我大为吃惊,甚至手中握着的火尖枪也开始颤抖。

二叔也发现火尖枪根本没有斩断千年铁链,四叔、五叔和六叔也吃惊不小。这时,随云真人却仰天大笑起来:"哈哈哈——"

我以为我用的力气不够,于是就又举起火尖枪,再次刺去。枪刺到铁链上,仍然火星四溅,我生怕自己的力气不够,还没有等火星散去,我就又连刺了三枪,这时再看那铁链,依然如故。

"绝飞、绝目,不要再打了!"随云真人把两个徒弟都喊了回去。

李追云、李追日、李追风也从天空中退了下来。

随云真人甚是得意地说:"蛟魔王,你还有什么兵器,就全都拿出来吧!"

二叔哪里肯相信,他冲四叔使了一个眼色,四叔马上飞到我的身边,从我的手里夺过火尖枪,就向铁链上猛刺了两枪。由于四叔使的力量太大了,那铁链就像着了火一般,不但火星四溅,而且枪刺到铁链的那一瞬间,还发出一道耀眼的火光。

但是火光散去,再看那千年铁链,只是被火尖枪刺得如夕阳一般红润。这下可把四叔气得不轻,他大喝一声,把火尖枪向铁链扔去,但是火尖枪刺到铁链发出一道炫目的火光之后,就掉下去了。落地的那一刹那,还发出叮叮当当的声音。

"唉——"四叔叹了口气,转过头冲二叔摇了摇头。

这时,妈妈说:"几位叔叔,不要再费力气了!你们赶快把猫孩儿带走,只要把他抚养成人,也就算对得起我和你大哥了!"

"大嫂!"五叔和六叔喊道。

我伤心地看着火尖枪,虽然它不能砍断千年铁链,但毕竟是我的第一件兵器。于是我就落在了地上,把火尖枪捡了起来。

"猫孩儿,快和你叔叔们离去吧!"妈妈冲我喊道。

[第十九章]
大战翠云山

"妈妈，我不走！"我拿起火尖枪想再次飞到空中，去刺那铁链，可是妈妈却喝住了我："没用的，猫孩儿！我的好孩子！快离开这里！"

"妈妈？"

"猫孩儿！"

我飞到妈妈的身边，瞅着妈妈那被风吹日晒的发黄的脸颊，禁不住泪流满面。

"妈妈，我一定要把您救出去。"

可是，妈妈却对我摇了摇头。"孩子，快走吧！"

这时我突然想起三叔曾教我的飞龙夺命枪，于是我再次飞到了石柱旁边，大喊一声，便又刺去。由于有了刚才刺铁链的经验，这次，我不但使出浑身力气，而且还把火尖枪对准了铁链的正中间。这一枪刺去，火星四溅，火光冲天。就听到一串铁链掉在了石头上，发出叮叮当当的声音。

我急忙向地上瞅去，果然是一段千年铁链。二叔、四叔、五叔、六叔以及山顶上的人都被铁链落地的声音惊得目瞪口呆。

但是火光退去。我看到妈妈依然被铁链绑在石柱上。我不管三七二十一，又使出飞龙夺命枪再次刺去，这次仍然刺断了一段铁链，掉在了石柱下面。

随云真人害怕我把铁链全都刺断，就命令绝飞、绝目、绝美去阻止我。而二叔看到火尖枪真的起作用了，高兴得哈哈大笑起来，立即让牛冲天、牛纯晴、牛夜色和牛盛开挡住了绝飞、绝目、绝美。

我低头一看，山顶下又打成一片。于是我又接连不断地使出飞龙夺命枪。我每刺一枪，就有一段铁链被刺断。

就这样我刺了半个时辰，刺断的铁链在石柱下堆成了一座小山。但是再瞅一眼妈妈身上，依然有无数条铁链紧紧地绑在那里。这时我才发现，每当我刺断一根铁链，就会在我妈妈身上生出一条新的铁链，并且绑得更紧更牢了。

后来，铁链竟然嵌入了妈妈的肉体，痛得妈妈失声尖叫起来。这时二叔

喝住了我："猫孩儿，住手！"

我马上停了下来，这时，我发现妈妈浑身是血，就连石柱上也在不断地向下淌着血。

"不要再刺了！"二叔冲我大声喊道，"这千年铁链有再生之术，快住手。"

我看到妈妈痛苦地尖叫着，随即扔掉了火尖枪，扑在了妈妈的身上。

"妈妈！妈妈！

妈妈一边尖叫着，一边劝我道："快走！快走！"

"我不走，妈妈，我不走！"

"猫孩儿快走！"二叔也冲我喊道。

"妈妈，妈妈！"我大声地呼喊道。

二叔在山顶上也大声冲我妈妈喊道："大嫂，我们先走了，等我们锻造出能砍断千年铁链的兵器以后再来救您！"

"他二叔——你要把——猫孩儿——照顾好！"妈妈嘱咐道。

我搂着妈妈的脖子，脸蛋紧紧地贴在妈妈的脸颊上："妈妈，妈妈！我怎样才能把您救出去呢？"

"孩子，不要伤心！快和你二叔离开这里！"

"猫孩儿，快随我走吧！"二叔也冲我喊道。

"要走你们走，我不走！"我紧紧地搂住妈妈。

二叔见我任性地趴在妈妈的怀里不肯离去，就亲自飞了上来，他伸出双手，抓住了我的肩膀："孩子，随我回去重新打造出一把兵器，再回来救你妈妈！"

"可是，二叔，你说过火尖枪一定可以把千年铁链砍断的。可是，这是为什么？"

"猫孩儿，随我回去再慢慢给你讲。"

"不！我不走！"

"孩子，快离开这里吧！妈妈不希望看到你现在这个样子。"

第十九章
大战翠云山

"可是，妈妈，我真没用——"

"不，孩子，你还太小！你要多向你二叔学习法术，这样才能把妈妈救出去！快随你二叔走吧！"

"可是——"

"不要可是了，走吧！"

我见妈妈甚是生气，转过头来瞅了瞅二叔，二叔向我使了一个眼色，我虽然不知道是什么意思，但我还是松开了手，随二叔来到了山顶上。

随云真人瞥了我一眼道："你们可以走，但是，猫孩儿不能走！"

说着，随云真人就举起双手，袖袍一晃，突然来了一股旋风，这股旋风刮得却很奇怪，它来到我的身边，就向后退，而我就像被这股风吸住了一般，随着这股风向后退去。

"岂有此理！"五叔大吼一声，伸出双臂——这双臂一伸出，越伸越快，直到把我抱住以后就又迅速缩了回去。

四叔见随云真人施法了，也想冲上去和他较量一番，但是二叔拉着他的衣服就向远处飞去。五叔抱着我也迅速离开了，其他人也紧随其后。

这时，就听到我们的身后传来一阵琵琶声，我回头一看，原来是绝美追了上来。

绝美紧紧地抱住琵琶，并且越弹越快，越弹声音也就越大。我突然感觉到自己的身体在缩小，不一会儿，我就从五叔的怀里滑落了下来。

等五叔发现我掉下来的时候，我已经变成麻雀一般大小。

二叔、四叔、五叔和六叔立即转过了头来，这时他们才发现，不单是我，就连牛冲天、牛纯晴、牛夜色和牛盛开也缩小了十倍。虽然他们还能在空中飞着，但由于身体缩小了许多，飞得也没有原来那么快了。随云真人把袖袍向前一伸，牛冲天、牛纯晴、牛夜色和牛盛开全被他收在了袖袍里。

而我在滑落的那一刹那，绝美就飞了过来。我看到绝美在我的面前就像翠云山一般高大，而我就像翠云山上的一块石头似的。绝美见我悬浮在空中，于是就伸出了右手，把我接在了她的手掌心上。四位叔叔见我被绝美抓

住了，急忙向后面扑过来。绝美也早有准备，她一转身就向翠云山上飞去。她一边飞着一边弹着肉琵琶。二叔、四叔、五叔和六叔听到这琵琶声，开始的时候因为离得很远没有什么反应，但是当他们就要追上绝美的时候，绝美把我放在了她的口袋里，又用力弹起了肉琵琶。

　　我在绝美的衣袋里，用火枪刺一个洞来，伸出脑袋向外一看，四位叔叔，离绝美有一丈多远的时候，他们的身体就开始萎缩，虽然缩小的速度非常慢，但是四位叔叔可以明显地感觉到自己的身体在慢慢变小。

　　四位叔叔哪里受得了这样的折磨，于是他们想施展法术把绝美制服。可是就在这时，绝美的琵琶却停住了，二叔、四叔、五叔和六叔的身体便开始膨胀起来，虽然膨胀的速度不是很快，但是这一缩一胀，弄得四位叔叔措手不及。瞬间过后，四位叔叔在天空中都现出了原形：二叔变成了一条白色的长龙，四叔变成了一条强壮的狮子，五叔和六叔都变成了猴子。

　　他们怎么也不会想到，一个九岁的小女孩儿竟有如此的法术。于是二叔从口中吐出一片海水，瞬间，天空中就下起了倾盆大雨，而四叔张开血盆大口，大声一吼，就像雷声似的，震得翠云山都在摇晃；五叔和六叔也施展起了法术。

　　绝美一边弹着琵琶，一边就落到了地上，片刻之后就消失在四位叔叔的视线里……

[第二十章]

惊天之骗

绝美从天空中来到到翠云山上,她一手拿着肉琵琶,一手捂着口袋里的我,生怕我从口袋里跳出来。我本以为,绝美要把我带到翠云观里,但是我从缝隙里看到,绝美绕过了翠云观,也没有走山路,而是穿梭在树林中,我虽然知道绝美是绝不会伤害我的,但是却不知道她要把我带到何处。于是我就在口袋里大喊大叫着,而且舞动着手中的火尖枪,但是绝美却不言语,只是把手捂得更紧了,使得我在里面动弹不得。

火尖枪虽然能够喷出熊熊的火焰,而且可以把绝美的衣服划出几道口子,但是因为我和火尖枪都变得非常小,所以对绝美的威胁不大。再说,绝美用一只手紧紧地捂住我的身体,让我动弹不得,我既不能施展法术,也不能使用火尖枪。

当绝美松开捂在她口袋上的手时,透过缝隙,我发现绝美把我带到了一个灯火通明的山洞里。我刚想问绝美这是什么地方,却传来了随云真人的声音。

"把绝力抓到了吗?"

"抓到了,就在我的口袋里。"说着,绝美就把我从口袋里抓了出来。

我站在绝美的手掌上，向周围一瞅，随云真人、绝飞、绝目都站在我的周围，就连李追云、李追日、李追风三个老道士，也紧紧地盯着我。他们站在我的面前就像一座山那样高大，而我站在绝美的手掌里，就如一只麻雀大小。

"哼，你看绝力的小样儿。"绝飞笑道。

这时，众人都把目光投向了我，我心里一惊，拿起火尖枪刚想从绝美的手掌上跳出来，绝美伸出另一只手，就把我捂了起来，只露出我的脑袋。

绝美虽然没有用多大力气，但是我感觉自己的身体四周就像被四座大山夹在了中央。我用力挣扎着，虽然感觉四周都是肉乎乎的，但是却牢固得很。绝美看到我被束缚的样子，得意洋洋地瞅着我，并且不时地冲我微笑着。绝美虽然没有捧腹大笑，但是在我看来，却有一种嘲弄和讽刺。

"你笑什么？"我冲着绝美嚷道。

绝美看到我生气了，她笑得更开心了。"你把我冻在冰块里的时候，有没有想过我的感受？现在，也让你尝尝失去自由的滋味。"

"哼！我二叔不会放过你们的！"

"绝力！"我的话音未落，随云真人就大声喊道。

我急忙转过头来瞅了随云真人一眼，只见他瞪着两只圆溜溜的大眼睛，连眨都不眨一下，目光里透射出一种失落和痛楚。

"直到现在你还执迷不悟？难道要大祸临头的时候，你才醒悟吗？"随云真人胡子都颤动起来。

我还是第一次见到随云真人发这么大的脾气。但是转念一想，那绑在石柱上的是我妈妈，他们当然不能体会我的心情。再说，这个可恶的随云真人竟然把我外公外婆以及我妈妈都变成了蛇，这么恶毒的道士怎么配当我的师父。一想到这里，我就冲随云真人大声喊道："我救我妈妈有什么错！你们平时都称自己是看破红尘的道士，但是你们为什么要把我妈妈绑在翠云山上？"

"绝力！那个蛇妖不是你妈妈！"绝美也冲我嚷道。

[第二十章]
惊天之骗

"你胡说!"

"猫孩儿,我早就跟你说过,她是一条蛇妖,不是你妈妈!"

"你们都是骗子!骗子!我妈妈在没有升到上界的时候,她是一条蛇,但是她后来修炼成仙后,才来到了上界,成了天上的铁扇公主!"

"哈哈哈!"随云真人听我说完,却大声笑了起来,"你这个猫孩儿,真是没有脑子,我上次不是在你的面前,让她现出了原形吗?你为什么到现在还不相信?"

"你这个臭道士!"我一想起上次随云真人把我妈妈变成一条金黄色的大蟒蛇,我的气就不打一处来,"你施了什么法术,不但把我妈妈变成了一条蛇,还把我外公外婆都变成了蛇,你的心真黑啊!我决不要你这个心怀叵测的人当我的师父,你不配!"

"你——"随云真人气得两只眼睛都红了。

"猫孩儿,你敢骂师父,看我怎么整你!"说着,绝目就从眼睛里喷出一股火来。这虽然是一团小火,而且火势不大,但是由于我的身体已经缩小了,那火还没有来到我的身边,我的皮肢几乎就被烤焦了,痛得我哇哇直叫,尤其是我的头发,被火一烤,一大半都燃烧起来。好在这时,绝美把我头上的火给扑灭了,并且捧着我,绕到了随云真人的背后。

"住手!"随云真人喝住了绝目,并且转过身来对我说:"绝力,我知道你现在不肯相信我,但是你要知道,翠云山上的女人不是你妈妈!"

"你胡说!"

"那好,我把牛冲天、牛纯晴、牛夜色和牛盛开都放出来,让你了解个清楚。"说着,随云真人把自己的袖袍向上一挽,就从袍子里抓出了和我一般大小的牛冲天、牛纯晴、牛夜色和牛盛开。

他们四人环视了一下,这才发现是站在随云真人的手掌上。

"小祖宗!"牛冲天大声喊道。

"怎么成了这个样子?"牛夜色和牛盛开看到面前的人们都高耸入云,而自己就像一只小蚂蚁似的站在他们的面前,面色开始慌张起来。

这时，随云真人咳嗽了一下，牛冲天、牛纯晴、牛夜色和牛盛开才转过身来，瞅着随云真人。

"猫孩儿，他们四人的确是你爹爹的四大将军，你可以问问他们，你妈妈在修炼成仙之前是人还是蛇。"随云真人冲我说道。

这时，绝美把我移到随云真人的面前，我看到牛冲天、牛纯晴、牛夜色和牛盛开都目瞪口呆地瞅着我，于是我问道："牛冲天，我妈妈到底是人还是蛇？"

牛冲天思忖了一会儿，转过身来瞅了一眼随云真人，才回答道："小祖宗，我哪里知道？五百年前，你爹爹离开牛魔界前，就说自己在翠云山下找到了一位仙女，要与她结婚，我们并不知道她是人还是妖。"

这时，随云真人微微笑了一下，并问道："那你可知道牛魔王娶的是什么人？"

牛冲天道："当时我们大王说，娶的是天上的铁扇公主。"

随云真人抬起头来，瞅了我一眼道："猫孩儿，上界哪有蛇妖当神仙的道理？"说到这里，随云真人又转向牛冲天问道："牛魔王可曾给你们说过，铁扇公主下凡后，她投胎到了罗家庄？"

"说过，我们大王的确说过。"牛冲天答道。

听到这里，我也开始疑惑起来。因为我也听妈妈说过，她为了学习外公用芭蕉做扇子，才投胎到了外公家。

"这就对了！猫孩儿，你仔细想一想，铁扇公主既然投胎到了你外公家，她出生之后就是一个人，怎么长大以后会变成一条蛇呢？"

"是你用法术把她变成一条蛇的！"我大声喊道。

随云真人却不理睬我了，而是低下头问牛冲天道："你们看山顶上的女人，可是一条蛇妖？"

牛冲天思忖了一会儿才答道："我也听蛟魔王说过，铁扇公主的前身是条蛇。"

"你可看出，贫道曾经对这个女人使用过法术？"

第二十章
惊天之骗

牛冲天却不言语了，他向前走了几步，面对着我说："小祖宗，我们在来救铁扇公主的时候，我见那条蟒蛇的确没有被人施过法术。"

"这就对了，那石柱上的人根本不是铁扇公主，而是一条千年蛇妖！"随云真人终于得出了他想要的结论。

可是我怎么也不敢相信。"但是——但是我外公外婆也见过她，他们一眼就认出那绑在石柱上的就是我妈妈。难道我外公外婆也会认错吗？"

"唉——"随云真人长叹了一口气，"你这个孩子！难道这条蛇不会变成你妈妈的模样吗？再说，你外公外婆是肉眼凡胎，怎么会认识一条千年蛇妖？"

"可是我外公外婆都变成了蛇，这又怎么解释？"

"这要问一问那只白灵鹤了。"

"白灵鹤？"我惊道。

随云真人点了点头。"这只鹤每日给蛇妖送食送水，自然是蛇妖的白灵鹤。如果我没有猜错的话，就是她把你外公外婆变成了两条蛇，然后再把你驮到罗家庄。让你相信，被我现出了原形的蛇妖和你外公外婆都是被我施了法的。所以，她才会半夜把你驮走，并且让你到蛟魔界请来五大魔王，好救出千年蛇妖！"

听随云真人这么一说，我突然意识到，这也许是白灵鹤设计的一场骗局。但是，我怎么也不能相信随云真人说的都是真的。

如果是真的，那我妈妈到底在哪里？我急得趴在绝美的大拇指上失声痛哭起来。牛冲天、牛纯晴、牛夜色和牛盛开似乎也幡然醒悟，各自站在随云真人的手掌上，讨论着那绑在石柱上的女人到底是不是铁扇公主，并且还争吵起来。

"那我妈妈到底在哪里？"我一边哭着，一边喊道。

"猫孩儿，也算是你的造化了。你可知道，我这次外出寻访，在中原遇到了谁？是你爹爹，牛魔王。"

"什么，我爹爹？你见到了我爹爹？"听到随云真人这么一说，我一骨碌

儿就从绝美的手掌心里爬了起来,"他在哪里?"

"大王?"牛纯晴、牛夜色和牛盛开也都惊讶地瞅着随云真人。

"我们整整找了十年的大王,他在哪里?"牛冲天举起双手,冲随云真人大声喊道。

随云真人将着自己的胡须,仔细思考了一会儿,才瞅着我说道:"这次我外出主要的目的是去老君山云居寺,拜访自在禅师。因为我与自在禅师曾经有过一面之缘,并且兴趣相投,故而自在禅师对我十分热情,每日陪我游山玩水,谈论佛道。一日,当我们来到老君山一处凹地的时候,我突然发现有一头高十余丈的青牛,我以为是一个怪物,想要施法术去降它,自在禅师却拦住了我,并且领着我走到了那青牛的面前。这时我才发现,这头牛竟然是一尊石像,这尊石像栩栩如生,如活物一般。更让我难以理解的是,是谁找来这么高的石头雕刻出如此栩栩如生的青牛呢?再说这头青牛如此高大,石匠又是如何在这群山峻岭之中雕刻的呢?又为什么雕刻完之后,丢弃在这群山怀抱之中呢?我带着许许多多的疑问向自在禅师询问。自在禅师告诉我,这不是石匠雕刻的,乃是一头真牛。十年前,自在禅师刚刚来到老君山云居寺,突然有一天,两头野牛驮着一男一女来到了这里。其中一头野牛见老君山高耸入云,而且又是一个僻静之地,于是就把这男人甩了下来,而另一头野牛则驮着女人奔向了山顶。男人被甩下之后,看到自己的妻子被野牛驮着跑远了,于是在地上打了一个滚,猛然间就变成了一个高十余丈的青牛。青牛一变身,倒是惊吓住了那两头野牛。当它们发现青牛追上来的时候,就把女人从背上甩了下来。那女人不偏不斜正好被摔到了一块大石头上,当场毙命。这头青牛看到躺在血泊里的女人,如疯了一般,在群山之中左冲右撞,把好端端的一座老君山撞得东倒西歪,而那两头野牛也被这头青牛吃掉了。青牛失去了自己的妻子,脾气变得越来越暴躁,他用那块沾满鲜血的石头做了一尊妻子的石像,把它高高地竖立在老君山上,而且从附近的村庄里找来布匹,做了十余件衣裳,每天清晨之前给石像穿上。起初,这头青牛以山中的飞禽走兽为食,但是由于身高体大,每天吃的食物太多,不到

[第二十章]
惊天之骗

一个月的时间，老君山上的动物几乎都被他吃光了。这时，他就利用去村子里偷布匹的时候，在村子里吃人。这方圆十几里的村民几乎都被他吃光了。而他的法术也极高，每日奔出几百里不成问题，所以，老君山附近的村民都纷纷逃离了自己的家园。但是这头青牛总是要吃饭的，他见人们都离他远去，于是就施展法术，把村子里的人们用一阵狂风卷到山凹里来，供他食用。自在禅师看在眼里，痛在心里。他几次要制服这头青牛，但是都因为这头青牛法术太高，而以失败告终。于是自在禅师就到上界请来了神人秦明子。秦明子乃是天上的伏牛神将，他看到这头青牛力大无比，且法术甚高，就从天上打造了一条千余斤重的索链，利用青牛夜晚休息的时候，把索链套在了这头青牛的鼻子上。第二天，当青牛发现自己的鼻子上多了一个索链的时候，他发疯似的到处乱跑，想把索链给甩掉，但是秦明子紧紧抓住索链，并且骑在了牛背上。青牛一跑，秦明子就施展法术，把索链拉紧，索链一紧，夹得青牛嗷嗷直叫，一边叫着一边疯狂地奔跑。就这样，青牛跑出了八百里地，所到之处，无不是生灵涂炭。由于这青牛力大无比，被他踩过的地方，就拱起了一座又一座的大山和一个又一个的山凹和丘岭。最后，秦明子利用那条千斤重的索链制服了这头青牛。当秦明子知道这头青牛发疯的原因时，也深为感动，于是把青牛牵到了老君山下，让他每日陪伴着自己的妻子。秦明子为了防止这头青牛再吃人，就把青牛化作了老君山的山体，每个月只留出一天，让青牛变成石牛，在这山凹里看看老君山上妻子的石像。后来，秦明子知道了这头青牛就是西牛贺洲的牛魔王，而那个伫立在老君山上的女塑像就是铁扇公主。为了表示对铁扇公主的尊敬，秦明子让自在禅师每个月都要给铁扇公主做一件新衣服，并给塑像穿上。而牛魔王的犄角也成为老君山上的最高峰。"

听到随云真人说到这里，我半信半疑地问道："那千年蛇妖为什么会变成我妈妈的模样？"

随云真人又说："这千年蛇妖本是老君山上一条普通的白蛇，因为太上老君在老君山炼丹时，这条白蛇偷喝了太上老君的一杯茶水，所以得道成

妖。又经过一千余年的修炼，才把自己修炼成金刚不坏之身。这个蛇妖不但在下界到处吃人，而且还飞到天上作怪。于是上界派秦明子下来捉拿它，但是这个蛇妖修炼了一千多年，炼得浑身上下一片金黄，不管是刀枪还是雷电，都不能把它杀死。于是秦明子就用千年铁链把它绑在了翠云山上，让我细心看守着它。"

"你说我妈妈真的死了吗？"

"我曾经与你爹爹谈过，你爹爹因为在下界吃人太多，并且犯下了滔天大罪，秦明子把他压在老君山上，充当一千年的山体。而你妈妈，乃是天上的铁扇公主，为了寻找制造仙扇的材料和方法，因此才给铁扇公主带来杀身之祸。秦明子回到上界之后，把事情的原委报告了王母娘娘。于是王母娘娘要秦明子从瑶池中取出一瓶侧目水，让他洒在铁扇公主的石像上，这样一来，五百年后，你妈妈就可以复活了。"

"五百年？"我惊叫道。

"五百年，不过眨眼之间。猫孩儿，你只要好好学习法术，修炼成功，五百年后，你就可以与你妈妈团聚。"

"可是我爹爹——"

"牛魔王吃人太多，需要一千年的时间才可以洗刷他的恶行。不过，你可以利用十五月圆之夜，在老君山上，与你爹爹团聚。只是月亮落下的时候，你爹爹就化成了老君山，不能和你长相厮守。"

"即便如此，也比不能相见要好！猫孩儿，我们不如一起去老君山看望大王吧？"牛冲天激动得泪水都淌了下来。

"既然我们知道了大王的所在，我们就应该去探望大王。"牛夜色也说道。

"猫孩儿，现在你可知道师父的一片苦心了啊？"随云真人激动得眼睛里也满含着泪水。

听到这里，我才知道自己是多么的幼稚，竟然被千年蛇妖和白灵鹤给骗了。一想到我请来龙泽、龙啸和龙饮以及五位叔叔，三番五次地来翠云山上

[第二十章]
惊天之骗

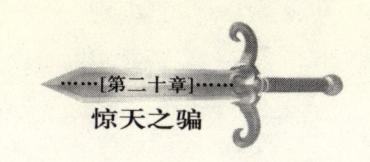

救那千年蛇妖,而且还把三位师兄给绑了起来,就后悔地失声痛哭起来。

是啊,我怎么这么没有辨别是非的能力呢?而一味地听从白灵鹤——一想到白灵鹤,我突然想到,三叔已经和白灵鹤一起去了罗家庄。

于是我就把此事告诉了师父,师父捋了他那黑白相间的胡子说:"这样吧。牛冲天、牛纯晴、牛夜色和牛盛开,立即出洞向四位魔王解释清楚,我和绝力、绝美去一趟罗家庄。我想,有大鹏魔王在,白灵鹤是不会胡作非为的。"

说话间,绝美就把我放在了地上,她拿起琵琶轻轻地弹了几下,我就感觉到自己的身体在不断地长高。而牛冲天、牛纯晴、牛夜色和牛盛开也被随云真人放在了地上,随着绝美的琵琶声,他们也慢慢恢复成原来的样子。

当我长到和绝美一般高的时候,她才收起了肉琵琶。这时,李追云却拔出剑来指向了我的喉咙,这下可把牛冲天吓得不轻。他伸出双手刚要向李追云施法。随云真人就大声喊道:"住手!"

牛冲天虽然被气得嗷嗷直叫,但是他用手轻轻一拨李追云的宝剑,就把我抱在了怀里。

"道长,猫孩儿杀了我的追月师弟,我不能这么轻饶了他!"李追云喝道。

随云真人瞥了我一眼说:"猫孩儿,你果真杀了李追月?"

听到师父这么一问,我却不知道如何回答才好。牛冲天紧紧地把我抱在怀里,对着李追云说道:"你们四个老道士,不学无术,别以为我不知道你们杀死火龙兽的真正目的。你们是想拿到火龙兽身上的360颗火龙珠。"

李追云哼哼一阵冷笑过后道:"不管我们师兄弟四人是何目的杀了火龙兽,都是为民除害!"

"我看你是居心叵测!"

"你——"

"好了!"随云真人大声喝道:"这件事以后再说,牛冲天、牛纯晴、牛夜色、牛盛开,你们四人赶快出洞,向四位魔王解释清楚,免得再生龃

杀。——追云道长，既然猫孩儿杀了你的师弟，我自然是要管的，但是现在不行。日后，我一定会给你一个交待。

"随云真人既然这么说，我也就不多追究了。但是随云真人如果护短，我们师兄弟三人即使与真人撕破脸皮，也在所不惜。"

"追云道请放心，我随云真人自会处理。只不过，现在我们要去救猫孩儿的外公和外婆。"

"那好吧！"说着，李追去收起了宝剑。

[第二十一章]
降伏白灵鹤

我和师父等人随即走出了洞穴。

这时,已近傍晚。我抬起头来看到,四位叔叔正盘旋在天空中搜寻着我们。于是,随云真人命令牛冲天、牛纯晴、牛夜色和牛盛开去向他们解释清楚事情的原委。

我和师父刚要施展法术离开翠云山,去救我外公外婆,这时,三叔就和白灵鹤从远处飞了过来。

我看到白灵鹤在空中舒展着翅膀,并且不停地鸣叫着,当看到我站在随云真人面前的时候,她却停在了空中,不再向前飞了。

我一瞅到白灵鹤,气就不打一处来。我跃起身来,拿着火尖枪就向白灵鹤飞去。

三叔见我拿着火尖枪如见了仇人一般气势汹汹地飞了过来,他一把就抓住了火尖枪道:"猫孩儿,你要做什么?"

白灵鹤也惊讶地问道:"咯咯咯!猫孩儿,你不认识我了吗?我是白灵鹤呀!"

"猫孩儿,你疯了吗?"三叔又冲我喝道。

我转过身向三叔解释道:"三叔,你不知道,白灵鹤是千年蛇妖的爪牙,她一直都在利用我去救那个蛇妖。"

白灵鹤听我说完,大约知道事情已经败露,于是转过身去就向远处飞去了。她一边飞着一边转过身来瞅一瞅我追上来没有。我看到白灵鹤不打自招了,举起火枪就想刺她,但是就在此时,师父却飞到了我的身边,紧紧地把火尖枪抓住了。

"师父?"我疑惑地瞅着师父。

师父叹了一口气道:"这只白灵鹤虽然可恶,但是她终究是为了主人才利用你的。罪不致死,饶她性命吧!"

"可是,也不能就这么放了她呀!"

师父微笑着一挥手,冲我说道:"猫孩儿,你看——"

我顺着师父挥手的方向一看,从师父的袖袍里突然钻出一根绳子并且迅速向白灵鹤飞去。白灵鹤虽然飞得很快,但是远没有这根绳子来得迅速,只是一眨眼的功夫,这根绳子就追上了白灵鹤,并且把白灵鹤牢牢地绑了起来。

绝飞迅速从地上飞了起来,把白灵鹤抱在了怀里。

我看到白灵鹤在绝飞的怀里痛苦地鸣叫着,目不转睛地瞅着我。我虽然痛恨白灵鹤利用了我对妈妈的思念之情,但是当我看到白灵鹤那种近乎乞求的眼神,竟然生出几分怜悯之情。

绝飞带着白灵鹤来到师父面前,白灵鹤低着头,不时地小声呢喃着,似乎在求饶,又似乎在作最后的挣扎。

师父转过头来,对我说:"猫孩儿,那绑在石柱上的女人到底是不是你妈妈,你现在就可以问问白灵鹤了。"说着,师父又转过头来冲白灵鹤喝道:"白灵鹤,你如果不说实话,今天就是你的死期!"

白灵鹤无助地抬起头来,瞅了我一眼,似乎很无奈,又似乎很懊悔地说:"咯咯咯!猫孩儿,她的确不是你妈妈。"

我伸出手来,用力打了一下白灵鹤的脑袋,并且骂道:"你这只死鹤,

第二十一章
降伏白灵鹤

骗得我好苦！"

骂完，我竟然不由自主地哭了起来。想想三次来翠云山救我妈妈，谁曾想，这个女人竟然是个千年蛇妖？我对妈妈的那种思念、那种依恋、那种亲情，完全都注入到了蛇妖的身上，可是现在，白灵鹤竟然说，她不是我妈妈，我怎么能够接受？我怎么能够原谅？我怎么能够不痛哭流涕呢？

一想到这里，我又伸出手来，用力打了几下白灵鹤，白灵鹤被我打得咯咯直叫，而且把头紧紧地贴在自己的胸前。不知道为什么，看到白灵鹤现在的样子，我竟然有些心痛，竟然有些后悔打她。

而后，众人都来到了翠云观里，师父让翠云观里的道士把白灵鹤绑在了一棵大榕树上，为了防止它逃跑，小道士还给白灵鹤扣上了一只藤篓。

牛冲天、牛纯晴、牛夜色和牛盛开给几位叔叔解释清楚之后，二叔才幡然醒悟。

为了惩罚千年蛇妖，二叔又从衣袖里放出一条小白龙。这条小白龙飞到翠云山山顶，围着石柱盘旋了一圈，那个长得和我妈妈一模一样的女人突然间就变成了一条金黄色的蟒蛇。

师父为了让我早点儿见到妈妈，决定次日就带我去老君山找我妈妈。牛冲天、牛纯晴、牛夜色和牛盛开一听说去老君山，更是兴高采烈地争着吵着要去。二叔、三叔、四叔、五叔、六叔自然也是要去的。他们花了近十年的时间找我爹爹，没想到爹爹却化成了一座山。

第二天，我早早起了床。当我走出房间的时候，牛冲天、牛纯晴、牛夜色和牛盛开早就在院子里等待着我了。他们一看到我，个个都笑逐颜开，似乎有天大的喜事一般。

可就在此时，山顶上传来一声怒叫，我仔细一听，原来是那个女蛇妖。

牛夜色被这声怒吼气得暴跳如雷："小祖宗，我上山把这个千年蛇妖杀了，免得再生祸事！"

"不要！"我急忙喝住了牛夜色。

牛冲天也伸手拦住了牛夜色，并且质问道："你怎么杀她？就连秦明子

都拿她无可奈何，只能把她绑在翠云山上，让随云真人在这里看守着她。如果能杀死她，还要随云真人在这里干什么？"

牛夜色一听，摸着脑袋仔细想了想，嘿嘿一笑对我说："那我上去揍她一顿，给小祖宗解解气！"

"不用了！"我回答说。

"可是，她——"

牛夜色还没说完，我就长叹了一口气，回想起和蛇妖一起生活的那段日子，虽然她不是我妈妈，却也没有伤害我，而且还给予了我许多照顾和母爱。我虽然恨她变成了我妈妈，但是她终究对我没有恶意，只不过想利用我而已。

"算了吧，我们还是去老君山看我妈妈和爹爹去吧。"我冲牛夜色说道。牛夜色见我对千年蛇妖并无仇恨，就没有执意上山。

等几位叔叔起床后，师父已让小道士们做好了早饭。这顿早饭就像一年前我刚上山的时候那样，绝飞到山下打水，我到翠云山上拔枯树，绝美把水、树、米都变大十倍，然后由绝目生火。

饭毕，我们就各自准备自己的行李，准备起程。李追云、李追日和李追风三个老道士生怕我逃跑了，争着吵着也要去。但是随云真人要他们留在观里，李追云哪里肯相信，师父一再向他保证之后，他才勉强答应了。

本来师父要绝美也留下来看守千年蛇妖的，但是绝美一听说我就要见到妈妈了，自然也为我高兴。但是怕我见到我妈妈的石像后，师父会把我交给李追云，所以就找二叔说情。二叔早就对绝美产生了极大的兴趣，尤其是那能把人变大或变小的肉琵琶，于是就给绝美说情，师父这才答应了绝美同行。

为了早一点儿到达老君山，三叔再次张开了他那硕大的翅膀，我们一行十二人都坐在三叔的后背上。三叔一呼扇他那双翅膀，就从翠云观里直插云霄……

[第二十二章]

老君山上

三叔驮着我们从早晨一直飞到了中午，天空中云雾缭绕，苍鹰和云雀不时地从我们身旁飞过。我一想到马上就能见到爹爹和妈妈，心里就难以平静。绝美看到我心事重重的样子，一边给我讲她小时候的故事，一边逗我开心。虽然我内心无比的焦急，但是我对绝美有愧疚之情，所以就装作很开心的样子。

二叔和随云真人就像老朋友似的谈论着下界的法术，似乎很有共同语言。而四叔、五叔和六叔，心情也非常舒畅，惟独牛冲天、牛纯睛、牛夜色和牛盛开四人，神情十分紧张，我知道他们都在想我爹爹，就没有去打扰他们。

三叔一边飞着一边仔细瞅着大地，他那双硕大的眼睛似乎可以穿透任何障碍，看清地面上的一切事物。

突然，三叔张开大嘴尖叫了一阵，我们从三叔的后背上可以清楚地看到前面的群山峻岭之中，有一座高耸入云的大山。就像一头雄壮的大青牛，扬头隆背，耸立在群山的怀抱中，群山呈条状分布，有高有低，星罗棋布，远远看去如一条苍龙横卧在中原大地上。山上松柏长青，芳草成片，翠竹成

簇，清溪潺潺，气势雄伟，高山流水，潭瀑相接。

师父微笑着对我们说："到了，这里就是八百里伏牛山的最高峰——老君山。你们看那山顶上的犄角，就是牛魔王的两个猫耳朵。"

"师父，那我妈妈的塑像在什么地方？"我急忙问道。

"看你急的。"师父微笑着对我说："你看那云居寺的上方，你妈妈的塑像就伫立在那里。"

我急忙望去，但是相距实在太远，根本看不到妈妈的塑像。

三叔自然听到了我们的谈话，他一个俯冲就向山顶飞去。此时，我隐隐约约地看到，山顶上有一个女子穿着翠绿色的衣裳临风站在悬崖边上，凝视着整个老君山。

我知道那就是我妈妈的塑像，远远看去，塑像在我眼里真的就像我妈妈一般，尤其是塑像上的衣服，迎着风轻舞飞扬，似乎在向我招手，又似乎在急切地等待着我的归来。

我目不转睛地从空中注视着妈妈的塑像。我感觉妈妈与翠云山上的千年蛇妖并没有两样。但是老君山上的妈妈，却没有被束缚着，她双臂垂在两侧，侧目凝视着远方。

虽然这仅仅是一尊塑像，但是我恍惚中感到，那就是我妈妈。她看到我来，一边挥手，一边大声喊着我的乳名。

近了的时候，凝视着妈妈的塑像，我还是情不自禁地冲着塑像叫了一声"妈妈"。

我多么想听到妈妈的一声回答，但是没有，即使我们站在她身边的时候，妈妈也没有低下头来，或者眨一眨眼睛，更不像我乞求的那样，叫我一声"猫孩儿。"

我们一来到山顶，牛冲天、牛纯晴、牛夜色和牛盛开都跪在了地上。几位叔叔也如见到真人一般，自言自语地叫着"大嫂"。

我走到塑像下面，用手抚摸着妈妈的脚——虽然那是石头的，但我还是深情地抱着，把头依偎在她双腿之间，就像依偎在妈妈温暖的身体上。

第二十二章
老君山上

直到傍晚的时候,我和师父才来到了云居寺。自在禅师一听说我是牛魔王的孩子,自然对我另眼相看,并且又给我讲述了两头野牛驮着我爹爹和妈妈来到老君山下的情景。

因为我们到的时候,是六月十一日,晚上的时候,虽然天空中有月亮的朗照,但是我们却见不到我爹爹。牛冲天、牛纯晴、牛夜色和牛盛开四人在老君山上找了整整一夜,希望能找到化为石牛的爹爹。后来他们又想在老君山上找到我爹爹化作山体后的头颅,于是四人就围着老君山来回地巡视着。又过了一日,他们果然在老君山的崎角处找到了爹爹的头颅。虽然这头颅已经化成了石头和土壤,但是远远看去,就像大青牛的牛头一般。

牛冲天、牛纯晴、牛夜色、牛盛开和我都跪在爹爹的面前,希望能够找到他的灵魂,与他对话,但是我们跪了许久,奇迹也没有出现。

我与妈妈的塑像也是如此,每天清晨我起床后的第一件事就是到妈妈的塑像面前,看一看妈妈的衣裳被风刮破了没有,听一听风从妈妈身上刮过的声音,甚至还闻一闻阳光照射在妈妈身上的味道。我是多么期望妈妈能在我的期盼中醒来,给我一个莫大的惊喜。但是不管是我在妈妈面前诉说着我对妈妈的思念,还是我抱着妈妈的双腿放声痛哭,塑像还是塑像,根本没有发生一丝一毫的变化。

让我和几位叔叔期盼的十五的夜晚终于到来了。那一天,天空中的月亮特别的圆,月光也特别的恬静和明亮。我们随着自在禅师顺着一条羊肠小道一直向山下走,来到山腰处,我们本来打算早一点儿来到爹爹可能出现的位置,但是当我们穿梭在树林的时候,月亮已经升到了半空中。

当我们来到了老君山东侧的一个山凹,突然间我听到一声"嗡"叫,本来我以为是山中的野兽,但是这声音接连叫了起来,并且伴随着窸窸窣窣声音,弄得我心情十分紧张。因为我和绝美的个子小,走起路来不方便,二叔又怕我俩走丢了,于是就让牛冲天把我抱了起来,而牛纯晴也把绝美扛在了肩上。

当我们走出树林,来到一处平坦的杂草之中,自在禅师停下了脚步。我

以为爹爹就在前面，于是睁大眼睛向前张望，但是我面前空荡荡的除了杂草和树林之外，什么也没有。

谁知，此时自在禅师却大声喊道："牛魔王，你的儿子猫孩儿来看你了，你还不现身？"

自在禅师这么一说，我们都以为爹爹就在附近，于是就四处寻找起来。

"大哥，大哥！我是蛟魔王，我和三弟、四弟、五弟、六弟来看你来了。"二叔一边寻找着一边喊道。

牛冲天、牛纯晴、牛夜色、牛盛开四人也大声喊着"大王，大王"。

但是我们找了一阵，却没有发现爹爹的身影，甚至连山中的野兽也没有。于是，我就让牛冲天把我放在了地上，冲着山凹喊道："爹爹！我是猫孩儿！我来看您来了！

回音过后，还是一片寂静。我们都伫立在原地，希望能够等到爹爹的出现。但是时间过了许久，也没有走路的声音，甚至没有风吹动树枝的声响。

于是我又喊道："爹爹！我是猫孩儿！"

山谷再次回音："爹爹！我是猫孩儿！

回音过后，仍然没有声响。我急得满头大汗，转过头来问自在禅师："禅师，是不是我爹爹不愿意见我？"

自在禅师叹了一口气，随即又摇了摇头，没有言语。

我见自在禅师不回答我，又把目光投向了随云真人。

"师父？"

随云真人道："猫孩儿，你就多喊几声吧！"

我虽然不懂师父的意思，但是我却相信师父的话，我站在草丛中大声地喊道："爹爹！爹爹！我是猫孩儿！我来看您来了！"

山谷仍然是我的回音，回音过后，仍然是一片死寂。

"我是猫孩儿，爹爹！"我又喊道。

仍然是山谷的回音："我是猫孩儿，爹爹！"

牛冲天见我喊完，他也冲天空大声喊道："大王，我是牛冲天！"喊完过

[第二十二章]
老君山上

后,牛冲天就停下来等待,但是等来的依旧是山谷的回音。

"妈妈!爹爹!我是猫孩儿!"我喊道,山谷还在回音的时候,我接着嚷道,"你们都不要我了吗?"

仍旧是回音,山凹里是那样的寂静,寂静得只有草丛里的虫子在鸣叫。

我等待了许久,我心里在想:每个月的这一天,爹爹都会出现,但是今天我来了,爹爹为什么没有出现呢?

我回过头来,瞅着山顶上妈妈的塑像,虽然我只能看到妈妈伫立在山顶上的模糊身影,但是我终究还是见到了我妈妈,虽然她不能与我说话,甚至不能叫我一声"猫孩儿",但是我已经知足了,因为我见到了,见到了一个真实的妈妈!

但是我爹爹又在什么地方呢?虽然我清楚地知道,爹爹一定就在我的身边,但是我却不能看到他!甚至不知道他的模样!

想着想着,泪水就不由自主地淌了出来。我抽泣起来,绝美走上前来,伸出小手轻轻地在我的眼睑上擦拭了一下。安慰我说:"猫孩儿,别哭了!"

本来我没打算要哭,但是被绝美这么一说,我却再也忍不住了,放声痛哭起来。

我一边哭着,一边摇着头,可怜兮兮地瞅着绝美。

"你从翠云山回到家的时候,你爹爹会出门迎接你吗?"我下意识地问绝美。

绝美一边擦着我脸颊上的泪水一边对我说:"不,我爹爹从不在家门口迎接我,因为我爹爹知道我回家,每次都会到翠云观里来接我!"

"你爹爹真好,绝美!"

"猫孩儿,你不要再哭了,或许你爹爹就站在你的面前——"

"可是他不愿意见我!"

"猫孩儿,你不要哭了!"

"绝美,你做了什么错事,你爹爹才会生你的气,甚至像我爹爹一样,

不愿意看到我？"

"我妈妈告诉我，孩子做错什么事，父母都可以原谅他。"

"可是我不知道我做错了什么，我爹爹不愿意看到我？"

"猫孩儿，你不要哭了！"

二叔走上前来，轻轻抚摸着我的头对我说："孩子，你把你的火尖枪举起来！让你爹爹看一下，你长大了！"

"二叔？"我不知道二叔让我这么做是什么意思。

"猫孩儿，举起来！"

我抹了一把泪水，从牛冲天的手中接过火尖枪。我仔细瞅了一眼火尖枪，想对它说些什么，但是又不知道说什么。

我知道，在这把枪里，有我最好的朋友——火龙兽。曾经以来，我以为我有两个好伙伴，一个是白灵鹤，一个是火龙兽，但是后来我终于明白，白灵鹤在利用我，而火龙兽却化成了一把枪。

我紧紧地抓住枪柄，借着月光，我看到火龙兽的身体紧紧趴在枪柄上，并且头冲着天空，张开了大口，似乎想吐出一颗明亮的龙珠。

我慢慢地把火尖枪举起来，把我平生的力气都用在了手腕上，这时，我最先想到的不是我妈妈，不是我爹爹，而是火龙兽，因为他对我是无私的，无私到甚至把自己的龙骨和灵魂都交给了我。

我紧紧地抓住了刻有火龙兽的枪柄，紧紧地抓着，生怕我一松手它就消失得无影无踪。可是我抓得越紧，火尖枪就越来越不听使唤，它就像一条蛇一般在我的手掌里蠕动着自己的身体，并且想挣脱我的束缚。

自从火尖枪打造出来以后，我还没遇到过这种情况。于是我用双手紧紧地抓住了火尖枪，可这时，火尖枪却像长了翅膀一样挣扎着在夜空中飞了起来。

虽然我使出了最大的力气，可是火尖枪还是把我拉了起来。大家都不知道发生了什么事，而绝美在慌乱之中抓住了我的双腿，随我慢慢升到了空中。

[第二十二章]
老君山上

　　五位叔叔和牛冲天、牛纯晴、牛夜色、牛盛开，以为我被什么妖怪抓了起来，也一起随我飞到了半空中。

　　这时，火尖枪就像一头水牛一般，紧紧地拉着我向天空中慢慢飞去。我以为火尖枪着了魔，于是我就使出碎心术，但我的口诀还没有念完，一条乌龙就从我的火尖枪上腾空而起。

　　我抬起头来一看，这条乌龙虽然浑身上下都是黑色的，惟独龙头是金黄色的。

　　"火龙兽？"我惊叫道。但是火龙兽怎么会复活了呢？

　　火龙兽盘旋到空中，张开大口，就向四周吐火，它每吐一口火，天空就明亮几分。它吐的火越多，天空就越明亮。有些火团在天空中燃烧了一会儿，就落到了地上，把老君山上的树都燃烧了起来。

　　自在禅师和随云真人刚要施法去制服火龙兽，绝美却在半空中大声喊道："猫孩儿，你看！"

　　由于绝美紧紧地抓着我的双腿，我没有看到绝美让我看的方向，而是向下一瞅，只看到绝美的脸上就像一朵刚刚盛开的鲜花一般灿烂。

　　而此时，从地上飞到我身旁的牛冲天也冲我喊道："你看，小祖宗！"

　　我顺着牛冲天手指的方向，向山顶上一瞅，在火龙兽吐出的火焰的照耀下，一头高大无比的青牛，正站在我妈妈的塑像面前瞪着两只闪闪发光的眼睛瞅着我。

　　"是大王，猫孩儿！"牛冲天一边向我喊道，一边向山顶飞去。

　　二叔也发现了那头大青牛，他冲着山顶大喊了一声"大哥"，就跟在牛冲天的身后向山顶上飞去。

　　接着三叔、四叔、五叔和六叔也发现了大青牛，一边喊着"大哥"一边飞了过去。我悬浮在半空中，瞅着呆呆站在山顶上的大青牛不知所以。

　　这就是我日思夜想的爹爹吗？

　　我目不转睛地瞅着他的身影，虽然相隔甚远，但是他那高高的脊梁和溜黑的身体在火光的映衬下却显得特别清晰。

当火龙兽把整个天空都燃烧成一片火海的时候，他又飞到了我的面前。

"火龙兽。"我轻轻地叫了一声。

火龙兽却在我身边盘旋了一会儿，就又钻进火尖枪里。这时火尖枪又像刚才那样，似乎长着一对翅膀，只不过刚才是把我拉到了空中，而此时，火尖枪却拉着我平行地向山顶飞去。

五位叔叔和牛冲天、牛纯晴、牛夜色、牛盛开一来到爹爹的身边，都兴奋得像个孩子一般，虽然爹爹一直没有言语，但是他们还是依偎在爹爹的周围，与他诉说着什么。

火尖枪带着我向前慢慢地移动着，我离爹爹越来越近了。我想借着火光仔细把爹爹看个清楚，但是我怎么也看不清爹爹脸上的表情。虽然牛冲天、牛纯晴、牛夜色和牛盛开一来到他的身边，就抚摸着他，与他说话，但是他就像塑像一般，伫立在那里，一动不动。

当火尖枪把我带到离大青牛有两丈远的时候，我才发现，大青牛正呆呆地望着我，并且不时地从眼眶里滚出一股热泪。

爹爹在哭吗？

我悬浮在他的面前，呆呆地看着他那泪流满面的神情。虽然我心里有千言万语要对爹爹说，此时此刻，我却说不出一句。虽然我万分地想扑进他的怀抱，虽然我梦想着爹爹能伸出双手，把我紧紧地抱在怀里。但是当爹爹一晃身体，变成牛头人身后，伸出双手冲我喊道"猫孩儿"的时候，我却静静地瞅着他，不敢向前。

爹爹是那样的强壮，是那样的威武，是那样的精神抖擞，是那样的望眼欲穿，是那样的聚精会神，是那样的无限渴望，是那样的满怀激情。但是，当他向前迈着步子，想要把我抱在怀里的那一刻，我却躲开了。远远地看着他，我在问自己：面前的这个人就是我爹爹吗？

爹爹本来是可以结结实实地抱住我的，但是当我逃离他双臂的时候，他的双手却捂在了自己的身上。

"猫孩儿，你不是在找爹爹吗？"爹爹紧锁眉头，对我说道。

[第二十二章]
老君山上

　　我转过身来，瞅了一眼绝美，绝美松开了手，从半空中跳到了山顶上，大感不解地对我喊道："猫孩儿？"

　　我没有理会绝美，转头瞅着妈妈的塑像，止不住泪水，抽泣起来。我在心里问塑像："妈妈，我真的见到爹爹了吗？我们一家人真的团聚了吗？"

　　就在此时，爹爹又向前走了几步，这次他迅速张开双臂，紧紧地抱住了我的双腿，那时，我就感觉到自己就像站在地上那样平稳。爹爹抬起头来对我说道："孩子，如果不是你那火红的头发，为爹的还真认不出你来了呢。"

　　我慢慢地弯下身子，趴在爹爹的怀里，这时我却不想再哭了，而是呆呆地瞅着被火光照得满身通红的妈妈，如果妈妈也能复活过来，那该多好啊！

[第二十三章]

入住火云洞

我就是这样和爹爹、妈妈团聚的。虽然我曾经把翠云山上的千年蛇妖当成了我妈妈,但是这丝毫没有影响我对妈妈的思念。虽然妈妈只是一尊石像,但是她却是我的亲生妈妈,不会再有人说,她是假的,她是在利用你,更不会有人怀疑我对妈妈的那份执著和依恋。

我与爹爹的相聚,是我出生十余年来最让我刻骨铭心的事情。开始的时候,爹爹害怕见到我,甚至把自己躲藏起来;当火龙兽用火团把整个天空照亮的时候,他却出现在了我的面前。而此时我却害怕见到爹爹,当爹爹把我紧紧地抱在怀里的那一刻,我就千真万确地相信我见到了我的亲生父亲!

虽然十二年来,他从来没有出现过,但是当他紧紧地把我抱在怀里的那一刻,我感觉什么都不重要了,重要的是,我拥有了一个真正的父亲!一个真实的家!

我的童年是没有爹爹和妈妈的,直到十二岁的时候,我才找到了他们。虽然他们不能与我天天相见,不能和我相亲相爱,但是我却十分满足,因为我再也不是一个没有爹娘的孩子。

天蒙蒙亮的时候,爹爹终于消失在我的视线里,变成了老君山的一部

第二十三章
入住火云洞

分。此时我没有流泪,更没有伤心。因为我知道,无论我走到哪里,都可以挺直腰板,告诉世人,我找到了自己的爹爹和妈妈。更何况每逢十五月圆之夜,我都可以来到老君山上,与父母团聚。

吃过早饭之后,二叔、三叔、四叔、五叔和六叔正商量着要回西牛贺洲,突然从北面飞过来三只白鹤,这三只白鹤就像飞剑一般直直地向云居寺飞来。

我站在寺里瞅着这三只鹤,近了的时候才发现,其中一只就是白灵鹤。她正驮着李追云向这里飞来,而其他两只白鹤身上是李追日和李追风。

他们一来到云居寺,就从天空中跳了下来,脚一落地就拔出宝剑指向了我的喉咙。这可吓坏了牛冲天、牛纯睛、牛夜色和牛盛开。他们四人冲到我的面前,把我挡在身后,刚想施展法术,要与李追云、李追日、李追风厮杀,自在禅师和随云真人从房间里走了出来。

"住手!我看哪个胆敢在老君山上舞刀弄剑?"自在禅师厉声喝道。

李追云抬头一看,是自在禅师,嘿嘿一笑道:"自在禅师来得正好,猫孩儿杀死我追月师弟,随云真人曾经答应贫道等猫孩儿见过他的父母之后就会把他交给我们,现在亲生父母也见过了,该是他偿命的时候了!"

"好大的口气!"说着,牛冲天伸出单掌就砸在了李追云的宝剑上,只听到"啪"地一声,宝剑就断成了两半。

"牛冲天,住手!"随云真人喝道。

牛冲天心里自然不服气,但是随云真人是我的师父,而且我的五位叔叔又都在场,他自然不好说什么,瞪了一眼随云真人之后就退到了我的身边,长长地叹了一口气。

随云真人对牛冲天表现出的不满和怨气却视而不见,他走下台阶,来到李追云的面前,意味深长地说:"我答应过三位道长,自然会遵守诺言!"

李追云与随云真人早就相识,在李追月死后,师兄弟三人便来到了翠云山,想请随云真人出山,为李追月报仇。他们哪曾想到,杀死他们师弟的竟然是随云真人的徒弟。李追云自然不放心,所以他们师兄弟三人追到了老君

山。现在随云真人既然要站出来处理这件事，李追云便回答道："既然如此，就请随云真人秉公而断。但是，猫孩儿是你的徒弟，虽然我信得过真人，但是由自己的师父来处理自己的徒弟与理来说为公，与情来说不符。我们既然站在老君山云居寺，而且自在禅师也在跟前，我们不妨请自在禅师来评个理。"

"那是自然。"随云真人转过身来瞅了一眼自在禅师。

自在禅师从台阶上走了下来，他先是瞅了我一眼，又瞅了我二叔一眼，便摇着头说道："这件事本来与我无关，但是你们都是太上老君的弟子，我又不得不管。只是有一件事，我却要征得五位魔王的同意。"

说着，自在禅师再一次把目光投向了我的五位叔叔。

几位叔叔自然知道自在禅师的心思。四叔口快心直，抢先一步答道："在我们西牛贺洲，杀死一个人就如踩死一只蚂蚁一样简单，猫孩儿既然杀了你师弟，那就怨他无能！不然，惹烦了老子，我们兄弟五人把你们统统杀掉！"

四叔的话一出口，李追云、李追日和李追风气得拔剑而出，但是他们自然知道不是我五位叔叔的对手，只是拔出了剑，却没有向前一步。

四叔一瞪眼睛，喝道："怎么，还真想动手？"

李追云急忙向自在禅师和随云真人追问道："难道禅师和真人坐山观虎斗不成？"

五位叔叔见李追云在搬救兵，就知道他心虚了，于是都大笑起来。五叔还嘲笑道："我就知道你们没那个胆量。"

自在禅师瞅了一眼随云真人，随云真人走到我的身边问我道："绝力，你还认我这个师父吗？"

突然被师父这么一问，我却不知道如何回答。我回头扫视了一下五位叔叔和牛冲天、牛纯晴、牛夜色、牛盛开，只见他们也在注视着我。我又把目光投向随云真人，见他正在等待我的回答。

我仔细一想，随云真人虽然没教我多少法术，但是却三番五次地救我，

[第二十三章]
入住火云洞

如果不是师父的指引，说不定我现在还把千年蛇妖当作我妈妈。更让我懊悔的是，我曾经背叛过师父，而且还曾经与师父为敌，但是师父都没有追究和处罚我。有这样的一个师父，自然是我的福分。

于是我来到师父的面前回答道："我自然是您的徒弟。"

"那好！"随云真人点了点头道："你是牛魔王和铁扇公主的儿子，融合了上界、中界和下界的元气，但是你犯了错误，你想让师父按照哪一界的方式方法来处罚你呢？"

我仔细一想，我果然沾着三界的元气——我妈妈是天上的铁扇公主，原来是上界的；后来她投胎来到了下界，自然也算是下界的人；我爸爸是中界的牛魔王，我身上自然流着他的血，这么一说我又是中界的。那我属于哪一界的人呢？我仔细想了一会儿，回答师父说："我从小在罗家庄长大，而后又跟师父学艺，自然是下界的人。"

此话一出口，引起五位叔叔和牛冲天、牛纯晴、牛夜色和牛盛开极大的不满。尤其是牛冲天，他扑通一下跪在我的面前说："小祖宗怎么算是下界的人？你是牛魔王的儿子，你就是中界的小祖宗！怎么能接受下界的处罚？"

"猫孩儿，你可愿意为你失手杀了李追月而接受下界的处罚？"随云真人追问道。

我转过身来瞅了一眼五位叔叔，我看到他们都十分生气，大约是被我刚才的言语伤害了，个个都怒视着我。而牛冲天、牛纯晴、牛夜色和牛盛开四人则都跪在了我的面前，乞求着我不要接受随云真人的处罚。就连师父身后的绝美也冲我喊道："猫孩儿，不要！"

绝美此话一出，随云真人就瞪了她一眼，绝美却装作没有看到，仍然对我说道："我们人间的惩罚是杀人偿命！你如果接受了，就得死啊，猫孩儿！"

"住口！"随云真人对绝美喝道。

这时三叔却走了过来，拉住了我的手，对我说："猫孩儿，你看你认的

这位师父，他为了保全自己的尊严竟然要把你杀了，我看你还是随三叔去大鹏魔界吧！"

"不行，小祖宗得随我们回牛魔界！"牛夜色反驳说。

"你——"三叔大怒。

他还没有说完，自在禅师突然哈哈大笑起来，众人都被他的笑声弄得摸不着头脑，全都注视着他。

自在禅师笑过之后，在众人面前一边踱着步子一边捋着他那花白的胡须说："既然猫孩儿融合了三界的元气，我看不如就用三界的方式来惩罚他如何？"

说着，自在禅师环视了一下众人。李追云也疑惑地问道："那就请自在禅师说出来听听！"

自在禅师微笑着说："那我就解释一下，如果大家有异议，就当贫僧没有说过。"自在禅师又扫视了众人一眼，他见众人都僵硬着面孔，于是他弯下身子又把目光投向了我："猫孩儿，你可接受贫僧的处罚？"

我见自在禅师如老顽童一般，对我笑脸相迎，心里自然没有胆怯。于是也微笑着回答道："我愿意！"

"那好，"自在禅师直起腰来给众人解释说，"下界的人生活在这个世界上不过百年，即使杀了猫孩儿，他一百年以后就又可以投胎做人，我们暂时给他记上二百年。而中界者杀人不偿命，只凭自己的法术高低，死了也就死了，没有什么额外的惩罚，那我们就赦猫孩儿不死。上界的惩罚是从心术上——让犯罪的人从心理上认识到自己所犯下的罪行，那我们就罚猫孩儿忏悔二百年。这样一来，综合三界的处罚，那我们就罚猫孩儿在这八百里伏牛山上闭门思过、忏悔罪行五百年如何？"

"五百年？"牛冲天喝道，"人活着不过需要一百年，投胎一百年也足够了，即使忏悔也只需要一百年就行了。你却要罚五百年？"

三叔也大感不解，他冲着自在禅师摇了摇头，但是却没有言语。

自在禅师转过身来向李追云问道："道长意下如何？"

第二十三章
入住火云洞

李追云回答说:"禅师的处罚自然是好,但是不知道禅师要猫孩儿如何度过这五百年?"

自在禅师笑道:"老君山乃太上老君修炼制丹和修炼道术的地方。那就让猫孩儿在老君山上忏悔一百年。老君山同属于八百里伏牛山,说起伏牛山,还是十年前牛魔王痛失妻子后,疯狂地吃人,后来被神人秦明子制服的时候被牛魔王踩踏起来的。这八百里伏牛山里,有六百里地处西牛贺洲的大鹏魔界。大鹏魔界处有一座山叫做钻头号山,山间有一涧,名曰枯松涧,涧前有一洞,名曰火云洞,我们就让猫孩儿在那里忏悔如何?

李追云见自在禅师并没有要杀我的意思,虽然心里很不服,但是又不好反驳,再加上有五位西牛贺洲的魔王,硬打,他们得不到什么便宜。如果按此方式,他们不但可以报了李追月的仇,而且还能赢得尊严,更为重要的是卖自在禅师一个人情。于是,李追云笑道:"这样一来,我们师兄弟三人便没有异议了。"

随云真人转过身来问我说:"猫孩儿,你可接受?"

三叔一听说把猫孩儿安排在他的大鹏魔界里,自然兴奋得溢于言表。我见三叔那么高兴,也就答应了下来。

午后,二叔、四叔、五叔和六叔都离开了老君山。李追云、李追日和李追风三人也与自在禅师告别了。

师父自然也要离开,但是绝美却舍不得与我分开,非要师父在这里多住几日不可,但是师父说还要回去看守那千年蛇妖,自然不能在这里多留。于是我和自在禅师把师父送到了山下。临行前,师父意味深长地对我说:"猫孩儿,自在禅师虽然说是让你在这里忏悔,但是目的却是想让你在这里学习法术。再说,在这里你可以与你的父母朝夕相守。五百年后,你功德圆满,你妈妈也会苏醒过来。这正是自在禅师的用心所在。我走后,不能经常来看你,更不能再教你法术,我看你就再拜自在禅师为师吧!"

我当即答应了下来。

绝美牵着我的手对我说:"猫孩儿,五百年后,即使我不死,也会变成

一个老太婆的，到时你还会认识我吗？"

自在禅师笑道："你这个小丫头，猫孩儿不能离开这八百里伏牛山，你还不能来看他吗？"

绝美又转过身来问随云真人："师父，我能经常来看猫孩儿吗？"

随云真人笑道："可以，当然可以。不过你回去之后，要努力学习法术，不然来看一次绝力，不知道你在路上要花费多长时间？"

说着，随云真人就和自在禅师大笑起来。

绝美走后，我就按师父临走时的嘱托，拜自在禅师为师。自在禅师让我先到钻头号山枯松涧火云洞修炼一百年，一百年后，他才答应教我法术。

于是，第二天，我拜别了妈妈和爹爹，和三叔离开了老君山，向火云洞飞去……

我的三十岁前文学

《大魔咒》是我在2006年创作的一部长篇小说，当时《哈利·波特》正在中国热销，而我在十年前就在构思创作一部魔幻小说《大魔咒》。于是在现实的诱惑下，我开始创作这部系列小说。

当时我还在中国散文学会青少年创作中心任职，为了全身心地投入到这部小说的创作中，我辞了工作，放弃了优厚的待遇，开始了自己所谓"专业作家"的生活。因为构思了多年，再加上大约有两年没有小说创作了，因此当时的创作过程十分顺利，而且非常愉快。

当时魔幻小说大行其道，很多不知名的作者的魔幻小说一经推出就被推向了畅销书榜，更有十几岁的中学生甚至小学生都加入到了魔幻小说的创作，而且很被市场看好。面对这样的形势，我感觉自己的小说肯定会能热销。事实也的确如此，小说结稿后，我在网上发出了图书信息，然后就有三四家出版商与我联系，而且还有一家动漫公司有意改编成动画片，这令我非常兴奋。于是，此时的我过早地进入了自己的幻想世界，甚至自信地开始第二部系列小说的创作。然而，随着读者对魔幻小说开始审美疲劳，读者也好像厌倦了哈利·波特式的魔法，于是魔幻小说开始滞销。在这样的大背景下，我的小说慢慢被出版社退稿；与此同时，在与动漫公司的沟通过程也并不是太顺利，并在我的比较高傲的姿态下，提出了相对比较高的改编报酬，

于是那家动漫公司结束了与我的谈判。随后，这部小说进入了长达五年的搁置期。

这是三十岁前我在小说创作道路上做的最大一次努力，但是却在幻想的世界里破灭。我开始审视自己，开始怀疑自己，甚至开始否定自己，而且开始了我的又一次打工生涯，甚至为此接受了每个月800元的工资，为的就是跳出自己的小说世界，开始一种全新的生活，希望在小说世界之外寻找自己的人生快乐。

五年后，当我成为一名图书策划人之后，当我的口袋里开始装满金钱的时候，甚至当我拥有了属于自己的私家车之后，在物质世界里有点小成就的我感觉自己却并不快乐，虽然这在别人看来都是非常成功的标志，然而我感觉自己却活得非常失败。此时我才发现，自己对小说的那份热爱是永远不能被自己搁置的，于是我才总结了自己的三十岁前文学，并且把二十岁至三十岁之间写的五部半长篇小说拿出来重新修改、加工、润色。此时，虽然我还抱有一夜成名的幻想，然而我更多的是在反抗现实对我的压迫，因为我已经可以非常平和地看待自己的小说和自己的三十岁前的文字，甚至非常冷静而且略感忧伤地认清了自己对文学的那一种执著。

我知道，自己可能会面对非常冷酷的现实考验，甚至是非常残酷的梦想实践，但是我已经非常理性地去看待自己的理想，并把自己的努力当成面临死亡的最后一次挣扎。

我知道，自己也许无法企及自己梦想的高度，于是我就告诉我自己："那就做一名苦行僧吧，虽然不能立地成佛，却可以用自己的执著去感化后来的信徒；即使不能感化信徒也可以让自己活得更充实一些、更踏实一些、更开心一些，因为在小说的创作过程中你是快乐的！"

当我站在我的"三十岁后文学"的道路上的时候，回过头来，再去看自己的三十岁前文学，感触更多的是一种欣慰和一种感伤。欣慰是源于对自己作品的满意和认可，虽然我在三十岁前，仅仅创作了五部半小说，而且仅仅出版了其中的一部，但是当我再看这些作品的时候，我相信，这是我在那个年

······[后记]······

岁所能创作出来的最好的作品，即使其中有很多瑕疵，但是我认为，如果让自己重新回到那个年代，也只能发挥如此这般的才能。感伤是源于小说的出版和发表，毕竟我创作的这五部半长篇小说，绝大多数都没有出版，甚至到了最后，有一部长篇小说因为对自己的理想产生了怀疑，而没有继续创作下去，这是一种无奈的感伤，也是一种失败的感伤。

虽然我对未来还抱有一丝幻想，就是这一丝幻想——让我不顾一切地放弃一切，又让自己回归到小说创作的道路上来，然而此时的我对小说的热情更多的是一种纪念——甚至是一种存念。我知道自己的三十岁前文学是一个最富朝气的年代，而且我是付出了无悔青春的拼搏而坚守自己文学梦想的年代，虽然这种坚持并没有让自己得到多少认可和赞赏，然而却让我用自己的文字记录着一段无悔的人生岁月。

当我站在三十一岁的人生道路上，当我再一次向自己的文学发起总攻的时候，我将非常高调、非常乐观、非常豁达地去审视自己的三十岁前文学，而且是尽自己的最大可能将自己的作品推向市场。虽然此时的我已放弃了功名利禄的诱惑，但是我却依然坚持自己对三十岁前文学的热爱和眷恋，因为我相信，没有这十年，就没有现在的我，更不会有将来的我。

我的三十岁前文学是寂寞的，也是热烈的——寂寞的是无人问津，热烈的是我对小说的热情似火。

夕 琳
2010年6月16日
于通州土桥欣桥家园